최인훈 희곡 창작의 원리

김 향

보고사

첫머리에

이 책은 내가 1996년 극단 미추가 예술의 전당에서 공연한 <최인훈 연극제>를 본 뒤 집필하게 된 것이다.

최인훈 연극을 본 뒤 나는 며칠 동안을 가슴 저린 감동에 젖어 지냈다. 그리고 내가 왜 감동 받았는지 글로 써보기로 결심하고 논문을 시작했다. 그런데 글쓰는 것이 생각처럼 쉽지 않았다. 최인훈 연극에서 나는 감동과 동시에 그 이면의 질곡을 경험한 셈이다.

그러면서 차츰 연극 공부하는 것이 내 삶이 되었다.

연극을 공부하면서 극장의 쾌쾌한 냄새를 사랑하게 되었고 참 좋은 사람들을 알게 되었으며 사람 사는 것에 대해 배우고 있다. 공부하는 것이 신이 날 때도 있지만 문제의식이 한가득 생기는 때도 있다. 앞으로 계속 풀어가야 할 숙제가 쌓이고 있는 셈이다.

나는 최인훈이 어떻게 작품을 썼는지, 내가 왜 감동받았는지를 밝히기 위해 아리스토텔레스(Aristotle)의 『詩學』을 기본으로 하면서 극작법에 대한 다양한 책들, 그리고 무엇보다 연극기호학을 방법론으로 삼았다. 연극기호학은 과학적인 사고의 적용이라는 명목 하에 작품을 분해해 버리는 방법론이라 여겨지기도 한다. 그런데 나는 작품을 분해했다가 다시 조합하면서 연극기호학에도 삶의 경험이 담긴 해석이 가미된다는 사실을 깨달았다. 연구자에겐 참으로 고달픈 방법이지만, 분해에 그치지 않고 다시 조합하게 되면, 그리고 조합하는 과정에 연출가적인 관점, 배우의 관점, 평론가의 관점을 가미한다면 성과가 있는 방법론임을 알게 되었다. 물론 지금 연극기호학만이 아닌 해석학, 퍼포먼스 이론, 다양한 극 이론 등 넓은 범위의 연구방법론을 공부하고 있지만 말이다.

이 책의 연구 대상은 <옛날 옛적에 훠어이 훠이>와 <둥둥 樂浪둥>에 한하지만 부록에 <봄이 오면 山에 들에>를 연구한 소논문을 실었고, 최인훈의 창작 세계를 이해하는 데 중요한 자료라고 할 수 있는 <(김현·최인훈 대담) 변동하는 時代의 藝術家의 探究>(『新東亞』 통권 205호, 1981년 9월호.)를 원문 그대로 실었다.

연구실에 붙박이처럼 앉아 있다가도 열심히 극장을 드나들며 지내는 나를 보며 우리 부모님께서는 더할 나위 없이 하나님께 감사드린다고 했다. 그리고 나 역시 오랜 방황 끝에 연극을 택하게 하신 하나님께 진심으로 감사기도 드린다. 또 부모님께 너무 감사하다.

부족한 제자를 학문의 길로 이끌어 주시고 제자 삼으신 인생의 어버이 김영민, 김용수, 김 철, 신형기, 최유찬 선생님께(가나다 순) 이 책을 바친다. 그리고 부족한 원고를 책으로 출판해 주신 보고사 김흥국 사장님과 박현정 님께 고마움을 전한다.

2005년 8월
저자 김 향

4

차 례

최인훈 희곡 창작의 원리

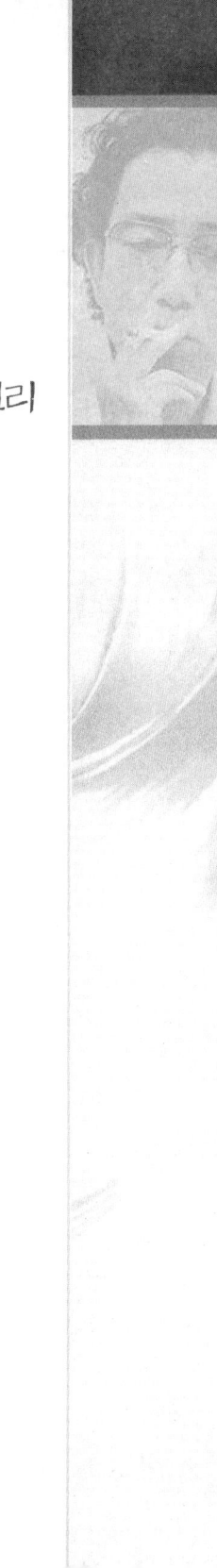

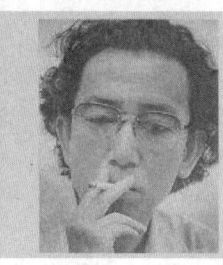

Ⅰ. 서론

1. 작가 최인훈과 '희곡쓰기 원칙'

본서는 최인훈 희곡 중 <옛날 옛적에 훠어이 훠이>(『세계의 문학』, 1976, 창간호)와 <둥둥 樂浪둥>(『세계의 문학』, 1978, 여름)을 연구 대상으로 작품의 창작 원리를 밝히는 것을 목적으로 한다.

작가 최인훈은 소설 <광장>으로 문단의 주목을 받는 소설가이기도하지만, 1970년에 <어디서 무엇이 되어 만나랴>(『현대문학』, 1970, 7)[1]를 무대에 올리고 <옛날 옛적에 훠어이 훠이>, <봄이 오면 山에 들에>(『세계의 문학』, 1977, 여름), <둥둥 樂浪둥>, <달아 달아 밝은 달아>(『세계의 문학』, 1978, 가을), <한스와 그 레텔>(『세계의 문학』, 1981, 가을) 등의 희곡[2]을 써서 "연극계에

---

1) 『현대문학』1969년 7월호에 실린 <온달>이 원제로, 1970년 11월 김정옥 연출로 예술극장에서 공연되면서 제목이 바뀐 것이다. 전통극 양식을 수용해 성공한 작품으로 손꼽힌다. - 이태주, 「70년대 연극의 문화형성력」, 『한국연극』1984년 9월호, 서울:한국연극협회, 40쪽. ; 서연호·이상우, 『우리 연극 100년』, 서울:현암사, 2000, 235쪽.

2) 다섯 작품 외에 1963년에 쓰여진 <놀부뎐>(『한국연극』1983, 6월호, 서울:한국연극사), 1969년에 쓰여진 <열반(涅槃)의 배>(『현대문학』1969, 7월호, 서울:현대문

새로운 활력을 불어넣었다"3)는 평가를 받은 희곡작가이기도 하다.

희곡 작법을 연구할 때에는 희곡이란 장르의 특수성, 즉 공연을 전제로 한 문학작품이라는 것에 대해 먼저 언급하게 된다.4) 더욱이 최인훈 작품의 경우 독특한 극적 언어로 인해 문학성만이 강조되었기 때문에 희곡은 상연을 전제로 하는 문학 장르라는 입장을 확고히 해야 할 것이다. 왜냐하면 상연을 염두에 둔 희곡을 분석할 때에는 작품이 지닌 연극적인 요소를 중시하게 되며 이로 인해 문학성만을 전제 했을 때보다 작품을 좀 더 구조적이고 면밀하게 분석할 수 있기 때문이다.5) 그리고 본서에서 사용할 '극텍스트'라는

학사), <첫째야 자장자장 둘째야 자장자장>(『옛날 옛적에 훠어이 훠이』, 서울:문학과지성사, 1994.)이 있다.

3) 김병익 · 김현, 『최인훈』, 서울:도서출판 은애, 1971, 5~6쪽.

4) 안느 위베르스펠드는 희곡(극텍스트)의 내부에 '상연성'을 내포하는 텍스트적 원형들이 존재한다고 했다. 하나의 극 텍스트는 그 내부에서 연극성의 핵들을 밝혀낼 수 있는 특수한 방법들에 의해 분석될 수 있으며 그러한 특수성이란 텍스트의 특수성이 아니라 텍스트에 행해지는 독서의 특수성이라고 했다. - Anne Ubersfeld, 『연극기호학』, 신현숙 옮김, 서울:문학과지성사, 1994, 23쪽.
이 말은 희곡 읽기는 소설이나, 시와 다른 읽기 방식이 있다는 말과 같다고도 할 수 있다. 모든 문학작품의 읽기에는 상상력이 필요하지만 특히 희곡은 작가의 개입이 없는 등장인물들만의 이야기 구성으로 '상연되고 있는 작품'을 보는 듯한 상상을 하게 된다. 신현숙 역시 독자들이 대사와 지문에 암시되어 있을 뿐인 상당 부분을 연극적 상상력을 통해 감지하고 파악할 수 있어야 한다고 했다. - 신현숙, 『희곡의 구조』, 서울:문학과지성사, 1990, 11쪽.

5) 벨트루스키는 희곡의 본질에 관한 끝없는 논쟁은 희곡이 문학장르인가, 연극의 부분인가에 대한 것이라고 규정지으면서 이러한 논쟁은 완전히 무력한 것이라고 단정짓는다. 왜냐하면 이 두 가지 성질은 겹쳐지는 것이지 상호 배제하는 것이 아니기 때문이다. 그에 의하면 희곡은 문학 작품으로서의 권리도 가지며, 동시에 연극 공연의 언어적 구성소로서 사용되는, 대부분 의도된 텍스트인 것이다. - Jiri Veltrusky, "Dramatic Text as a Component if Theatre", Matejka and Titunik(eds), *Semiotics of Art*, pp.94-95. (김성희, 『한국 희곡과 기호학』, 서울:집문당, 1993, 65쪽에서 재인용.)

용어는 희곡(드라마)의 본질에 대한 논쟁, 즉 희곡이 문학장르인가, 연극의 부분인가에 대한 논쟁시 유럽의 연극학자들 사이에서 통용되는 용어이다.6)

최인훈이 쓴 소설로는 초기의 대표작 <광장>(『새벽』, 1960. 10)을 비롯하여 <구운몽>(『자유문학』, 1962. 4), <열하일기>(『자유문학』, 1962. 2), <금오신화>(『사상사』, 1963. 12), <놀부뎐>(『계간한국문학1』, 1966), <總督의 소리>연작(1968), <회색인>(『세대』, 1963~1964. 6), <서유기>(『문학』, 1966. 6), <小說家 丘甫氏의 一日>(1970) 등이 있다.

<광장>은 전후 분단문제를 다룬 사실주의 작품으로 작가가 네 번이나 개작을 하며 공을 들인 작품이었다. 문학계에서도, 최인훈 자신도 이 작품에 대해 "「광장」은 남북의 대립문제가 지금 한국문학에서 지니고 있는 의미가 무엇인가"7)를 반성하게 해주었다고 논하고 있는 것이다. 그리고 이 문제는 21세기에도 유효한 관심거리라고 할 수 있겠다.

이후에 그는 우리나라 고전을 새롭게 작품화하여 발표함으로써 소설 세계에 대한 논란을 가져왔다. 더욱이 70년대에 이르면 문학

---

6) 극텍스트의 개념은 다음과 같이 정의할 수 있다. 첫째, 극텍스트는 언어학적 대상이다. 극텍스트는 자연어로 쓰여 있는 만큼 자연어의 구조를 따르며 동시에 텍스트 자체의 언어행위를 구성하고 있기 때문이다. 둘째, 극텍스트는 문학 텍스트와 마찬가지로 '닫힌' 텍스트이다. 그 의미는 ㉠시간·공간 속에 제한되어 있으며 ㉡구조적으로 마무리되어 있고 ㉢그 글쓰기가 선조적(線條的)이라는 것이다. 셋째, 극텍스트의 전언은 상연의 제한적 두 축, 즉 시간과 공간 위에서 공연의 여러 구성소들등장인물·말·오브제·음악·조명·동작사이에 맺어질 수 있는 관계를 염두에 둔 기호들의 결합체이다. 신현숙, 앞의 글, 12-13쪽. ; 김성희, 윗글, 60쪽.
7) 김 현·최인훈, 「변동하는 시대의 예술가의 탐구」, 『신동아』(205호), 1981, 221쪽.

장르를 소설에서 희곡으로 전환함으로써 장르 전환에 관한 연구가 따로 이루어질 정도였다. 작가 자신은 희곡으로의 장르 변경을 '문학적인 역정의 필연적인 단계'[8]라고 밝히고 있다. 소설을 쓰면서 느꼈던 예술 작품 형상화의 한계를 희곡으로 극복하려 했다는 것이다.

그는 소설을 통해 한국적인 심성의 근원이 무엇인가를 탐구하려고 했다. 그러나 그가 생각하기에 소설은 인간 역사의 형태, 생활의 형태, 예술의 형태를 말할 수 있는 대지(전통적인 문화)를 갖고 있지 못했다. 이 대지는 작가가 만드는 것이 아니고 이미 마련되어 있어야 하는 것인데 그렇지 못했기에 소설을 쓰면서 한계를 느꼈다는 것이다. 이에 비해 문학적인 도태 과정을 거친 전설, 민담, 신화를 소재로 희곡을 쓸 때에는 희곡이라는 장르와 한국의 전통적 이야기가 결합되면서 그 동안의 모순이 해결되었다고 말한다.

그리고 1994년에는 소설 『화두』를 발표함으로써 문단의 화제가 되기도 했다. 그가 또다시 소설로 장르를 전환한 것에 대해 독지가들은 의문을 품을 수 있을 것이다. 이에 대해 그의 소설과 희곡과의 연관성, 그리고 소설로 다시 이어지는 그의 작품 세계에 대한 연구가 계속 이어질 것이라고 추측해 본다.

최인훈의 작품들은 '바보온달과 평강공주', '아기장수 설화', '호동 설화', '심청전' 등 우리나라 전설과 판소리계 소설을 소재로 했다. 그러나 그의 희곡 중 <한스와 그레텔>은 히틀러의 유태인 학살을 소재로 한 작품으로 앞의 여섯 작품과는 다른 에세이적인 구

---

8) 최인훈, 『문학과 이데올로기』, 서울·문학과지성사, 1994, 385쪽.

조에 회상기법이 도입된 작품이라고 할 수 있다.

본서에서 특히 <옛날 옛적에 훠어이 훠이>와 <둥둥 낙랑둥>을 연구 대상으로 삼은 것은 첫째, 이 두 작품에 작가의 '희곡쓰기 원칙'이 잘 구현되어 있기 때문이다. 최인훈은 <어디서 무엇이 되어 만나랴>를 쓰면서 "설화에서 소재를 가져온다, 설화나 전설의 스토리를 현대적으로 변형하여 개체의 자율적 자아발견이라는 새로운 의미와 가치를 추구한다, 그러한 과정에서 행복한 결말을 가진 설화일지라도 본격적인 비극의 형태로 재구성한다, 회의적이고 사색적인 인물이 주인공이던 소설과는 다르게 자신의 사고를 선택적 행동으로 옮길 수 있는 인물이 극의 진행을 끌고 간다"9)는 원칙을 정하게 되는데 이 원칙이 이후의 희곡에도 그대로 적용되면서 최인훈 고유의 '희곡쓰기 원칙'이 되었다고 볼 수 있다. <옛날 옛적에 훠어이 훠이>와 <둥둥 낙랑둥>은 작가의 '희곡쓰기 원칙'이 잘 구현되고 있는 작품들인 것이다.

두 번째는 이 두 작품이 작가 개인에게 그리고 1970년대 희곡사에서 중요한 가치를 지니고 있기 때문이다. 최인훈이 활동하던 1970년대에는 사회 현실에 대한 비판과 저항의식을 지닌 연극인들에 의해 다수의 실험적인 '사회 풍자극'(희곡)이 쓰여지고 공연된 시기였다. 그리고 연극인들이 연극하는 행위의 의미와 방법에 대해 스스로 치열하게 묻기 시작하면서 한국적인 연극의 정체성을 모색하게 된다. 이러한 의도에서 서구의 비언어적 실험극과 전통

---

9) 김종회, 「관념의 문학, 그 곤고한 지적 편력」, 『작가세계』4, 1990년 봄호, 서울:세계사, 36쪽.

문화 양식이 접맥된, 1970년대 연극의 중요한 흐름인 '탈'사실주의 극이 생겨난다.[10] 그리고 70년대에 쓰여진 최인훈 작품 역시 고전문학과 전통문화 양식을 결합한 새로운 형태의 극이기에 '탈'사실주의 계열의 작품에 속하게 된다.[11] 1970년에 공연된 <어디서 무엇이 되어 만나랴>가 전통극 양식을 수용해 성공한 작품으로 평가받은 뒤 최인훈은 미국에 체류하던 중 문화충격과 소설형식에 대한 회의에서 1976년 <옛날 옛적에 훠어이 훠이>를 쓰게 된다. 이 작품은 극단 <산하>에 의해 초연되고, 1979년 미국 뉴욕주에 있는 브록포드 대학 초청공연으로, 1987년 미국 뉴욕 <범 아시아 레파토리> 극단에서 공연되면서[12] 국내외에서 그 작품성을 인정받는다. <옛날 옛적에 훠어이 훠이>의 성공으로, 최인훈 희곡은 '탈'사실주의 계열에서도 두드러지게 뛰어난 작품으로[13] 평가받는다. 그리고 <둥둥 낙랑둥>에는 <어디서 무엇이 되어 만나랴>와 <옛날 옛적에 훠어이 훠이>에서 볼 수 없는 '굿'이라는 전통극 양식이 가미되어 있어서, 이 작품에서는 최인훈 희곡의 실험성과 전통문화 양식의 접맥이라는 면이 잘 설명된다. 최인훈 희곡이 한국적인 연극의 정체성, 연극성을 지니고 있다는 평가를 받는 데 큰 역할을 한 작품이 <옛날 옛적에 훠어이 훠이>와 <둥둥 낙랑둥>인 것이다.

---

10) 서연호 · 이상우, 앞의 책, 232쪽.
11) 유민영, 「70년대 연극의 <사적 전개>」, 『한국연극』 9월호, 서울:한국연극협회, 1984, 54쪽 참조.
12) 김종회, 앞의 글, 39~42쪽.
13) 이태주, 앞의 글, 40쪽 참조.

그리고 이처럼 작가의 '희곡쓰기 원칙'이 잘 반영되어 있으면서 연극사(희곡사)적인 가치를 지니고 있는 두 작품의 중심에는 한국적인 비극성이 존재한다. 두 작품에서 드러나는 비극성은 그동안 한국희곡에서는 찾아볼 수 없었던 가치를 지닌 것이다. 따라서 <옛날 옛적에……>와 <둥둥 낙랑둥>을 연구 대상으로 삼는 것은 한국적인 비극의 가능성을 진단하고 그 가치를 밝히는 의의를 지닌다.

그리고 최인훈 희곡의 비극성은 작가가 성장기에 겪어야만 했던 삶의 영향이 매우 크다.

최인훈이 인식하고 있는 인물의 모습은 사회·역사적인 상황 속에 어쩔 수 없이 이끌려가는 인간의 모습이다. 그는 1936년 회령에서 출생했으나 47년에 원산으로 이동했고 또다시 고등학교 2학년 때 월남을 하게 된다. 이에 대해 최인훈은 "중앙의 문화가 그리워서 변경인이 중앙으로 점점 가까이 온 경우가 아니고 정치적으로 타율에 의해서 우리 집안 자체의 필연적인 삶의 길을 찾아 이동해 온 것"이기에 그것이 문화적으로 굉장한 갈등을 안겨 주었다고 회고한다. 이는 일종의 비극적 상황에 대한 인식으로 그동안 최인훈이 작가로서 가장 집착하는 문제가 되었고, 앞으로도 필연적으로 정해진 그의 길이라고 여긴다.[14] 이와 같은 이동과 문화적 갈등은 최인훈이 작품 속에 설정하는 인물의 모습으로 형상화된다. 그가 형상화하는 인물은 의지가 없거나 나약해서가 아니라 거대한 외부적인 상황으로 인해 표류하고 떠돌 수밖에 없다. 소설 <광장>의

---

14) 김 현·최인훈, 앞의 글, 212쪽.

이명준이 대표적이다. 그러나 최인훈은 작품에서 인물들의 죽음을 '절망으로 인한 끝'으로 마무리 짓지 않는다. 최인훈은 이명준의 죽음에 대해 이렇게 이야기한다.

"이명준의 죽음의 경우 정상적인 상태에서 죽음을 택한 것이 아니다. 오히려 삶의 욕구가 있었지만 그의 정상인으로서의 지각의 세계가 어디에선가부터 잘못돼 조용히 미쳐 버린 것으로 처리되어 있다. 현실적으로는 죽은 것이지만 문학의 텍스트 면에서 상징의 층으로서 추적하는 경우에는 그것은 엄연히 생을 완성하는 것이다. 즉 그 생이 실제적인 의미에 있어서의 생이 아니라 환상 속에서의 생의 완성일망정 생의 부정으로는 되어 있지 않다."[15]

희곡 속의 인물들 역시 이명준과 많이 다르지 않다. <옛날 옛적에 훠어이 훠이>의 인물들은 지배계급과 피지배계급 사이에서 생겨나는 갈등을 하층민으로서는 거스르기 어려운 사회·역사적인 현실로 받아들이고 있다. 의지박약의 수동적인 인물들이라기보다는 거대한 사회적 흐름을 인정한 인간들인 것이다. 그리고 어쩔 수 없이 이끌려가는 숙명적인 삶 속에서 등장인물은 자신의 아기를 죽이고 자살을 하기도 한다. 최인훈 자신이 이 텍스트는 '보편적 비극'[16]으로 읽힐 수 있을 것이라고 한 것은 아기탄생의 기쁨과

---

15) 김 현·최인훈, 위의 글, 222쪽.
16) 최인훈, 『문학과 이데올로기』, 78쪽. - 최인훈은 작가의 말에서 비극이라고 썼지만 과연 한국문학 속에서 비극이 성립할 수 있는가에 대해서는 논의가 일고 있다. 비극의 원류인 서양에서조자 비극양식은 더 이상 존재하지 않는다는 의견이 있고 한국인의 정서에서는 비극적인 정서가 생길 수 없다고 주장하는 학자들이 있기 때문이다. 이러한 연구자들은 작품을 '비극적인 드라마'와 '비극'으로 나누고 있는

희망이 아기장수의 탄생이라는 불행과 절망으로 치닫기 때문이다. <옛날 옛적에 훠어이 훠이>에서의 인간으로서 극복할 수 없는 세상과의 대결은 최인훈이 겪은 삶의 경험이 큰 영향을 끼치면서 동·서양에서 발생할 수 있는 비극적인 정서로 논의될 수 있다.

<둥둥 낙랑둥>의 경우에는 비극성에 대한 논의보다 전통문화적인 요소, 즉 굿 장면과 주몽신화, 호동설화 모티브에 치중해 연구되어 신화적 원형성과 제의구조를 지닌 작품으로 평가받아 온 특징이 있다. 그리고 작품에서 드러나는 비극성은 고전 설화에서 비롯된 것으로 연구되어 왔다. 그러나 <둥둥 낙랑둥> 텍스트를 중시하기보다 변형 전 설화에 치중하는 것은 작품을 폭넓게 해석하는 데 한계가 있는 논의라고 할 수 있다. 따라서 본서에서는 <둥둥 낙랑둥> 텍스트를 중시하면서 '본격적인 비극의 형태로 재구성한다'는 작가의 의도가 반영된 창작 원리를 논하려 한다. 이러한 측면에서 논의하다보면 <둥둥 낙랑둥>에는 고대 그리스 비극 구조가 토대를 이루고 있으며, 굿의 형상화는 연출 기법으로 작용하고 있다는 주장이 논증될 것이다. 그리고 이러한 논의는 <둥둥 낙랑둥>의 구조가 어떻게 이루어져 있는지 살피는 것으로 전개될 것이다.

2. 제의성과 비극성

최인훈은 앞서 언급했듯이 그의 희곡쓰기의 원칙에 따라 고전문

데 연구사에서 위의 논쟁을 자세히 다루고자 한다.

학과 전통문화를 새롭게 희곡화 한 탈사실주의 계열의 작가이다. 그리고 소설 <광장>으로 문학계의 주목을 받고 있는 상태에서 희곡을 발표하고 한동안 절필했다가 1994년에 다시 소설 <화두>를 발표한 독특한 이력을 지니고 있기도 하다. 그래서 최인훈 희곡에 대한 연구는 작가의 이력과 희곡의 특징으로 인해 장르를 바꾼 것에 대한 연구, 설화가 희곡으로 어떻게 변용되었는지에 대한 연구, 작품에서 드러나는 제의적인 측면에서의 연구, 최인훈 작품에서 드러나는 비극성에 대한 연구, 설화가 희곡으로 변용된 것에 패러디 이론을 적용한 연구, 희곡의 형식 즉 등장인물이나 공간을 중심으로 한 연구, 공연을 위한 극작술 연구 등 매우 다양하게 진행되고 있다.

그런데 대다수의 논문들은 변용 전 설화에 치중하고 있어 정작 희곡텍스트에 대한 연구는 미진한 상태라고 할 수 있다. 초기 연구서에서 최인훈 희곡을 개괄적으로 다루면서 설화와 희곡 간의 변용 양상을 살폈던 것은 의미 있는 작업이었지만, 90년대에 들어와서도 이러한 변용 양상 연구를 반복하는 것은 소모적인 일이라 할 수 있다. 최인훈 희곡에서 드러나는 연극적인 요소를 인정하면서도 계속적으로 변용 전 설화에 의존함으로써 희곡 텍스트의 면밀한 구조 분석이 더뎌지고 있는 것이다.

소설에서 희곡으로 장르를 변경한 것에 대한 연구자로는 안경숙[17]과 정영곤[18]을 들 수 있다. 하지만 이들은 서로 다른 견해를

---

17) 안경숙, 「최인훈 문학의 장르비평적 연구」, 중앙대 대학원 석사학위논문, 1988.
18) 정영곤, 「최인훈 문학의 장르변경의 본질」, 『어문교육논집』제11권, 부산대사범대학 국어교육과, 1991.

보였다. 안경숙은 최인훈이 희곡으로 장르를 변경했지만 작가적 비전은 그대로라고 했다. 그러나 정영곤은 '최인훈이 소설 장르는 실패했고 희곡 장르는 성공했다'는 것이 일반적인 통설이었다고 전제하고, 이것은 잘못된 읽기에서 비롯된 것이라고 결론 내렸다. 그는 <한스와 그레텔>의 특징을 '에세이화'로 단정짓고 이 작품은 희곡의 한계를 드러낸 것으로 분석했다. 그리고 이 작품을 계기로 최인훈이 다시 소설로 회귀했다고 평가했다. 이 평가는 <한스와 그레텔>만을 대상으로 하고 이전 희곡작품에 대한 긍정적인 평가는 고려하지 않은 것으로 생각된다. 한 작품만을 대상으로 희곡 작품의 성공 여부를 가릴 수는 없다고 생각한다.

1990년대에 들어서면 최인훈에 대한 연구가 세부적인 희곡 기법에 대한 연구로 심화된다. 김영희[19]와 양승국[20]의 연구가 대표적인데 주로 최인훈 희곡의 극적 언어[21]에 대한 연구를 시도했다. 김영희는 소설의 언어를 수인(囚人)언어, 희곡의 언어를 극적 언어라 칭하고 읽는 희곡으로서의 언어적 요소와 비언어적 요소에 대해 고찰했다. 그는 희곡 형식의 파괴가 최인훈 작품의 특징이라고 했지만, 텍스트가 상연을 전제로 한다는 관점에서 보면 희곡 형식의 파괴는 지면의 레이아웃(layout)의 변화일 뿐이다.

---

19) 김영희, 「최인훈 희곡의 극적 언어 연구」, 부산대 대학원 석사학위논문, 1990.
20) 양승국, 「최인훈 희곡의 독창성」, 『작가세계』제4호, 1990, 99~111쪽.
21) 극적 언어란 서사적 양식과 구분되는 희곡양식의 특징이라 할 수 있다. 희곡에서는 직접적 묘사와 진술, 즉 작가의 직접적 개입이 불가능하다. 작품과 독자 사이에 매개자(작가)가 없이 독자가 직접 체험을 하는 것이다. 따라서 극적 언어는 대사와 지문이라고 할 수 있다. 최영희는 최인훈 희곡의 '탈', '인형', '노래' 등 연극적인 언어도 극적 언어 연구 대상에 포함해 연구했다. - 김영희, 앞의 글, 15~18쪽.

양승국 역시 최인훈 희곡의 독창성을 무대 지시문의 시적인 압축과 긴장에서 찾고 있다. 그리고 전체적인 작품에서 반의식 상태의 꿈이 극적 환상을 자아내고 있다고 분석하고 소리와 빛으로 시적 분위기를 내는 것 또한 최인훈의 독창성이라고 했다. 그리고 최인훈 작품을 상연할 때에는 연출가의 더 많은 노력이 필요하기 때문에 문학성이 강하고 연극성이 빈약하다고 평가한다. 그러나 요즘처럼 어떤 작품이든 연출의 상상력으로 작품이 완성된다고 여겨지는 상황에서는 연출가의 도움이 필요하다는 것이 무대 상연을 의식하지 않은 것이라고 볼 수는 없을 듯하다. 대사와 지문이 일상적인 대화, 지시이면서도 시적인 요소가 강하다는 것은 희곡을 읽는 재미를 더할 수 있는 것이지 무대 형상화의 어려움으로 귀결되는 것은 아니라고 본다. 이는 70년대 최인훈 작품의 공연과 1996년 최인훈 연극제[22]를 통해서도 증명된다.

선행 연구에서 <옛날 옛적에 훠어이 훠이>에 대해 논한 것을 살펴보면, 이 작품은 피지배계층이 이들을 구하러 온 아기장수를 스스로 살해함으로써 메시아를 추방하고 메시아의 승천을 신명나는 춤으로 반기는 역설적인 이야기이다. 이러한 주제 분석은 아기를 중심으로 한 것으로 아기장수 설화에 큰 비중을 둔 연구였다고 할 수 있다. 그리고 작가 자신이 '장수'[23]를 종교적 상징이라고 했기 때문에 주로 신화적인 측면에서 연구되었던 때문이다. 그러나

---

22) 1996년 6월1일에서 7월24일까지 예술의 전당에서 '최인훈 연극제'가 있었다. 극단 미추가 <봄이 오면 산에 들에>, <옛날 옛적에 훠어이 훠이>, <둥둥 낙랑둥>을 공연했다.
23) 최인훈, 『문학과 이데올로기』, 367쪽.

작품에서 드러나는 설화, 신화 이야기를 근거로 이 작품의 구조를 신화 구조(원형극), 제의 구조라는 틀로 해석하는 것은 그 논리적인 근거에서부터 문제가 있는 해석이라고 할 수 있다. 이러한 논의의 이론적인 근거는 프레이저 및 캠브리지 학파의 이론인데, 이 이론이 현재 여러 연구자들로부터 문제시되고 있기 때문이다. 연구서를 검토하며 그 내용을 구체적으로 살펴보면 다음과 같다.

최인훈 희곡의 제의성에 대한 연구는 권오만의 연구서에서 처음으로 제기된다. 권오만은 "고귀한 인물의 고통과 희생을 통해 '낡은 것은 죽고 새것은 태어난다'는 고대제의의 정신"을 근거로, 최인훈 희곡의 원형성을 주장한다.[24] 그는 캠브리지(Cambridge) 학파의 '연극의 제의기원설'과 퍼거슨(Fergusson)의 '제의관계설'을 토대로 최인훈 희곡의 제의성을 설명하고자 했다. 그는 <어디서 무엇이 되어 만나랴>의 '의전(儀典)동작처럼, 기계적으로, 마디 있게 처리하라'는 지시문과, <옛날 옛적에 훠어이 훠이>의 '구약성서 출애굽기의 과월절(過越節)과 동형(同型)'이라는 지시문이 작가의 제의 재현 의도를 드러내는 것이라고 본다. 그리고 <봄이 오면 산에 들에>에서는 제의와의 관련을 찾을 수가 없기에 고대의 재생제의와 연결지어 이해해 보겠다고 말한다. 또한 그는 <둥둥 낙랑둥>이 제의적 성격을 가장 많이 내포한 작품이라고 평가한다. 그러면서 최인훈 희곡에서 드러나는 제의성이, 고대 제의의 연원으로부터 흘러 내려온 것이 아닌 연원을 향해 거슬러 올라가면서 만들어진, '순정한 의미의 원형성은 아닌' 최인훈만의 제의적 원형

---

24) 권오만, 「최인훈 희곡의 특질」, 『국제어문』제1집, 서울:국제대학, 1979, 7~11쪽.

성이라 평가한다. 이러한 권오만의 연구에서는 최인훈 희곡의 제
의적인 측면을 부각시키려 했다는 면에서는 의의가 있지만, 제의
적 원형성에 대한 개념이 명확하게 드러나지 않는다. 최인훈 희곡
을 제의구조로 설명하는 것 자체에 의문이 제기되기도 하지만, 권오
만이 논리적인 근거로 삼고 있는 프레이저(James Frazer)의 『황
금가지(The Golden Bough)』(1896)와 캠브리지 학파의 '원형이론'
이 희곡을 제의구조로 설명하기에는 적당하지 않은 이론이기 때문
이다. 프레이저와 캠브리지 학파의 이론은 비과학적인 절충주의,
비역사적인 가설에 불과하다는 비판을 받고 있는 이론이기 때문이다.

　프레이저(James Frazer)의 『황금가지(The Golden Bough)』
(1896)와 캠브리지 학파 이론의 문제점에 대해 좀더 상세하게 살
펴보자. 리지웨이(William Ridgeway)는 『비유럽인종의 연극과
연극적 춤(The Drama and Dramatic Dances of Non-European
Races)』(1915)을 통해, 캠브리지(A.W. Pickard-Cambridge)는 『디
시램, 비극 그리고 희극(Dithyramb, Tragedy and Comedy)』
(1927)을 통해, 엘즈(Gerald F. Else)는 『희랍 비극의 기원과 초기
형태(The Origin and Early Form of Greek Tragedy)』(1965)라
는 저서를 통해 캠브리지 학파 학설의 허구성을 체계적으로 비판하
고 있다. 빈스(Ronald W. Vince) 역시 『고대와 중세의 연극(Ancient
and Medieval Theatre: A Historiographical Handbook)』을 통
해 캠브리지 학파의 학설에 대해 매우 비판적인 태도를 취한다. 빈
스는 프레이저의 이론이 현장연구 없이 이루어진 것으로 사실보다
는 사색적 가설에 불과하다는 점을 첫 번째 문제점으로 지적한다.

그리고 그는 프레이저가 세계 모든 연극의 발생을 단순한 형태에서 복잡한 형태로 "원형적 과정"을 거쳐 발전한다고 주장하는 것이, 모든 사회에 보편적으로 적용될 수 있는 것이 아니라고 주장한다. 또한 빈스는 프레이저가 자신의 가설에 유리한 증거만을 시대와 지역에 관계없이 선택하여 매우 비과학적인 절충주의적 논리를 세웠으며, 그의 이론이 아득한 과거의 사건을 재구성하기 위해서 후대의 역사나 현대의 역사 속에서 그 증거를 추출하고 인용하는 비역사적인 면을 지녔다고 비판한다. 빈스는 이에서 더 나아가 캠브리지 학파의 주장과 달리 고대 희랍에서는 종교의식이 발견되지 않고 있고, 희랍극이 제의에서 발전했다는 증거도 없으므로, 프레이저를 비롯한 캠브리지 학파(머리G. Murry나 콘퍼드F.M. Cornford, 해리슨Jane Harrison)의 극 해석에 혹독한 비판을 가할 수밖에 없다고 말한다. 이러한 이유로 빈스는 프레이저의 학설이 방법론적 문제점을 갖고 있으며, 신빙성이 없다고 주장하고 있는 것이다. 그리고 고대 희랍연극 연구가인 빅커스(Brian Vickers)는 1973년에 출판한 『희랍비극을 향하여(Towards Greek Tragedy)』에서 프레이저의 이론을 완전히 폐기된 것으로 판정한다.25) 프레이저와 캠브리지 학파의 이론은 이제 작품을 해석하는 데 있어서 논리적인 근거로 삼을 수 없는 이론이 되어 버린 것이다.

그런데 최인훈 희곡의 제의성을 프레이저(캠브리지 학파)의 이론으로 설명하는 논의는 남진우, 강애경, 서연호, 김유미 등의 연

---

25) 김용수, 『한국연극 해석의 새로운 지평』, 서울:서강대학교출판부, 1999, 38~45쪽 참조.

구서26)에서도 발견되고 .있다. 남진우는 연구서의 서론에서 권오만의 견해가 타당하다고 보면서 최인훈 희곡을 제의 구조로 설명하고 있으며, 강애경은 남진우의 견해를 수용하며 <둥둥 낙랑둥>을 제의구조로 설명하고 있고, 서연호와 김유미는 프레이저의 제의기원설을 긍정하며 연극이 제의에서 기원되었다는 학설을 토대로 최인훈 희곡을 해석하고 있는 것이다. 프레이저(캠브리지 학파) 이론의 문제점이 무엇인지 살펴본 것을 통해서도 알 수 있듯이, 위의 선행 연구자들이 <둥둥 낙랑둥>을 프레이저(캠브리지 학파)의 이론을 근거로 제의구조로 해석하는 것은 재고해 보아야 할 논의라고 할 수 있다. 본 논문의 3장에서 분석하겠지만, <둥둥 낙랑둥>은 제의구조를 지녔다기보다는 고대 그리스 비극적인 구조를 지닌 작품이기 때문이다. 이 작품에는 제의가 재현되었다기보다는, 제의의식이 연극적인 기법으로 활용되고 있는 것이다.

최인훈 희곡 연구사에서 검토해야 할 또 하나의 논의는 최인훈 희곡의 비극성에 대한 것이다. '설화나 전설을 변형하여 새로운 의미를 추구하고 비극의 형태로 재구성한다'는 최인훈 희곡쓰기의 원칙은 '신화나 전설에 근거를 둔' 고대 그리스 비극의 특징27)에

---

26) 남진우, 「최인훈 희곡연구 - 탐색과 구원」, 중앙대 대학원 석사학위논문, 1985, 2쪽, 41~47쪽.
강애경, 「최인훈 희곡의 문학성과 연극성에 관한 연구」, 연세대 교육대학원 석사학위논문, 1995, 21~23쪽.
서연호, 「최인훈 희곡론」, 『민족문화연구』제28호, 서울:고려대 민족문화 연구소, ·1995, 279~281쪽.
김유미, 「한국 현대희곡의 제의구조 연구」, 고려대 대학원 박사학위논문, 2000, · 7~9쪽.
27) 이근삼, 「그리스 시극의 구성과 그 특징」, 『희랍비극 1』, 조우현 외 옮김, 서울:현

영향을 받은 것이라 할 수 있다. 그리고 대부분의 연구자들 역시 최인훈 희곡에서 비극적인 요소가 드러난다고 평가하고, 한국에서도 비극적인 작품(희곡)이 생산될 수 있다고 주장한다.[28] 그런데 몇몇 연구자들은 한국에서는 비극적인 희곡 생산이 불가능하다고 주장하고 있기도 하다.

김승옥은 한국 문학에는 비극적 대결의식이 결핍되어 있기 때문에 비극이 가능하지 않다고 주장[29]한다. 다만 향가 <처용가>의 처용의 모습에서 용서와 화해, 해학으로 승리하는 한국적 정서의 비극 유형을 발견할 수 있다고 본다. 그리고 김옥란 역시 최인훈 희곡을 비극적인 관점에서 바라보는 것에 문제제기를 하고 희비극적인 측면에서[30] 작품을 논한다. 김옥란은 기존 연구서가 지나치게 설화에 의존해 설화의 비극성만을 강조하고, 희곡 텍스트를 통한 최인훈의 의도를 간과했다는 점을 지적한다.

그런데 김승옥과 김옥란은 최인훈 희곡쓰기의 원칙, 즉 '설화와 달리 비극의 형태로 재구성한다'는 원칙과 '자신의 사고를 선택적 행동으로 옮길 수 있는 인물이 극의 진행을 끌고 간다'는 정보를 미처 확인하지 못한 듯하다. 김승옥의 주장과는 달리 최인훈은 전

암사, 1996, 477쪽.

28) 김성수, 「최인훈 희곡의 연극성에 관한 연구」, 연세대 대학원 석사학위논문, 1991. 이상우, 「전통으로서의 비극과 경험으로서의 비극-최인훈 희곡의 비극성에 관한 고찰」, 『어문논집 32』, 서울:고려대 국어국문학연구회, 1993.

29) 김승옥, 「한국희곡의 세계문학적 위상」, 『인문논집』제36집, 서울:고려대 문과대학, 1991.

30) 김옥란, 「최인훈 희곡 작품에 관한 연구 - 극적 허구를 중심으로」, 한양대 대학원 석사학위논문, 1993.

적으로 고전 설화에 근거를 두고 희곡을 쓴 것이 아니라, '사고를 선택적 행동으로 옮길 수 있는 인물'을 통해 비극의 형태로 재구성한 것이다. 김승옥은 최인훈 희곡의 특징을 간과한 채 한국 문학의 일반적인 특징을 적용해 최인훈 희곡의 비극성을 부정하고 있는 것이다.

그리고 최인훈 희곡을 비극적인 측면에서 해석한 연구서들 중에서, 그 비극성의 근원을 설화에 두는 강경채[31], 유진월 등의 논의는 재고해 보아야 한다. 비극적인 정감은 동·서양 작품에서 보편적으로 드러날 수 있지만, 최인훈 작품의 경우 비극적인 정감이 작가의 의도에 따른 비극적인 구조에서 발생하는 것이기 때문이다.

최인훈 희곡을 연구한 선행 연구자들은 작품에 연극적인 요소가 풍부하다는 점을 인식하고 있지만 이를 논의의 중심으로 내세우고 있지는 않다. 김성수가 드물게 최인훈 희곡의 연극성을 중심으로 논의를 전개하고 있다. 그는 이 논문에서 '①극장르로서의 희곡에 대한 장르론적 시각의 정치한 분석 ②서양비극의 모티프와 비교하여 우리 식의 비극적 감정 구조에 대한 가능성을 타진하고 '연극성'의 효용론적 의미찾기 ③페미니즘 시각에서 여성등장인물에 대한 연구 ④무대 위에서 강렬한 '난장'의식(제의성)으로 연극화되는 작업 추구'라는 매우 유용한 연구 주제를 제기하고 있다. 다만 김성수의 논문에는 희곡 장르의 개념 및 연극 이론에 대한 서술이 많은 반면에, 최인훈 작품 분석에 대한 내용이 미비하다. 그러나

---

31) 강경채, 「한국희곡의 비극성 연구 – 최인훈 희곡을 중심으로」, 부산대 대학원 석사학위논문, 1983.

그가 제기한 연구 주제 중 두 번째와 네 번째 내용은 본 논문의 논지 형성에 일정 정도 영향을 끼쳤다고 할 수 있다.

그리고 <둥둥 낙랑둥>에서 드러나는 갈등구조에 대해서도 연구자들은 상이한 견해를 보이고 있다. 연구자들은 이 작품의 갈등구조를 낙랑과 고구려의 대립으로 보거나, 세계와 자아 사이의 대립, 또는 사회체제와 사랑의 대립, 흑백논리에 따르는 이원적인 세계의 대립, 고구려/낙랑이라는 표면적 갈등과 꿈/현실이라는 이면적 갈등이 존재하는 이중의 구조 등으로 보고 있다. 이러한 갈등 양상은 크게 호동을 중심으로 한 사랑의 갈등 구도, 고구려와 낙랑국 간의 대립 구도로 정리될 수 있다. 그런데 작품에서 드러나는 갈등구조를 파악하기 위해서는 호동과 더불어 왕비의 극행동을 면밀히 살펴보아야 한다. 이 텍스트에는 보다 다양한 층위의 갈등이 존재하는데, 다양한 갈등 관계가 왕비의 극행동을 통해 명확히 정리될 수 있기 때문이다. <둥둥 낙랑둥>에는 사랑 갈등구조, 고구려와 낙랑국 간의 대립 외에 고구려 내부의 권력 대립, 사회체계와 개인 간의 갈등이라는 다양한 갈등 관계가 존재하고 있는 것이다. 이러한 갈등구조는 2장을 통해 밝히려고 한다.

최인훈 희곡에 대한 연구는 비극성에 대한 연구와 개별적인 작품 분석으로 이어지고 있다. 특히 한국문학에서 비극성을 논할 때 최인훈 작품이 거론되고 있어 비극성에 대한 여러 학자들의 견해를 비교 검토해 볼 필요가 있다.

김승옥, 이상우, 김성희, 반재진, 박옥진[32]은 최인훈 희곡을 비

---

32) 김성희, 「한국적 비극의 특성과 보편성 연구 – 최인훈의 비극을 중심으로」, 『한양

극적인 측면에서 바라본 연구서이다. 이들의 연구는 '비극적' 그리고 '비극'에 대한 개념 정의라고도 할 수 있다. 왜냐하면 비극은 서양에서 비롯된 것으로 서양에서조차 그 존재 여부가 논란이 되고 있기 때문이다. 그리고 한국에서도 비극이 불가능하다는 견해와 한국적 비극이 가능하다는 상반된 견해가 맞서고 있다. 비극이 불가능하다고 주장하는 학자들은 비극이 아닌 '비극적인 드라마'만이 존재한다고 주장한다. 비극과 비극적[33]인 것을 구별하는 가장 중요한 근거는 '비극'이 문학의 갈래용어인 반면 '비극적', '비극적인 것'은 일상용어라는 것이다.

위의 다섯 연구자들 외에 비극에 대해 연구한 학자들이 있는데 조동일[34]은 한국적 비극의 가능성을, 레이몬드 윌리암스(Raymend Williams)[35]는 서양에서의 현대비극의 가능성을 주장한다. 그러나 조지 스타이너(George Steiner)는 현대의 비극 작품을 부정하며, 임철규[36] 역시 비극이 불가능하다고 주장했다.

여전논문집』(인문·사회과학편) 제17권, 1994.

반재진, 「비극적 신화의 창조와 꿈 - 최인훈 희곡 '옛날 옛적에 훠어이 훠이' 분석」, 한성대 대학원 석사학위논문, 1994.

박옥진, 「최인훈 희곡의 비극성 연구」, 숭실대 대학원 석사학위논문, 1995.

33) 비극적이라는 것은 생활현상으로 비극은 비극적인 것을 모조리 장악하는 극적 예술형식으로 구별하고 있다. 비극이 문학갈래이고 비극적, 비극적인 것이 일상언어라면, 비극은 비극적 현상의 예술적 형식화라고 할 수 있다. 이렇게 본다면 비극과 비극적인 것의 관계는 문학의 대상과 대상의 문학화에 관련된다. - W. Kayser, 「언어예술작품론」, 김윤보 옮김, 서울:대방출판사, 1982, 570쪽.

34) 조동일, 「연극의 자취를 찾아서」, 『한국문학통사』1, 서울:지식산업사, 1994. ; 조동일, 『탈춤의 역사와 원리』, 서울:기린원, 1998.

35) Raymond Williams, 『현대비극론』, 임순희 옮김, 서울:까치글방, 1997.

36) 임철규, 「비극적 비전」, 『우리시대의 리얼리즘』, 서울:한길사, 1993.

비극은 인간존재의 본질을 운명의 압력과 인간성격의 비극성[37]
이란 관점에서, 비극적 비전으로 깊이 있게 탐구한 작품들이라고
할 수 있다. 비극 양식을 서구의 전통적인 문예 양식의 하나로 간
주하는 조지 스타이너(George Steiner)는 『비극의 죽음』에서 비
극을 고대 그리스 시대와 영국 엘리자베스 시대에만 존재했던 작
품으로 한정시킨다. 그리고 현대에는 '비극적'인 작품은 존재할 수
있지만 비극은 존재할 수 없다고 주장한다. 이에 대해 레이몬드 윌
리엄즈는 스타이너의 견해가 단지 전통 비극만을 비극으로 고집하
는 편협한 관점이라고 주장한다. 윌리엄즈는 비극의 개념을 보다
폭넓게 보고자 한다. 근대 사회에도 일상적 감각으로 체득되는 '비
극적 경험'이라는 것이 엄연히 존재하기 때문에 현대에도 비극은
존립할 수 있다고 주장한다. 그의 『현대 비극론』에는 '비극적 경험'
을 비극 양식 내에 용인하는 포괄성이 있다.

그런데 임철규는 일원론적인 동양사상 체계를 이유로 동양에서
의, 한국에서의 비극은 불가능하다고 주장한다. 비극정신은 세계를
이원론적으로 인식할 때, 개인과 운명 또는 세계와의 대립과 갈등에
서 개인의 개체의식이 함몰되지 않을 때 가능하다고 주장한다.[38]

김승옥 역시 한국문학에서 비극은 불가능하다고 본다. 그는 동
양의 일원론적인 사고체계뿐만 아니라 대화문화의 부재를 주된 요

---

37) 슈타이거(Steiger)는 인간세계에 내재하고 있는 불운, 비운에 대항하여 싸우는 결
    코 승리할 수 없는 인간투쟁, 운명이나 사회적 힘에 의한 인간의 몰락, 절대신과
    의 단절에서 비극성이 발생한다고 했다. - 민병욱, 『희곡문학론』, 서울:민지사,
    1991, 174쪽.
38) 임철규, 앞의 글, 40~41쪽.

인으로 삼고 있다. 서양의 비극이 대화문화에서 비롯되었기 때문에 명상, 침묵, 복종이 미덕인 유교문화와 전제정치 하에 있었던 동양에서는 희곡의 발전이 더딜 수밖에 없었다고 주장한다. 또한 세계를 이원론적으로 보지 않고 조화로운 것으로 보며, 자연과 인간이 분리되어 있지 않고 인간도 자연의 일부라고 생각하는 동양에서는 고난이나 역경, 사람의 고통이나 불 같은 노여움, 미움 등으로 인한 비극적 대립이 나타나지 않는다고 주장했다. 생활은 일시적인 것이요 사람이 사는 동안 그저 지나가는 것에 지나지 않는다는 세계관이 자리잡고 있어 한국 희곡작품에서 비극 작품은 태어나기 힘들며 다만 비극적 상황만 있을 뿐이라고 강변한다.39)

그러나 조동일은 <처용가>라는 작품을 근거로 우리 문학에 비극이 가능함을 주장한다. 그는 처용가의 '밝은 달밤'을 중요시 여긴다. 밝은 달밤에 밤드리 놀았다는 것은 고조된 행복인데 행복이 고조되었을 때 불행이 시작되어, 그 불행으로 인한 고민과 좌절이 심각해지며 비극이 되기 때문이다. 아내를 빼앗겨 고민하는 사람을 주인공으로 삼았기 때문에 비극일 뿐만 아니라, 이와 같은 행복에서 불행으로의 반전이 비극으로서의 의미를 더욱 심화시킨다고 했다.40)

이에 대해 김승옥은 한국인의 정서를 내세워 처용가는 비극이 아니라고 주장한다. 처용은 아내의 불륜을 목격했을 때 셰익스피어의 <오셀로(Othelo)>와 정반대의 반응을 보이는데 그 이유는 원래의 한국인의 마음, 혹은 동양인의 내면 속에는 어떤 다가오는

<hr>

39) 김승옥,「한국희곡의 세계문학적 위상」,『인문논집』제36집, 고려대 문과대학, 1991, 133쪽.
40) 조동일,『탈춤의 역사와 원리』, 26쪽.

싸움의 대상에 마주서서 싸우는 것이 아니라 우회하려는 마음이 있기 때문이라는 것이다. 이것은 약자의 변호나 비겁한 굴종이 아니라 싸움 없는 승리의 지혜가 동양인의 삶의 지혜이기 때문이라고 했다. 처용이 노래를 부르며 마당에 나가 춤을 추니, 역신이 나와 절하며 앞으로 자기 화상을 그려 붙이면 병이 들어오지 못할 것이라고 했다는 의미는 비극적인 싸움의 회피를 통하여 비극적인 위기 상황을 극복하는 결과를 가져온다는 뜻으로 해석한다. 이러한 한국적 정서로 인하여 한국, 나아가 동양에서는 서양적인 비극 작품이 생산되기 힘들다고 단정짓는다.41)

임철규와 김승옥의 연구는, 한국 희곡에서는 비극 작품이 생산될 수 없다고 했지만 부정의 근거제시를 통해 한국 희곡만의 독특한 정서와 그 발전 가능성을 보여준 의의가 있다. 또한 동양적인 사상체계와 정서 속에서 생산된 작품을 서양의 틀로만 분석하려 할 때 발생하는 오류를 발견해 낼 수 있는 계기도 되었다.

이런 토대 위에서 김성희는 최인훈 희곡을 대상으로 한국적 비극의 특성과 보편성을 연구한다. 그는 최인훈 비극의 특징을 명상적 비극, 인연비극이라 칭하고 꿈과 현실의 중첩구조, 현실과 환상의 착란, 현실의 환상으로의 대체라는 비극적 아이러니가 나타난다고 했다. 또한 메시아를 추방하는 역설적 아이러니가 보이고 굼뜬 행동 등으로 탈 역사적인 원형적 상황을 추구한다고 했다. 최인훈의 비극에는 비장미뿐만 아니라 골계미가 있어 스타일 혼합이 나타나며 독특한 역설과 아이러니 효과가 구조화되어 있다고 했

41) 김승옥, 앞의 글, 130쪽.

다. 그러나 김성희는, 최인훈 작품에는 비극의 보편성, 즉 세계와의 치열한 대결의식이 부족하다고 결론짓는다.

이처럼 비극에 관한 여러 학자들의 비극에 대한 개념을 살펴보았다. 위의 의견들을 종합해 보면 동양, 한국에서는 비극적 상황이 있을 수는 있지만 서양의 것과 같은 비극은 성립할 수 없다는 것이었다.

그러나 비극은 비극적인 정감을 느끼는 데서 비롯되며 그 정감인 슬픔과, 절망, 좌절은 동·서양 사람들이 모두 느끼는 정서라고 할 수 있다. 최인훈의 작품 속에서도 행복에서 불행으로의 반전이 있으며 이로 인해 등장인물들이 고통스러워하고 갈등을 겪는다. 그리고 텍스트 속의 억눌린 인물들은 민중들끼리, 또 지배자와 갈등을 겪고 있으며 화해를 추구하는 모습을 보이고 있지 않다.

최인훈의 창작 원리는 비극적 요소와 전통극적 요소가 조화를 이루면서 한국적인 비극을 구현하는 것이다. 따라서 세계와의 치열한 대결의식이라고 공식화되어 있는 비극의 보편성을 염두에 두면서 극텍스트의 비극적인 감각42)을 중시하여 최인훈의 창작 원리를 살필 것이다.

---

42) 비극적 감각이란 외적 세계는 압도적이며 부조리한 것이지만 인간은 그것을 피할 길이 없음을 의식, 인지하고 있는 것이다. ‒E.W. Knight, *Literature Consideration as Philosophy*, Routledge & Kegan Paul, 1957, p.42. (민병욱, 앞의 책, 179쪽에서 재인용.)

3. 연극기호학과 의미체계

최인훈 희곡 <옛날 옛적에 훠어이 훠이>와 <둥둥 낙랑둥>의 창작 원리를 밝히기 위해 본 책에서는 이 작품이 '어떻게(how)' 전달되고 있는가[43]에 초점을 맞추려 한다. 작품의 주제(무엇을what)가 아닌 형식(어떻게how)을 연구하려는 것은 작가가 이미 널리 알려진 이야기인 '아기장수 설화'와 '호동설화'[44]를 희곡이라는 형식으로 '낯설게' 표현하고 있기 때문이다. 작가는 아기장수 설화와 호동설화를 낯설게 변형하여 <옛날 옛적에 훠어이 훠이>, <둥둥 낙랑둥>이라는 또 하나의 극텍스트[45]를 생산한 것이다. 따라서 <옛날 옛적에 훠어이 훠이>와 <둥둥 낙랑둥> 구조 분석은 낯설어진 텍스트의 형식과 내용이 '어떻게(how)' 전달되고 있는가를 밝히는 연구라고 할 수 있다.

본서에서는 희곡의 창작원리를 살필 때 극적 구조를 밝히는 과정이 문학과 연극 사이의 생산적인 토론 과정[46]이라 여기고, 작품

---

43) 김만수, 『희곡 읽기의 방법론』, 서울:태학사, 1996, 103~104쪽.

44) 김부식, 『三國史記』, 최호 역, 홍신문화사, 1991, 290~296쪽.

45) 극텍스트의 개념은 다음과 같이 정의할 수 있다. 첫째, 극텍스트는 언어학적 대상이다. 극텍스트는 자연어로 쓰여 있는 만큼 자연어의 구조를 따르며 동시에 텍스트 자체의 언어행위를 구성하고 있기 때문이다. 둘째, 극텍스트는 문학 텍스트와 마찬가지로 '닫힌' 텍스트이다. 그 의미는 ㉠시간·공간 속에 제한되어 있으며 ㉡구조적으로 마무리되어 있고 ㉢그 글쓰기가 선조적(線條的)이라는 것이다. 셋째, 극텍스트의 전언은 상연의 제한적 두 축, 즉 시간과 공간 위에서 공연의 여러 구성소들−등장인물·말·오브제·음악·조명·동작− 사이에 맺어질 수 있는 관계를 염두에 둔 기호들의 결합체이다. − 신현숙, 앞의 책, 12~13쪽.

46) 김만수, 「희곡 연구방법론 재검토」, 『한국극예술연구』제11집, 서울:한국극예술학회, 2000, 111쪽.

을 연극기호학적인 방법으로 논하려 한다. 기호학적인 시각에서는 희곡을 문학성과 연극성을 동시에 지닌 장르로 보고, 연구하는 데 있어 '상연되고 있는 작품'을 보는 듯한 상상력[47]을 요구한다. 희곡(극텍스트)은 '보는 자와 보여주는 자의 만남'이라는 속성을 지니고 있기에, 연구자들은 희곡이 무대에서 어떻게 형상화될 것인가를 상상하며 읽어야(보아야) 하는 것이다. 따라서 연극기호학은 작품을 중심으로 하되 연출, 배우, 관객(독자)의 상호관계를 중시한다.

그런데 연구자들 중에는 연극기호학의 기계론적인 도식성과 난해성을 문제 삼으며, 기호학이 방법론으로서 어느 정도의 성과를 낼 수 있는지 의문을 제기하고 있기도 하다. 또한 작품을 '분석한다'는 것에 대해 회의를 표하기도 한다. 그러나 여기서 '분석한다'는 것은 하나의 희곡을 분해하는 것에 그치는 것이 아니다. 분석이란 작품의 외적인 현상을 분리하고 절단하면서 작품의 근원, 부분, 기능, 관계 등을 파악하여 작품의 진리 체계를 밝히는 것[48]이기 때문이다. 따라서 <옛날 옛적에 훠어이 훠이>와 <둥둥 낙랑둥>의 구조를 연구하는 것은 텍스트를 구성하는 등장인물, 텍스트, 공간구조 분석을 통해 진리체계, 또는 의미체계를 밝히는 것이라 할 수 있다.

그리고 기호학을 방법론으로 삼는 것에 대한 문제제기는 기호학이 지닌 장점에 대한 이해로 해결될 수 있으리라고 본다.

구조주의적 사고의 산물로서 연극기호학은 앞서 언급했듯이 극

---

47) 신현숙, 앞의 책, 11쪽.
48) "a system of ideas" – Kirby, Michael. 1987. "introduction". in *a formalist theatre*. Philadelphia:University of Pennsylvania Press. p.17.

작가만을 창조의 주체로 보는 것이 아니라 연출가·배우·비평가역시 주체로 보고, 그들이 해석하는 텍스트에 비중을 둔다. 연극기호학은 희곡과 공연을 분석할 때에 기호들의 형태적 구성, 무대 종사자들, 관객에 의한 의미작용 과정 등의 역동적 관계에 역점을 두는 방법론[49]인 것이다. 기호학적인 측면에서 작품은 '실체'로 주어지는 것이 아니라, 상황 속에서 새롭게 변형되는 '텍스트'로 인정될뿐이다. 따라서 연극기호학에 토대를 둔 희곡 구조 분석은 크게 텍스트, 등장인물, 담화, 공간, 시간, 오브제에 대한 분석으로 세분된다. 이러한 구분은 아리스토텔레스가 『詩學』에서 제시하고 있는 플롯, 인물, 수사법, 장경, 음악, 사상이라는 여섯 가지 요소와 어느정도 겹쳐진다. 그러나 연극기호학이 전통적인 분석방법과 특히구분되는 부분은 등장인물 사이의 의사소통 관계를 표시하는 행위소 모델 때문이다. 행위소 모델을 통해서 작품 내부의 관계를 알수 있고 이를 통해 등장인물의 성격이 플롯과 연관된다는 사실이밝혀지기에, 이 모델은 연극기호학의 성과라고도 할 수 있다.[50]

  그리고 또 한가지 성과로는 연극기호학이 '기능론'적인 측면을중시하는 연구 방법론이라는 점을 들 수 있다. 아리스토텔레스는『시학』에서 '성격보다 플롯을 우위'에 두었다. 이로 인해 연극이론가들은 일반적인 연극 이론 서술에서 플롯을 중시해 왔다. 그러나근대 이후 작품에서는 다양한 계층의 인물이 주인공으로 등장함에따라 작중인물의 중요성이 커지게 된다. 이에 따라 희곡 연구자들

---

49) Patris Pavis, 『연극학사전』, 신현숙·윤학로 옮김, 서울:현대미학사, 1993, 285쪽.
50) 김만수, 「희곡 연구방법론 재검토」, 107쪽. ; Pavis, 위의 책, 486쪽.

이 플롯보다는 성격에 관한 논의를 보다 중시해 왔다. 그리고 성격론은 주로 아리스토텔레스가 희극과 비극 속의 등장인물이 각각 다르다는 의미에서 처음 규정한 유형론을 중심으로 전개된다. 그런데 유형론을 중심으로 하는 연구의 흐름은 인상적인 비평으로 굳어진다. 예를 들면, 김우진과 채만식 희곡 속의 지식인상, 유치진 희곡 속의 농민상, 카프 계열 작품 속의 노동자와 자본가 등에 대한 연구는 유형론을 토대로 인상 비평적인 시각에서 진행된 것이었다. 이러한 논의는 작품 속에 반영된 현실의 일부분을 연구하는 것에 그치는 것이기에, 기계적인 반영론의 수준에 머무르는 한계를 지니고 있는 것이다. 유형론을 토대로 등장인물의 성격을 연구하는 것은 작중인물을 작품의 유기적인 질서에서 분리하여 하나의 관념이나 추상으로 재구성하는 위험한 방법론으로 굳어진 것이다. 그런데 작품을 연구하는 데 있어서의 유형론의 한계는 '기능론' 중심의 기호학으로 극복될 수 있다. '기능론' 중심의 기호학이 대안적인 방법론이 될 수 있는 이유는, 작품 내적 현실과 작품 외적 현실이 다르다는 점을 분명히 함으로써 작품을 해석하는 데 새로운 시각을 제공하고, 작중인물이 고정된 실체가 아니라 실제 공연상황에 따라 유동적일 수 있다는 점을 분명히 하고 있기 때문이다. 텍스트를 구성하는 요소들의 '기능'을 중시하는 형식주의적 방법으로서의 기호학은, 상연의 코드와 해석자의 문화적 코드의 변화에 따라 텍스트의 진리 체계를 새롭게 읽어낼 수 있는 장점이 있는 것이다.51)

---

51) 김만수, 위의 글, 106~110쪽.

이처럼 '분석'에 대한 정의와 연극기호학의 장점을 살펴보았다. 이를 통해 연극기호학을 방법론으로 <옛날 옛적에 훠어이 훠이>와 <둥둥 낙랑둥>의 구조를 분석하는 것이, 성과없이 작품을 해부하는 데 그치는 것이 아님을 알 수 있다. 그리고 최인훈 작품 <옛날 옛적에 훠어이 훠이>는 '아기장수' 설화를, <둥둥 낙랑둥>은 '호동설화'를 극텍스트로 낯설게 변형한 것이기에, 텍스트의 구조를 분석하는 데 있어 연극기호학이 유효하다고 할 수 있다.

작품 구조를 분석하기 위해 연극기호학 이론을 설명하자면 다음과 같다.

위에서 행위소 모델은 등장인물 사이의 의사소통 관계와 극 내부의 관계, 즉 극의 심층구조를 명확히 밝혀 주는 동시에, 희곡이나 무대 위에 나타나는 역동적인 힘들의 결정이나 배분에 도움을 주어 극 해석상의 초점을 뚜렷이 만들어 주는 장점이 있다고 했다. 행위소 모델은 그레마스가 구조주의 언어학의 개념을 차용하여 이야기의 통사구조를 '발신자와 수신자', '주체와 대상', '협조자와 반대자' 간의 관계로 파악하는 것에서 체계화된다. 그리고 그레마스가 사용한 '행위소'란 용어는 '극행동들의 논리를 밝혀주는 추상적인 힘이자, 구체적인 힘'이다. 구조화된 인간 행위를 하나의 문장으로 나타내면 '주체 X는 대상 Y를 추구한다(원한다, 갈망한다, 구축한다, 파괴한다)'로 표현할 수 있다. 그레마스는 인간 행위의 가장 일반적인 의미를 세 가지 양태(알다, 할 수 있다, 원하다)로 파악했으며, 주체가 대상을 추구한다는 것을 다음의 도표처럼 화살표로 나타낸다. 그레마스의 여섯 가지 행위소를 도식화하면 다음과 같다.

$$발신자 \dashrightarrow 대상 \dashrightarrow 수신자$$
$$\uparrow$$
$$협조자 \dashrightarrow 주체 \longleftarrow 반대자$$

이러한 그레마스 도식의 주요한 기능 중의 하나는 '문장의 구조를 텍스트의 플롯에 대체로 일치하게 하는 일'이다. 다시 말해 그레마스는 이야기를 문장과 유사한 통사구조로 파악하는 것이다. 그런데 프랑스의 연극 기호학자 위베르스펠드는 그레마스의 행위소 모델을 연극의 특성에 맞추어 조금 수정했다. 그는 세 가지 축의 개념을 의사소통·욕망·갈등으로 수정하고 주체의 기능은 '발신자–수신자'의 영향 하에 작용하며, '협조자–반대자'의 기능은 주체는 물론이고 대상에도 관계되는 것으로 규정했다.

위베르스펠드가 수정한 행위소 모델은 다음 도식과 같다.

$$발신자 \dashrightarrow 주체 \dashrightarrow 수신자$$
$$\nearrow \quad \downarrow \quad \nwarrow$$
$$협조자 \dashrightarrow 대상 \longleftarrow 반대자$$

위의 도식은 극서술체의 기본문장 '주체가 대상을 원한다'에서의 주체의 갈망을 '발신자가 수신자를 위해서 ~를 원한다'라는 사회적 행위와의 관계에서 파악하도록 밝혀 준다. '발신자–수신자' 항은 주체의 행동을 결정하는 '동기부여'에 관계된다. 발신자는 주체의 행동을 결정하는 심리적·사회적 동기부여의 역할을 하는 것

이며, 수신자는 주체의 행동이 누구를 위한 것이었는지, 즉 그 행동의 결과와 관련된 역할이다.[52]

이러한 행위소 모델을 통해서는 의미 작용의 기본구조, 즉 심층구조를 파악할 수 있다. 그리고 이러한 심층구조는 담화를 통해 표층구조로 드러난다. 따라서 등장인물의 역할은 심층구조와 표층구조에 동시에 걸쳐 있는 것으로 분석할 수 있다.

행위소가 통사론적 기능단위라고 한다면 행위자는 등장인물들을 그 변별적 자질에 따라 집단으로 묶을 수 있는 기호로서의 성격을 지닌다. 행위자는 원칙적으로 하나의 서술체, 혹은 개별 텍스트의 인물인 것이다. 행위자는 주어진 이름 아래 집결되는 모든 기호들의 총체를 가리킨다. 각 등장인물은 그를 특징짓는 일련의 기호들을 보유하는데 명칭, 신체적 특징, 사회적 신분, 의상, 공간(거주지), 시간적 기표들이 기호로써 작용하여 하나의 기호 체계로 드러난다. 그러나 행위자는 개체일 수도 있고 집단일 수도 있다.[53]

공간은 등장인물이 나타나 움직이고 그들 사이에 관계를 맺는 곳이자, 보여지는 자와 보는 자 간의 만남의 장소이며 공간화 한 기호들이 공시(共時)적으로 쌓인 속에서 텍스트가 구현되는 곳이다. 공간은 다음성적 기호들이 이루는 대립과 유사의 관계가 힘의 조직망, 혹은 갈등의 조직망을 구성하기 때문에 통사론적 구조를 형성할 수 있다. 다시 말해 공간은 기호의 자격을 띠고 희곡의 이야기 공간, 심리 현상의 공간, 특정한 사회-문화 공간을 표출할 수

---

52) 신현숙, 앞의 책, 34~36쪽.
53) 위의 책, 41쪽.

있다. 이러한 공간은 무대 안과 무대 밖이라는 대립되는 두 공간으로 나뉘고, 무대 안의 공간은 다시 등장인물의 갈등, 이데올로기의 갈등에 따라 이분되는 구조를 지닌다. 따라서 공간 분석은 희곡의 은유적 세계를 밝히는 데 유용하다.

오브제는 극의 기호로서 작용하여 등장인물·말(파롤) 등과 함께 극행동에 참여한다. 그러므로 고립되어 작용할 수 없고 허구와 무대라는 두 층위의 이중적 맥락 속에서 그것이 암시하는 것에 의해서만 의미를 지닐 수 있다.54)

본 논문에서는 위와 같은 연극기호학 이론을 토대로 <옛날 옛적에 훠어이 훠이>와 <둥둥 낙랑둥>을 '등장인물 분석, 텍스트 분석, 공간구조 분석'이라는 세 개의 장으로 나누어 분석하려 한다.

2장 등장인물 분석에서는 텍스트의 표층구조와 심층구조에서 드러나는 갈등구조를 파악할 것이다. 행위소 모델을 통해 권력 갈등과 이데올로기 대립이라는 심층구조를 파악할 수 있을 것이며, 이러한 심층구조가 행위자·담화라는 표층구조로 어떻게 드러나는지 살펴볼 것이다. <옛날 옛적에 훠어이 훠이>의 경우 대부분의 연구자들은 희곡이 설화와 달리 아기장수의 부모인 아내와 남편을 중심으로 전개됨을 알고 있으면서도 작품에 대한 해석은 아기장수를 중심으로 하고 있다. 즉 아기장수의 출현과 비극적인 죽음, 그리고 승천의 내용을 통해 장수를 주인공으로 보는 것이다. 이러한 논의는 기본적으로 작가 최인훈의 의도를 크게 벗어난 것은 아니다. 그러나 실제로 작품 내에서 불행을 겪는 주체는 대다수

---

54) 위의 책, 199쪽.

의 마을 사람들, 아내와 남편이었다. 최인훈이 '아기장수가 마을 사람들의 희망, 힘, 앎, 아름다움 등 그들이 이겨내지 못하는 외부적인 운명'[55]이라고 설명하는 것에서도 드러나듯이, 작품에서 '아기장수'는 갈등의 중심에 있으면서도 '아기장수'의 등장으로 인해 두려움에 떠는 대다수 많은 사람들의 갈등에 중심이 맞추어져 있는 것이다.

<둥둥 낙랑둥>의 경우도 선행 연구서에서는 호동만을 중심으로 갈등을 추출했지만, 본서에서는 호동과 왕비 두 주체를 중심으로 행위소 모델을 세울 것이다. 이를 통해 다층적이고 복합적인 갈등 양상을 파악할 수 있을 것이다. <둥둥 낙랑둥> 담화의 특징은 독백이 주로 사용된다는 것이다. 그리고 행위자 호동은 독백을 통해 자신의 행위를 되돌아보고 계몽된 영웅이 되며 왕비는 세 개의 역할이 그녀 내부에서 갈등을 일으키는 다음성(多音性)을 지닌 주체이다. 그러나 왕비는 자신의 모순된 역할들로 인한 내적인 갈등을 사랑으로 승화시키는 제의적인 인물(비이성적인)이 된다.

3장 텍스트의 구조 분석을 통해서는 두 작품에서 드러나는 비극적인 구조에 대해 논할 것이다. <옛날 옛적에 훠어이 훠이>에서는 아내와 남편의 파롤, 그리고 오브제 씨앗조가 비극적 아이러니로 작용한다. 아내와 남편의 이야기와는 동떨어진 듯 흐르고 있는, 아들의 목을 찾는 할머니 이야기는 부-플롯으로 논할 수 있다. 이 노파 플롯은 극의 갈등구조에 모성애를 환기시킨다. 따라서 아내가 모성애의 좌절, 그리고 극복할 수 없는 세계와의 대결에서 패배

---

55) 최인훈, 「하늘의 뜻과 인간의 뜻」, 『문학과 이데올로기』, 371쪽.

하여 죽음을 선택하는 결말로 흐르는 것을 돕는다.

결말 부분에서 마들 사람들(민중)이 아기장수를 내쫓는 행위는 관객에게 거리두기를 발생하게 한다. 아내와 남편과 아기장수가 마을에서 쫓겨나듯 승천할 때에 마을 사람들은 신명나게 춤을 추는데 이때 독자들은 극 속에 빠지지 않고 거리를 두게 되며 극의 의미를 생각하게 되는 것이다. 그러나 한편으로는 비극에서 발생할 수 있는, 지배자와 피지배자 사이에서 발생하는 반복되는 억압 세계를 경험하면서 극적 카타르시스56)를 느낄 수도 있다. 다시 말하면 극도로 절제된 상태에서 관객은 카타르시스를 느낌과 동시에 민중들의 모순된 행위에 대해 문제의식을 갖게 되는 것이다. 텍스트의 구조에서 드러나는 또 한 가지 특징은 결말부분에서 드러나는 종지법으로서의 기계신(deus ex machina)의 등장이다. 기계신

---

56) 카타르시스(catharsis) - 그리스어로는 '정화(淨化)', 또는 '순화(純化)'의 뜻, 또는 두 가지를 다 포함하는 뜻이다 - 를 정확하게 어떻게 해석해야 하는가 하는 문제에 대해서는 논란이 많았다. 그러나 두 가지 점에서는 현대의 많은 해설가들의 의견이 일치한다. 우선 아리스토텔레스는, 고난과 패배의 재현이 대부분의 관객들에게 억압당한 느낌을 주는 것이 아니라 해방감, 또는 고양감까지도 준다는, 예상 밖이지만 부정할 수 없는 사실을 설명하려 한다. (그러나 근래의 한 해설자는 아리스토텔레스의 카타르시스는 관중에게 주어지는 효과가 아니라 연극 자체 내의 한 요소라고 해석하고 있다. 즉 그것은 극의 진행을 통해서, 주인공은 자신의 행동을 속속들이 알지 못하고 행했다는 것을 증명하는 것으로 해서 주인공의 비극적 행위에 뒤따르게 되는 죄책감의 정화라는 것이다. - Gerald Else, *Aristotle's Poetics* 1957, pp.224-232, 423-447 (M. H. Abrams, 『문학용어사전』, 최상규 옮김, 서울:대방출판사, 1987, 314~315쪽에서 재인용).
둘째로, 아리스토텔레스는 "연민이나 공포의 즐거움"이라는 특이한 효과를, 비극이나 그밖의 다른 형식과 비극을 구별할 수 있게 하는 기초적인 방법으로 보고, 최대한으로 이 효과를 내려는 극작가의 목표를 비극의 주인공이나 비극적 플롯 구성의 방법선택을 결정하는 원리로 간주한다. - M. H. Abrams, 위의 책, 314~319쪽.

은 아리스토텔레스에 의해 '외부적인 힘에 의존한 해결'이라는 부정적인 평가를 받아 잘 연구되지 않은 기법이다. 그러나 사사키 겐이치(佐佐木健一)[57]는 기계신 기법을, 갈등을 단지 외부의 힘에 의해 해결하는 것이 아닌 극의 결말을 완성하는 기법으로 바라보고 있다. 즉 아기장수가 용마를 타고 나타나는 모습은 외부의 힘이 아닌 극을 마무리짓기 위한 등장이었던 것이다.

<둥둥 낙랑둥>에서도 비극 구조에서 발견되는 '비극적 아이러니'와 '비극적 계기'가 있다. 주몽(의 극행동)은 전개부에서는 호동을 칭찬하고 복을 내리지만, 결말부에서는 호동의 참수를 명하는 비극적 아이러니로 작용한다. 그리고 이 작품에서는 '달래, 또는 사자의 보고 행위'가 호동과 왕비를 죽음으로 몰고가는 '비극적 계기'가 된다. '보고 행위'는 고대 그리스 비극 구조에서는 부수적으로 여겨지던 행위인데, <둥둥 낙랑둥>에서는 극적 전개에 긴장감을 조성하는 '비극적 계기'로 활용된다. 그리고 <둥둥 낙랑둥>에는 비극적인 상황 속에 꼽추 난쟁이의 우스꽝스러운 극행동과 희화화된 고구려왕의 극행동이 삽입되어 있다. 이는 역설적인 장면 구성이라 할 수 있으며 이로 인해 <둥둥 낙랑둥>에서는 웃음으로 거리두기 효과가 발생한다. 이 작품에서도 결말부에 기계신 기법이 사용된다. 하늘사자 백골이 '극을 완결짓는 기계신'으로 등장하는 것이다. <옛날 옛적에 훠어이 훠이>에서와 같이 <둥둥 낙랑둥>에서 하늘사자 백골은 비극적인 결말을 '구원과 사랑'으로 완결시켜 주는 기계신으로 작용한다.

---

57) 佐佐木健一, 『예술 작품의 철학』, 이기우 옮김, 부산:도서출판 신아, 1994.

4장 공간구조 분석에서 보면 <옛날 옛적에 훠어이 훠이>는 무대 안과 무대 밖, 그리고 무대에 나타나는 오브제를 중심으로 살펴볼 수 있다. 본 텍스트는 공간이 크게 '무대 방 안'과 '무대 방 밖', 그리고 '무대 밖'의 공간으로 분리된다. 여기서 무대 방 안은 아기장수 인형이라는 오브제에 의해 신화의 공간이 창출되고, 무대 방 밖은 청각·시각적인 요소와 오브제에 의해 일상의 역사적 공간이 된다. 그리고 무대 밖은 보이지 않는 지배자의 공간이라고 할 수 있다. 그리고 열쇠공간인 방안은 아기장수와 아내의 죽음으로 죽음의 공간으로 확대되고 무대 안은 아기장수·아내·남편이 지배자들과 민중들에 의해 쫓겨나면서 지배자들이 점유한다. <옛날 옛적에 훠어이 훠이>에서의 시간구조는 극 텍스트의 신화공간을 해석하는 데 큰 역할을 한다. 부-플롯인 할머니 이야기는 신화적 시간구조로 분석할 수 있는데, 이 플롯은 과거의 이야기, 미래에 대한 암시, 순환하는 시간을 제시함으로써 작품에 신화성을 부여한다.

<둥둥 낙랑둥>의 무대는 '공간 어휘 일람표'를 통해 오브제, 시·청각적인 요소가 무대 밖과 안에서 어떻게 작용하는지 살필 것이다. 그리고 <둥둥 낙랑둥>에는 '극중 극 기법'이 사용되는 특징이 있다. 호동과 왕비의 역할놀이 공간은 '탈 금기의 공간'을 형성하고 굿 공간에서는 '제의의식이 연출'되고 있다. 특히 굿 공간 분석에서는 제의의식에 대한 개념과 더불어, 작품에서 드러나는 제의적인 요소가 어떠한 의미체계를 지니는지 밝히려 한다. 결말부에서 난쟁이의 극행동은 제의의식의 '난장판'이 연출된 것이며

이를 통해 '거리두기' 효과가 발생함을 알 수 있을 것이다.

이와 같은 분석으로 우리는 최인훈이 '희곡쓰기 원칙'을 어떻게 구현하고 있는지, 이를 통해 어떠한 의미체계가 생산되는지 알 수 있을 것이다.

Ⅱ. 등장인물 분석

    <옛날 옛적에 훠어이 훠이>에 등장하는 인물, '나오는 사람'은 아내, 남편, 개똥어멈, 할머니, 마을사람 1·2, 포졸 1·2·3이다. 작가 최인훈은 특이하게도 이 텍스트에만 '작가의 말'과 '나오는 사람'을 따로 제시하고 있다. 그런데 '나오는 사람'에 아기, 또는 아기 장수라는 인물이 빠져 있다. 실제로 작품 속에서 아기는 인물이 아니라 둘째 마당에서는 울음 소리로, 셋째, 넷째 마당에서는 인형으로 등장한다. 아기장수는 오브제로 처리된 행위자인 것이다. 설화에 근거해서 인물을 분석할 때에는 아기를 주체로 파악했었다. 그러나 본 텍스트의 갈등과 사건은 아기를 둘러싼 주변인물, 즉 아내와 남편을 중심으로 전개되고 있다고 언급했었다. 따라서 행위자로서의 아기는 인물들의 극행동에 큰 영향을 끼치지만, 이 글에서는 등장인물이 아닌 공간의 주체로 분석하려 한다.

    최인훈이 인식하고 있는 인물의 모습은 사회적·역사적인 상황 속에 어쩔 수 없이 이끌려가는 인간의 모습이다. 따라서 보는 시각에 따라 무기력하고 수동적으로 여겨질 수 있다. 그러나 등장인물

의 행위소 모델을 작성함으로써 지배자와 피지배자 간의 갈등 구조를 알 수 있을 것이며 심층구조를 파악할 수 있을 것이다. 또한 극텍스트의 극적 언어, 담화 연구를 통해서도 행위자의 특성을 파악할 수 있을 것이다.

<둥둥 낙랑둥>에 등장해서 발화를 하는 인물로는 (혼령으로 나타나는)낙랑공주, 호동, 부장, 왕, 왕비, 난쟁이, 시녀, 달래, 궁녀, 사자, 얼굴 1~11, 군병 1~4가 있다. 그리고 여기에 왕비의 몸을 빌어 발화만으로 등장하는 주몽이 있고, 발화는 하지 않고 극행동만 하는 하늘사자가 등장한다. 이 작품에는 총 스물 일곱 개(27)의 역할이 있는 것이다. 위의 등장인물들 각각의 극행동이 <둥둥 낙랑둥>의 사건을 일으키고 갈등을 만들어내고 있다.

이 두 작품에서의 갈등 관계는 행위소 모델을 통해 그 심층구조를 알 수 있는데, 행위소 모델을 작성하기 위해서는 우선 작품 이야기를 몇 개의 단위로 분할해야 한다. 극의 이야기 분할 기준으로는 수리오의 극적 상황, 위베르스펠드의 극행동, 마르퀴스의 극적 에피소드라는 분할 기준이 있다. 이 중 마르퀴스의 에피소드는 등장인물 간의 갈등에 초점을 맞추고 갈등의 전개에 중요한 원인이 되는 동시에 부분적 의미를 담고 있는 단위이다. 에피소드를 극 이야기의 단위로 간주하고 있으므로 극행동의 논리를 더욱 잘 밝혀준다고 할 수 있다.[58] 따라서 본 논문에서는 마르퀴스의 에피소드 분할을 중심으로 이야기 구성 단위를 분할하고 행위소 모델을 세우려 한다.

---

58) 신현숙, 앞의 책, 152~153쪽.

1. 행위소 모델을 통한 갈등 구조 - 권력과 이데올로기 대립

1) 〈옛날 옛적에 훠어이 훠이〉의 갈등 구조

·첫째 마당

【E1】[59] 남편이 씨앗조를 얻어와 만삭의 아내에게 밥을 지어주려고 함. 그러나 아내는 이를 거부하고 산나물죽을 먹음.

```
        D1=배고픔   →   S=남편   →   D2=사랑
                         ↓      ↖
        A=없음   →   O=씨앗조   ←   Op=아내
```

【E2】부부가 알고 있던 해소기침쟁이 소금장수(도적)가 관가에 불을 지르고 나라 곳간을 털어 갔다가 잡혀서 목이 잘림.

```
        D1=배고픔   →   S=소금장수   →   D2=현실비판
                 ↗       ↓       ↖
        A=도적들   →   O=양식   ←   Op=관가
```

【E3】흉년이 되어 도적이 끓기 시작하면 관가에서는 백성을 토벌꾼으로 징벌함. 부부는 남편이 토벌꾼으로 끌려갈까 봐 걱정함.

---

59) E : 극적 에피소드(Episode dramatique)의 약자
    D1 : 발신자   D2 : 수신자
    S : 주체   O : 대상
    A : 협조자   Op : 반대자

```
        D1=억압  →  S=관가  →  D2=지배
                   ↗    ↓    ↖
        A=지배자  →  O=토벌  ←  Op=부부, 도적
```

·둘째 마당

【E4】 개똥어멈이 와서 용마가 출현했다는 이야기를 전함. 과거에
용마가 나온 마을은 관가에서 어린 아이들을 잡아올리고 고을을
쑥밭으로 만들었다는 소식을 전함. 남편이 포졸들이 용마를 잡기
위해 산으로 올라가고 개똥아범을 짐꾼으로 데리고 다님을 알림.

```
        D1=억압  →  S=관가  →  D2=지배
                   ↗   ↓   ↖
        A=원님  →  O=용마  ←  Op=개똥어미,
                                   개똥아범
```

【E5】 할머니가 아들(소금장수)의 시신(관가에 매달린 머리)을
찾으러 관가로 가는 길에 물을 얻어마시고 감.

```
        D1=모성애  →  S=할머니  →  D2=모성애
                     ↗    ↓    ↖
        A=아내  →  O=아들  ←  Op=법, 제도
```

【E6】 포졸들이 개똥이네 씨암탉을 잡아가고 이를 찾기 위해 개
똥아범은 포졸들을 따라 산으로 들어감.

$$D1=억압 \quad \rightarrow \quad S=포졸 \quad \rightarrow \quad D2=지배$$
$$\nearrow \qquad \downarrow \qquad \nwarrow$$
$$A=지배자 \rightarrow O=씨암탉, 양식, 도토리 \leftarrow Op=개똥어미,$$
$$개똥아범, 마을사람들$$

·셋째 마당

【E7】 부부의 아기가 아기장수임이 밝혀지고 부부는 아기를 보
호하려 했지만 결국 남편이 아기를 씨앗조로 눌러 죽임.

$$D1=두려움 \quad \rightarrow \quad S=남편 \quad \rightarrow \quad D2=현실안주$$
$$\nearrow \qquad \downarrow \qquad \nwarrow$$
$$A=포졸들 \quad \rightarrow \quad O=아기 \quad \leftarrow \quad Op=아내$$

·넷째 마당

【E8】 할머니가 아들의 머리를 찾아가지고 돌아오는 길에 오두
막에 들러 물 한 모금 얻어마심.

$$D1=모성애 \quad \rightarrow \quad S=할머니 \quad \rightarrow \quad D2=모성애$$
$$\nearrow \qquad \downarrow \qquad \nwarrow$$
$$A=아내 \quad \rightarrow \quad O=아들 \quad \leftarrow \quad Op=법, 제도$$

【E9】 아내가 방안에 들어가 목을 메 자살을 함.

D1=절망감 → S=아내 → D2=모성애
↓   ↖
A=없음 → O=아기 ← Op=남편

【E10】 아기가 용마를 타고 나타나 아내와 남편을 데리고 승천함.

D1=사랑 → S=아기 → D2=구원
↗   ↓   ↖
A=용마 → O=아내와 남편 ← Op=포졸들

【E11】 아기와 남편과 아내가 승천하는 모습을 보고 마을 사람
들이 신명나는 춤을 춤.

D1=두려움 → S=마을사람들 → D2=현실안주
↗   ↓   ↖
A=포졸들 → O=아기 ← Op=사회개혁

<옛날 옛적에 휘어이 휘이>는 11개의 극적 에피소드로 구성되
어 있음을 알 수 있다. 이 극적 에프소드의 주체를 살펴보면 남편
이 2회, 아내가 1회, 소금장수가 1회, 관가·포졸이 3회, 할머니가
2회, 아기가 1회, 마을사람들이 1회임을 알 수 있다. 이야기를 이끌
어가는 주체가 골고루 분포되어 있는 것이다. 이러한 결과는 비극
의 주인공이 한두 명으로 정해져 있는 것과 다른 양상이다. 주체가

여러 명인 것은 우리나라 전통극 형식이라 할 수 있다. 등장인물 수에 제한 없이, 특정 인물이 아닌 다수의 등장인물이 극을 이끌어 가는 것이다.[60)]

주체자의 계급을 살펴보면 크게 민중과 지배계급의 하수인으로 나눠진다. 남편, 소금장수, 할머니, 아내, 마을 사람들은 민중 계급이라고 할 수 있고, 관가, 포졸은 지배계급의 하수인이라고 할 수 있다.

이 주체들이 원하는 대상을 살펴보면 민중계급은 '씨앗조', '양식', '아들'(2회), '아기'(3회), '아내와 남편'이다. 여기서 주체들의 욕구를 알 수 있다. 배고프고 주린 이들은 먹을 것과 자신들을 구원해 줄 아기를 바라고 있는 것이다. 관가·포졸들은 '토벌', '용마', '씨암탉·양식·도토리'를 원하고 있는데 이러한 대상들은 모두 양민을 괴롭히고 착취한다.

그러면 두 주체군의 반대자를 분석해 보면, 반대자 중 관가, 법·제도, 포졸들은 지배계급이라는 성격을 띠지만 아내, 남편, 사회개혁은 민중계급임을 알 수 있다. 민중계급은 지배계급을 반대자로 하면서도 같은 민중계급을 반대자로 두고 있는 것이다. 한편 지배계급의 반대자는 부부·도적, 개똥어미·개똥아비·마을사람들이다. 따라서 전적으로 민중계급임을 알 수 있다.

이러한 표층적인 갈등구조에서 드러나는 것은 양민들은 먹을 양식과 구원자를 원하지만 아기(=사회개혁)는 거부하고 있다는 것이다. 그리고 지배계급은 일관되게 민중을 수탈하는 행위를 하고 있음을 알 수 있으며 그렇기에 모든 민중들이 반대자임을 알 수 있었다.

---

60) 조동일, 『탈춤의 역사와 원리』, 123쪽.

민중들이 아기(=사회개혁)를 거부하는 에피소드는 E 7과 E 11이다. E 7의 주체자는 남편이며 이때의 반대자는 아내이다. 남편은 아내의 만류에도 불구하고 아기를 죽여 목적을 달성하는 것이다. 이외에도 E 1에서 이 부부는 갈등을 겪는데 이때는 지속적인 갈등[61]이라기보다는 순간적인 대립, 또는 미지근한 갈등이라고 할 수 있다. E 7에서의 아내와 남편 간의 갈등과는 성격을 달리한다고 할 수 있다. 이처럼 두 에피소드는 부부 간에 일어나는 행위로 가장 친밀한 관계임에도 상반된 견해로 갈등을 겪고 있음을 알 수 있다. 이는 민중들 간의 분열을 의미한다고 할 수 있다. 그리고 E 11에서 마을 사람들이 아기를 쫓는 장면은 사회개혁을 반대하는 현실의 안주를 추구하는 성향을 나타낸다.

행위소 모델의 또 다른 특징은 협조자 항이 비어 있는 에피소드가 있다는 것이다. E 1에서 남편이 아내에게 밥을 지어주려고 할 때에도 협조자 항이 없고 E 9에서 아내가 자살을 하려 할 때에도 협조자 항이 없다. 이때 이들 주체자의 수신자는 각각 사랑과 모성애였다. 이들 부부가 사랑을 하는 데에 아무도 도움을 주지 않는 것이다. 이러한 협조자 항의 부제는 주체가 고독한 투쟁을 하고 있으며 사회에서 고립되어 있음을 뜻한다. 즉 남편은 밥을 먹기를 원

---

61) 갈등은 쟁투, 즉 두 당파(개인 혹은 집단) 사이에 '공개적으로 손찌검이 오간' 충돌을 의미했다. 오늘날의 의미는 '공개적', '손을 사용한', '당파' 등의 부분 의미에서 다소 멀어졌다. 요즈음의 갈등은 첫째, 장기간의 파행 관계를 뜻한다. 이런 의미 위에서 잠재적 혹은 미지근한 갈등이라는 표현이 이해된다. 둘째, 법정에서 벌어지는 말싸움도 갈등 혹은 갈등의 외화 현상으로 간주되고 있다. 이를 통해 알 수 있는 것은 당파갈등이 판단갈등으로 확장되었다는 것이다. – Asmuth, 『드라마 분석론』, 송 전 옮김, 강원도:한남대출판부, 1995, 198쪽.

하지만 미래의 양식인 씨앗조로는 밥을 해먹을 수 없으며 아내는 아기를 원하지만 아무도 아기의 생존을 원하지 않고 있기에 각각의 주체는 홀로 투쟁을 하고 있는 것이다.

위와 같은 11개의 에피소드의 표층구조를 바탕으로 심층구조를 밝혀보자. 행위소 항의 내부는 삼각형 도식의, 극행동을 이끌어가는 갈등 구조를 형성한다. 이러한 갈등 구조 모델을 작성하려면 통일된 대상이 있어야 한다. 11개의 에피소드에서의 대상은 씨앗조, 양식, 아기, 아들(목이 달린 소금장수) 등이었는데 여기서 씨앗조, 양식은 구원의 환유적 형상소인 아기로 인해 해결될 수 있으므로 대표적인 대상은 아기라고 할 수 있다. 그러나 여기서 간과해서는 안 될 것은 할머니 행위소 모델로 인한 모성애의 의미이다. 아기의 죽음은 1차적으로는 모성애의 좌절이기 때문이다. 할머니가 주체인 행위소 모델이 이를 뒷받침한다고 할 수 있다. 이 모성애는 구원자를 제거하려는 지배자와 피지배자 간의 갈등과 어울려 극텍스트의 하위구조를 형성한다.

대상인 아기를 원하는 주체자는 아내(할머니)였고 이를 반대하는 세력은 다수의 양민들과 지배세력들이었다. 그러므로 본텍스트의 심층구조는 아기를 대상으로 하면서 아기를 찬성하는 부류와 아기를 반대하는 부류 간의 갈등이라고 할 수 있다.

그리고 이러한 요소들로 안느 위베르스펠드의 심리의 삼각형 유형, 행동의 삼각형 유형, 이념의 삼각형 유형을 도식화할 수 있다. 행위소 삼각형은 행위소 모델의 일종의 하위 구조라고 할 수 있으며 극행동을 이끌어가는 갈등 구조의 추이를 밝히는 데 유용하다.

【심리적 삼각형 유형】

사랑 = D1　→　　S= 아내(할머니)
　　　　　　↘　　　↓
　　　　　　　　O= 아기

【행동의 삼각형 유형】

S= 아내(할머니)
　　↓　　↖
아기 =O　←　　Op= 포졸(관가, 지배자)

【이념의 삼각형 유형】

아내 =S　→　D2= 풍년, 해방
　↓　　↗
O= 아기

　이러한 행위소 삼각형에서 심리의 삼각형은 발신자가 사랑으로 아내, 할머니 그리고 대상인 아기와도 동시에 관계된다. 사랑이 아기와도 동시에 관련되는 이유는 극의 결말부에 가서 아기가 아내와 남편을 데리고 하늘로 올라가는 것에서 드러난다. 즉 아기는 단지 아내의 심리적인 요인에 의한 것이 아니라 이념적인 요소와 관련이 있는 것이다. 아내의 사랑은 아기를 대상으로 하지만 그 수신은 배고픔에서 벗어나고 지배자로부터 해방되는 구원이다. 행동의 삼각형에서는 반대자 포졸(관가, 지배자)이 대상인 아기의 쟁취를 방해함은 물론 주체와 실존적 차원에서도 대립하고 있으므로, 아내(할머니)는 그 존재-삶 자체에까지 위협을 받고 아내가 자살을 하면서 갈등이 배가되는 구조가 되는 것이다. 불행이 연속으로 일어나는 비극의 구조라고 할 수 있다. 이념적 삼각형에서 제기되는 문제는 아내가 풍년과 해방을 기원한다는 데에 있다. 개인적으로는 남편이 징병되는 것을 바라지 않는 마음에서 흉년이 들지 말고 도적이 끓지 않기를 바란다. 그러나 이러한 바람은 배고픔을 면하는 것과 더불어 지배자들로부터 억압을 받지 않기를 바라는 사회-역사적인 희망과 연결된다.

이러한 행위소 삼각형을 통해 드러나는 비극적 구조는 아내의 좌절에서 비롯된다. 즉 아내는 도적은 원하지 않고 아기를 원했었다. 그러나 아기가 의로운 도적, 장수임이 밝혀져 남편에 의해 아기가 죽임을 당하고 아내는 자살을 한다.

여기서 드러나는 행위자의 특성은 아기를 어떻게 여기느냐 라고 할 수 있다. 이들 부부는 남자와 여자라는 변별적 차이가 있지만 똑같은 평민이기에 남편이 아기를 반대하는 것은 민중들 간의 갈등을 드러내는 것이다.

이처럼 행위소 모델에서 드러나는 주체는 아기의 죽음을 반대하는 아내를 비롯한 행위소군이었다고 할 수 있다. 그러나 전체적인 극적 에피소드의 갈등 주체가 한 사람으로 고정되어 있지 않기에 이 극은 우리나라 전통극적 등장인물 형식임을 알 수 있었다.

행위자 분석은 각 인물들의 변별적 특징을 통해 드러난다. 본 텍스트의 인물들은 계급적인 차이 이외에는 두드러진 성격의 차이를 지니고 있지 않다. 즉 아내, 남편, 개똥어미, 할머니는 모두 민중계급이며 포졸, 나리, 관리들은 지배자들이다. 그리고 무대에는 민중계급만이 극행동을 하다가 넷째 마당에 가서 포졸들이 등장함으로써 민중들의 갈등이 겉으로 드러나지 않는다고 평가할 수도 있다. 그러나 민중계급 간의 차이점은 행위자의 성격을 뚜렷이 드러나게 한다.

민중계급은 남성과 여성, 그리고 현실초월, 현실안주의 의식을 지녔느냐로 변별된다. 성적인 구분은 아기를 낳을 수 있으며 모성애를 지녔느냐, 지니지 않았느냐를 구분하게 해준다. 그리고 현실초월 의식을 지닌 인물들인 아내와 할머니는 아기의 생존을 주장하거나 죽은 자식을 구원하는 인물들이다. 반면에 남편과 개똥어미 등은 현실안주를 위해 아기가 죽기를 바라는 인물들이다. 이러한 인물들은 모성애를 지닌 의식화된 민중, 의식화되지 않은 민중의 환유라고 할 수 있다. 또한 포졸, 관리자들은 초반에는 간접적인 파롤로만 등장하지만 넷째 마당에 가면 아기를 찾는 모습을 드러낸다. 이들은 극텍스트 내에서 민중들의 식량을 빼앗고 억압하는 것으로 보아 현실 세계의 민중을 억압하는 지배자의 환유라고 할 수 있다.

2) 〈둥둥 樂浪둥〉의 갈등 구조

·1막

【E 1】[62] 고구려 왕자 호동이 낙랑과의 싸움에서 이기고 국내성

---

62) E : 극적 에피소드(Episode dramatique)의 약자
　　D1 : 발신자　　　　　D2 : 수신자
　　S : 주체　　　　　　O : 대상
　　A : 협조자　　　　　Op : 반대자

으로 돌아가는 길. 죽은 낙랑공주의 혼령이 찢어진 북을 쥐고 호동 앞에 나타남. 호동은 낙랑공주의 출현에 놀라워하면서도 반가워함. 낙랑공주는 호동을 위해서는 즈믄 북이라도 찢을 거라고 말하고 호동은 그녀의 목숨을 지켜주지 못한 것을 가슴아파함. 낙랑공주는 호동이 국내성으로 들어가면 더 이상 자신을 (혼령의 모습으로라도) 만날 수 없을 거라고 말하고 사라짐.

D1=사랑 → S=낙랑공주 → D2=사랑
        ↗   ↓   ↖
A=없음 → O=호동왕자 ← Op=고구려, 죽음

【E2】 호동은 낙랑공주에게 북을 찢게 하여 낙랑성을 함락한 것에 죄의식을 느낌. 호동과 막역한 사이인 부장은 호동에게 나약한 생각을 버리라고 조언함. 그리고 중국이 낙랑을 점령하기 위해 다시 올 거라며 이에 대비해 낙랑으로 다시 돌아가야 한다고 간언함.

D1=사랑 → S=호동 → D2=죄의식
        ↗   ↓
A=없음 → O=낙랑공주 ← Op=부장

D1=주몽 이념 → S=부장 → D2=충성심
            ↗   ↓   ↖
A=주몽 이념 → O=영토보존 ← Op=중국

【E3】호동은 낙랑땅에서만 나타날 수 있는 낙랑공주의 혼백을
　　만나기 위해서라도 다시 낙랑성으로 돌아가겠다고 다짐. (독백)

```
D1=주몽 이념, 사랑  →  S=호동  →  D2=영토 보존
                 ↗      ↓     ↖
A=부장 → O=낙랑성, 낙랑공주 ← Op=고구려의 반대세력
```

```
D1=주몽 이념, 사랑  →  S=호동  →  D2=영토 보존
                 ↗      ↓     ↖
   A=부장  →  O=낙랑성,  ←  Op=고구려의
              낙랑공주        반대세력
```

·2막

【E4】왕은 호동의 낙랑성 점령을 칭찬하고 주몽에게 제의를 올림.

```
D1=주몽 이념  →  S=고구려왕  →  D2=영토 확장
             ↗      ↓     ↖
  A=호동,  →  O=낙랑성 점령  ← Op=낙랑국,
고구려 대신들                    중국
```

【E5】왕비가 어미무당 차림으로 등장. 신내림받은 왕비는 탈을
　　쓰고 주몽의 목소리로 호동이 낙랑성을 점령한 것을 칭찬함.
　　그리고 자신의 신화를 이야기하고 그 뜻을 계승하는 고구려
　　후손을 다시 한 번 칭찬함. 왕비 탈 벗고 원래의 모습으로 돌

아옴.

```
D1=신성한 능력  →  S=주몽(어미무당 왕비)  →  D2=지배욕구
              ↗        ↓        ↖
     A=없음  →  O=나라건국  ←  Op=금와왕 아들들
```

【E6】 왕은 낙랑국에서 시집 온 왕비가 낙랑국의 멸망과 친정
가족들의 죽음을 슬퍼하는 것을 위로함. 낙랑왕과 그 가족이
모두 자살했음을 알림. 하늘의 뜻이었다고 말함.

```
D1=주몽 이념  →  S=왕  →  D2=영토 확장
              ↗      ↓      ↖
 A=호동, 고구려  →  O=낙랑성 점령  ←  Op=낙랑왕, 왕비
```

【E7】 왕비는 적이 오면 소리를 내어 낙랑을 지켜주던 자명고가
왜 울리지 않았는지 의문스러워 함. 그리고 낙랑에서 고구려
로 시집온 왕비로서, 주몽 신내림을 받는 어미무당으로서의 자
신의 몸을 불쌍히 여김. (독백)

```
D1=사랑  →  S=왕비  →  D2=진실
          ↗      ↓      ↖
 A=자명고  →  O=낙랑국  ←  Op=고구려왕, 주몽신
```

【E8】낙랑공주와 쌍둥이인 왕비를 보고 놀라는 호동. 그리고 왕비의 독백을 엿듣고는 죽은 낙랑공주를 떠올리며 괴로워함. 또한 영토 확장을 위해서는 어떤 계책을 써도 상관이 없다고 여기는 주몽 이데올로기에 회의를 느끼기 시작함. (독백)

D1=사랑, 양심 → S=호동 → D2=죄의식, 혼란

A=없음 → O=정정당당함 ← Op=주몽 이데올로기

·3막

【E9】왕자는 낙랑공주와 외모가 꼭같은 왕비 만나기를 두려워하여 문안 인사도 가지 않고 있음. 예상하지 못했던 사건, 낙랑왕이 낙랑공주를 죽인 사실을 떠올리며 괴로워함. (독백)

D1=사랑, 양심 → S=호동 → D2=죄의식

A=없음 → O=낙랑공주 ← Op=부장, 낙랑왕

【E10】호동의 독백을 듣고 있던 부장이 등장하여 어찌할 수 없었던 일이라고 말함. 부장은 자신이 왕자 몰래 낙랑공주에게 북 찢기를 제안했음을 밝힘. 호동은 자신이 여자의 힘을 빌어 승리했다고, 속임수를 써서 승리했다고 여기고 주몽 역시 속임수를 쓴 것이라 여김. 부장은 낙랑왕이 벌로 낙랑공주를 죽였

기 때문에 호동이 고민하는 것이라고 여김. 그러나 호동은 낙
랑왕이 대의명분을 추구하는 훌륭한 왕이었다고 생각하고 낙
랑 역시 따뜻한 사람이었다며 그리워함. 번민하는 왕자를 보
고 부장은 고구려 내부의 작은 아버지 세력을 견제해야 한다
고 간언함.

```
D1=주몽 이념   →   S=부장   →   D2=충성심
          ↗        ↓        ↖
A=낙랑공주   →   O=호동의 승리   ←   Op=낙랑왕,
                                    작은 아버지 세력
```

```
D1=사랑, 양심   →   S=호동   →   D2=진실
          ↗        ↓        ↖
A=없음 →  O= 정정당당함,  ← Op=주몽 이데올로기,
              낙랑공주            부장
```

【E11】 꼽추 난쟁이 등장하여 자신이 충신이라며 부장과 장난
을 침. 왕자는 난쟁이의 요설과 재담을 들으며 함께 말장난을
치다가 난쟁이가 "정들었다고 곳간 열쇠 주지 마라"라고 한
말에 충격을 받음.

```
D1=사랑   →   S=호동   →   D2=죄의식
          ↗        ↓
A=난쟁이   →   O=낙랑공주   ←   Op=부장, 고구려
```

【E 12】 왕자에게 정이 든 낙랑공주가 자명고에 대해 이야기하고 북을 찢은 것을 상기함. 호동은 고구려 군사를 그냥 죽게 할 수 없어서 낙랑의 도움을 빌린 것이라 합리화하려 함. 그러나 죽은 낙랑공주를 떠올리게 하는 왕비 때문에 괴로워 함. (독백)

```
D1=사랑, 양심  →  S=호동  →  D2=죄의식
              ↗        ↓
A=왕비  →  O=낙랑공주  ←  Op=부장, 고구려
```

·4막

【E 13】 왕비는 호동을 방문하여 그가 방안에만 있는 것을 걱정함. 호동에게서 낙랑국에서 지내던 때의 이야기를 듣고싶어함. 호동의 이야기를 들으며 왕비가 낙랑공주의 놀란 모습을 흉내내고 호동은 이 순간 왕비를 낙랑공주로 착각함. 호동과 낙랑공주가 사랑하는 사이였음이 드러남. 왕비는 이 사실을 알게 되자 더욱 친근감을 느끼며 친정 나라를 그리워하는 자신의 마음을 드러내려 함.

```
D1=조국애  →  S=왕비  →  D2=조국과 가족에
                              대한 그리움
              ↗        ↓
A=호동  →  O=낙랑국에서의 추억  ←  Op=고구려
```

```
D1=사랑  →  S=호동  →  D2=그리움
        ↗        ↓
A=왕비 → O=낙랑공주의 살아옴 ← Op=고구려
```

【E 14】 왕비는 낙랑공주 역할을 자처하며 호동과 낙랑이 낙랑
성에서 함께 지냈던 때를 재연함. 둘은 낙랑과 중국 간의 무역
에 대해 이야기하고 상상적인 낙랑성 연못가를 거닒.

```
D1=사랑  →  S=호동  →  D2=그리움
        ↗        ↓
A=왕비  →  O=낙랑공주  ←  Op=고구려
```

```
D1=사랑 → S=왕비 → D2=조국에 대한 그리움
        ↗        ↓
A=호동 → O=낙랑성 살기  ←  Op=고구려
```

【E 15】 호동이 호랑이를 잡은 후 낙랑과 사랑하는 사이가 된 것
을 상기함. 고구려의 나팔 소리가 들리자 찢긴 낙랑의 북을 생
각하며 자신이 술수를 쓴 비열한 자라고 여김. 그리고 낙랑의
북이 다시 울리기를 바라며 '하늘의 뜻'을 다시 물어 볼 수 있
는 때가 오길 바람. (독백)

```
D1=양심  →  S=호동  →  D2=죄의식
        ↗        ↓
A=없음  →  O=낙랑의 북  ←  Op=고구려
```

·5막

【E 16】 시녀가 호동이 다시 군대 돌보는 일을 시작했다는 소식을 전함. 왕비는 이 소식을 반가워함. 그리고 날이 가문 것을 걱정함.

$$D1=연민 \quad \rightarrow \quad S=왕비 \quad \rightarrow \quad D2=염려$$
$$\nearrow \qquad\qquad \downarrow$$
$$A=고구려 \quad \rightarrow \quad O=가뭄극복 \quad \leftarrow \quad Op=하늘$$

【E 17】 왕비는 자신이 시집오던 날 왕자를 왕으로 잘못 알아보고 마음 설레던 때를 떠올림. 늙은 왕을 아비로 섬겨야 하고 적국 신의 신내림을 받아야 하는 자신의 신세를 한탄함. 호동이 쌍둥이 여동생과 사랑하던 사이였기에, 낙랑국을 멸한 그를 용서하고, 낙랑공주의 맘으로 '이상한 의붓어미의 사랑'을 하겠다고 다짐함.(독백)

$$D1=연민 \quad \rightarrow \quad S=왕비 \quad \rightarrow \quad D2=연민$$
$$\nearrow \qquad\quad \downarrow \qquad\quad \nwarrow$$
$$A=없음 \rightarrow O=호동 \leftarrow Op=고구려, \ 사회제도$$

【E 18】 낙랑국에서 끌려온 달래가 나타나 왕비에게 낙랑공주가 자명고를 찢어 낙랑왕에게 벌받아 죽었다는 사실을 전함. 호동이 낙랑공주를 이용해 낙랑성을 점령한 거라고 생각한 왕비는 분괴함. 달래는 낙랑과 호동이 매우 정분이 좋았다는 사실

도 전함. 낙랑의 북이 울지 않은 이유를 알게 된 왕비는 달래를 곁에 데리고 있기로 함.

$$
\begin{array}{ccccc}
D1=조국애 & \rightarrow & S=달래 & \rightarrow & D2=진실 \\
& \nearrow & \downarrow & \nwarrow & \\
A=낙랑공주 & \rightarrow & O=진실\ 알리기 & \leftarrow & Op=고구려
\end{array}
$$

【E 19】 왕비를 찾으러 뜰로 온 궁녀는 그곳에서 난쟁이를 만남. 궁녀는 농짓거리를 하는 난쟁이에게 그곳은 왕비가 들어오기를 금하는 지역이라고 말하고 내쫓음.

【E 20】 달래와 숲속으로 들어갔던 왕비가 등장하여 나팔소리를 들으며 호동을 '고구려의 독사'라고 부르며 분노함. (독백)

$$
\begin{array}{ccccc}
D1=조국애 & \rightarrow & S=왕비 & \rightarrow & D2=진실,\ 분노 \\
& \nearrow & \downarrow & & \\
A=달래 & \rightarrow & O=낙랑국 & \leftarrow & Op=고구려,\ 호동
\end{array}
$$

·6막

【E 21】 호동을 피해 왕비는 왕과 함께 별궁에 와 있음. 왕은 졸고 있고 조는 왕을 보고 있는 왕비는 절망에 빠져 있음. 잠이 깬 왕은 자신의 젊었던 시절을 기억하며 먼 곳에 있는 나무를 활로 쏘아 맞추려고 함. 하지만 나무를 맞추지 못함. 충격받은 왕이 쓰러짐.

```
D1=주몽 지배   →   S=왕   →   D2=영토 확장
              ↗        ↓
   A=없음   →   O=힘자랑   ←   Op=노쇠함
```

【E 22】 왕비는 호동의 행위를 술수를 써서 금와왕의 말을 빼앗
은 주몽의 행위에 빗대어 증오함. 그리고 분노로 가득차 괴로
워하면서 호동이 있는 국내성을 떠나고 싶어함. (독백)

```
D1=조국애   →   S=왕비   →   D2=진실, 분노, 증오
              ↗        ↓
   A=없음   →   O=낙랑국   ←   Op=고구려왕
```

【E 23】 사자에게서 국내성의 대신들이 별궁을 방문하려 한다는
전갈을 받음. 국내성에서 호동이 다시 군대를 모아 낙랑으로
가려 하고 대왕의 아우는 이를 반대하고 있다는 사실이 전해
짐. 왕비는 국내성으로 돌아가기로 결정.

```
        D1=조국애   →   S=왕비   →   D2=진실, 분노
                    ↗        ↓        ↖
A=고구려 내부의 갈등   →   O=호동에게 복수   ←   Op=고구려왕, 호동
```

【E 24】 왕비는 국내성에서 호동과 작은 아버지 세력이 갈등하
는 것을 이용해 호동을 궁지에 빠뜨릴 계획을 세움. 복수를 결
심.(독백)

```
D1=조국애  →  S=왕비  →  D2=진실, 분노
              ↗        ↓
A=작은 아버지 세력  →  O=호동에게 복수  ←  Op=고구려왕, 호동
```

·7막

【E 25】 호동은 낙랑성으로 가야 한다는 생각을 하면서도 국내
성에서 왕비를 기다리고 있음. 낙랑 역할을 하는 왕비에 대한
그리움 때문에 국내성에서 낙랑성을 사는 것을 괴로워하면서
도 왕비를 기다리고 있음. (독백)

```
D1=사랑  →  S=호동  →  D2=그리움
          ↗     ↓     ↖
A=없음 →  O=왕비(낙랑공주)  ←  Op=고구려, 사회 제도
```

【E 26】 왕비 등장하여 호동과 낙랑이 낙랑성에서 사냥하던 때
를 재연함. 호동이 호랑이로부터 낙랑공주(왕비)를 구해줌. 혼
절했던 낙랑이 깨어나 호동과 낙랑의 연못가를 거님. 둘의 관
계가 깊어짐.

```
D1=사랑  →  S=호동  →  D2=사랑
          ↗     ↓     ↖
A=없음 →  O=낙랑공주  ←  Op=고구려, 사회제도
```

```
D1=조국애  →  S=왕비(낙랑)  →  D2=진실, 복수심
         ↗        ↓        ↖
A=없음  →  O=호동  ←  Op=고구려, 사회제도
```

【E 27】 낙랑공주(왕비)와 호동이 휘장 뒤로 들어가 불륜의 관계
를 맺음.

·8막

【E 28】 호동은 낙랑 역할을 하던 왕비와 관계를 맺은 것 때문에
번민에 빠짐. 왕비는 낙랑국에서 있었던 모든 일을 말해달라
고 함. 왕자는 낙랑 역할을 하는 왕비를 붙잡아두기 위해, 낙랑
이 자명고를 찢은 사실은 숨김. 사랑하는 일만 있었다고 거짓
말함. 왕비는 호동에게서 진실을 확인하려 하지만 호동이 숨
기자, 그녀 역시 진실보다 사랑이 중요하다고 생각하게 됨. 호
동과 왕비 포용함.

```
D1=사랑  →  S=호동  →  D2=진실 은폐
        ↗      ↓      ↖
A=없음  →  O=왕비  ←  Op=고구려, 사회제도
```

```
D1=조국애  →  S=왕비  →  D2=사랑
         ↗      ↓      ↖
A=없음  →  O=호동  ←  Op=고구려, 사회제도
```

【E 29】 호동을 증오하다가 그를 사랑하게 된 왕비는 자신의 정
체성에 대해 혼란을 느낌. 이때 달래가 등장하여 왕제(작은 아
버지)가 호동의 방에서 낙랑의 부처를 찾아낸 사실을 전해줌.
왕비가 괴로워함.

```
D1=조국애  →  S=왕비  →  D2=진실 은폐
          ↗     ↓     ↖
A=없음 → O=호동 ← Op=고구려, 사회제도
```

·9막

【E 30】 왕과 대신, 장군들이 가뭄이 들어 고구려 백성들이 어려
움에 처해 있음을 전함. 그리고 이는 호동이 낙랑의 금부처를
모셔 놓고 고구려가 망하기를 빌었기 때문이라고 모함을 함.
대신들은 왕자의 불순함에 주몽 할아버지가 벌을 내려 가뭄이
든 것이라고 주장함. 왕과 대신들은 금부처를 확인하고 큰 굿
을 벌여 호동의 진의를 알아보기로 함.

```
D1=주몽 이념 → S=대신들 → D2=권력 장악
           ↗      ↓      ↖
  A=왕 → O=호동 축출 ← Op=호동, 왕비
```

·10막

【E 31】 소란스러운 소리에 어리둥절하는 호동. 왕비가 등장하여

호동의 부장이 모반을 저질렀음을 전함. 그리고 이로 인해 호동이 더 큰 위험에 처하게 되었다고 말함. 그 다음날 큰굿이 열릴 거라는 사실을 전함. 누리에 밤과 낮밖에 없더라도 그 안에서 살기를 권함. 그리고 목숨을 부지하라고 당부함. 호동은 누리에 밤과 낮밖에 없는 것을 괴로워함.

D1=진실 → S=왕비 → D2=사랑

A=없음 → O=호동 ← Op=고구려 이념,
　　　　　　　　　　　　　　　　사회제도

D1=양심, 정의 → S=호동 → D2=혼란스러움

A=없음 → O=선택 ← Op=작은 아버지 세력,
　　　　　　　　　　　　　　　고구려의 흑백 논리

·11막

【E 32】 군사들이 굿자리를 쌓는 곳에 난쟁이가 나타나 지분거림. 어미무당 차림의 왕비 등장. 탈을 쓰고 주몽이 된 왕비는 호동에게 고구려를 상징하는 흰북과 낙랑을 상징하는 검은북 중에 하나를 선택하라고 함. 호동은 주몽에게 자신은 결백하지만 낙랑의 북을 찢은 죄책감에서 벗어나기 위해 검은북을 울림. 이때 주몽(왕비)이 호동의 목을 치라고 명하고 난쟁이가 칼을 들고 나타나 호동의 목을 벰.

D1=신성한 능력 → S=주몽(어미무당 왕비) → D2=영토확장,
지배질서 유지

A=고구려 대신들, 왕 → O=호동의 목 ← Op=호동, 왕비

D1=사랑, 양심 → S=호동 → D2=정의

A=없음 → O=낙랑의 북 ← Op=주몽, 고구려 대신

【E33】 탈을 벗은 왕비는 호동의 선택에 행복해 하며 의붓어미
로, 낙랑공주로 그를 처음 본 순간부터 사랑했다고 말하고 그
를 따라 자살함.

D1=진실 → S=왕비 → D2=사랑

A=없음 → O=호동 ← Op=고구려왕

【E34】 하늘에서 사다리를 타고 하늘 사자 백골이 각설이타령
을 부르며 내려옴. 호동과 왕비의 목을 바랑에 넣고 하늘로 올
라감. 각설이타령을 부르면서.

【E35】 난쟁이가 등장하여 왕자의 관을 쓰고 왕비의 치마를 입
고는 거드름을 피우다가 울기도 하면서 몸을 대굴대굴 구름.
하늘 사자가 하늘로 사라지자마자 번개가 치고 천둥이 울림.

비가 내리기 시작하고 북소리가 울림. 비온다고 외치는 백성들의 소리와 북소리, 풍년가가 울림. 난쟁이는 왕자의 관을 쓰고, 왕비의 치마를 입고, 도끼를 들고, 주몽의 탈을 쓰고는 덩실덩실 춤을 춤.

이와 같이 <둥둥 낙랑둥>의 행위소 모델을 세워 보았는데, 이야기는 에피소드를 단위로 했을 때 서른다섯 개(35)로 나누어지고 있었다. 이 에피소드들은 인물들의 대화뿐만 아니라 심리적인 변화를 근거로 한 것이기에, 하나의 막 속에서도 여러 개의 에피소드가 나누어지고 있었다. 그리고 하나의 에피소드 안에서도 주체를 어떻게 설정하느냐에 따라 극의 갈등 구조가 달라지기 때문에, 호동과 부장, 호동과 왕비가 대화하는 에피소드 중에는 두 개의 행위소 모델을 세운 것도 있다. 주체에 따라 여러 번 행위소 모델을 세워보는 것이 심층구조를 정확하게 파악할 수 있기 때문이다. 행위소 모델을 세우는 과정에서 E 19, E 27, E 34와 E 35는 모델 세우기를 생략했다. E 19는 궁녀와 난쟁이가 농담을 주고받는 장면으로, 인물들이 목적을 지니고 극행동을 하는 것이 아니라고 판단되기 때문이다. E 27은 호동과 왕비가 근친상간을 저지르는 장면을 이미지로 처리한 것으로 E 26의 행위소 모델과 유사하기에 생략했다. 그리고 E 34와 35는 호동과 왕비의 목이 구원받고 백성들에게 풍요가 내리는 에피소드로, 역시 이미지로 처리되고 있기에 행위소 모델을 생략했다.

이러한 35개의 에피소드에서 행위소 모델의 주체를 맡은 등장인

물들과 그 횟수를 정리하면 다음과 같다. 낙랑공주 한 번(1), 호동
열다섯 번(15), 부장 두 번(2), 고구려왕 세 번(3), 주몽 두 번(2),
왕비 열네 번(14), 달래 한 번(1), 대신들 한 번(1)이었다. 여기서
주몽 역할 역시 왕비가 맡고 있기에 왕비가 행위소 모델에서 주체
역할을 하는 수는 열여섯 번(16)이다. 왕비가 호동보다 더 많은 행
위소 주체 기능을 하고 있는 것이다. 이러한 수치를 통해서도 우리
는 호동뿐만 아니라 왕비의 행위소 모델의 갈등구조를 살펴보는
것이 심층구조 파악에 중요함을 알 수 있다. 그러면 호동과 왕비가
주체를 맡은 행위소 모델의 갈등 구조를 정리해 보자.

호동이 주체인 경우,

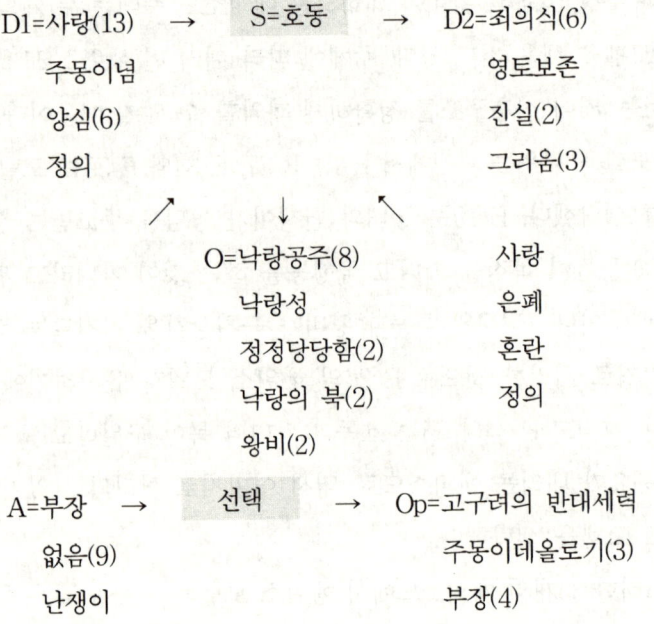

D1=사랑(13) → S=호동 → D2=죄의식(6)
주몽이념   영토보존
양심(6)   진실(2)
정의   그리움(3)

O=낙랑공주(8)   사랑
낙랑성   은폐
정정당당함(2)   혼란
낙랑의 북(2)   정의
왕비(2)

A=부장 → 선택 → Op=고구려의 반대세력
없음(9)   주몽이데올로기(3)
난쟁이   부장(4)

왕비(3)

낙랑왕

고구려(8)

사회제도(3)

작은아버지세력

고구려의 흑백논리

고구려 대신

왕비가 주체인 경우,

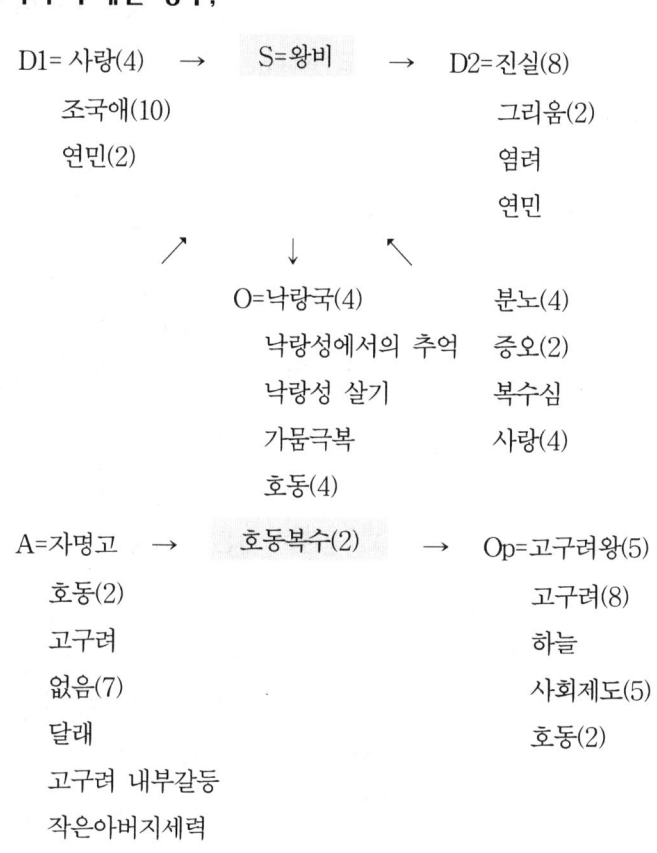

D1= 사랑(4)　→　S=왕비　→　D2=진실(8)

　조국애(10)　　　　　　　　그리움(2)

　연민(2)　　　　　　　　　　염려

　　　　　　　　　　　　　　연민

　　　　　　　O=낙랑국(4)　　분노(4)

　　　　　낙랑성에서의 추억　증오(2)

　　　　　낙랑성 살기　　　　복수심

　　　　　가뭄극복　　　　　사랑(4)

　　　　　호동(4)

A=자명고　→　호동복수(2)　→　Op=고구려왕(5)

　호동(2)　　　　　　　　　　고구려(8)

　고구려　　　　　　　　　　하늘

　없음(7)　　　　　　　　　　사회제도(5)

　달래　　　　　　　　　　　호동(2)

　고구려 내부갈등

　작은아버지세력

D1=신성한 능력(2) → S=주몽(어미무당 왕비) → D2=지배욕구
영토확장, 지배질서 유지

A=없음 → O=나라건국 ← Op=금와왕 아들들
고구려 대신들 호동의 목 호동, 왕비
왕

위와 같은 주체별 행위소 모델을 통해 알 수 있듯이 호동이 주체
인 경우, 발신자는 사랑이 압도적이다. '(낙랑공주에 대한)사랑과
양심, 정의감'이 '죄의식, 진실, 그리움, 은폐, 혼란스러움'으로 향한
다. 호동 행위소의 발신이 '주몽의 이념'을 따라 '영토보존'이라는
수신을 향하는 것은 한 번뿐이다. 그리고 호동의 발신자는 '사랑과
개인적인 양심'이라는 매우 사적인 영역이다. 이런 그가 추구하는
것은 사랑하는 '낙랑공주'이다. 그리고 극이 진행될수록 '정정당당
함, 낙랑의 북, 왕비'를 추구하게 된다. 낙랑공주의 죽음을 괴로워하
며 그녀가 살아오기를 바라는, '낙랑'이란 대상을 추구하는 것으로
극이 시작되지만, 전사를 통해 낙랑왕이 언급되고, 고구려를 상징
하는 북소리가 울리고, 낙랑과 얼굴이 닮은 왕비를 보면서, 대상이
변화되는 것이다. 협조자는 거의 없다고 보아야 하며 상대적으로
반대자는 그가 고구려왕자임에도 불구하고 '주몽 이데올로기, 부장,
낙랑왕, 고구려의 사회제도, 작은아버지 세력, 흑백논리, 고구려 대
신들'이었다. 반대자들의 공통점은 주몽 이데올로기의 지배를 받는
집단이며 같은 이념을 지녔다는 것이다. 호동이 '사랑'의 발신으로
'낙랑공주'를 추구하면 추구할수록 반대자는 개인에서 집단으로,

사회 이념으로 확대되는 것이다. 호동을 주체로 했을 때의 심층구조는 '호동'과 '주몽 이데올로기·작은아버지(대신들)세력·사회제도·고구려의 흑백논리' 간의 이분법적인 대립관계라고 할 수 있다.

그러면 왕비를 주체로 했을 경우를 살펴보자. 왕비는 낙랑성에서 시집왔기 때문에 기본적으로 친정나라에 대한 애정을 지니고 있다. 그녀가 고구려로 시집온 것도 고구려의 위협으로부터 낙랑국을 지키기 위해서였던 것이다. 따라서 왕비 극행동의 발신 기능은 '사랑, 조국애'가 된다. 그런데 왕비 행위소 모델의 수신이 진실로 향하는 것은 '자명고가 왜 울리지 않았는가'에 대한 의문 때문이다. 자명고가 울렸다면 낙랑성은 물론 낙랑왕의 가족들이 모두 자살하는 사건이 일어나지 않았을 거라는 것이 왕비의 판단이었기 때문이다. 하지만 고구려왕이 낙랑의 패망이 하늘의 뜻이었다고 말했고 호동이 낙랑공주와 사랑하는 사이였다는 것을 알게 된 후 친근감을 느끼기 시작하면서 수신이 '그리움, 연민, 염려'로 향한다. 대상 역시 '낙랑국'과 '낙랑성에서의 추억', '고구려의 가뭄'이 된다. 왕비에게 낙랑성을 친 고구려와 호동에 대한 적대감이 없다는 것을 알 수 있다.

그런데 왕비의 행위소 모델은 낙랑공주가 스스로 북을 찢고 낙랑왕에게 벌받아 죽었다는 사실을 전해 듣고 부터는 변화가 생긴다. '조국애' 발신이 '진실 추구', 호동에 대한 '분노와 증오'라는 수신으로 향하게 되는 것이다. 따라서 대상 역시 '호동에게 복수하는 것'을 추구하게 된다. 그러면서 그녀의 협조자는 '고구려의 호동반대세력'으로 변해간다. 그녀가 호동에게 복수하기 위해 '호동을 반대하는 세력'을 이용하려 했기 때문이다. 그리고 왕비 행위소 모델에서 특징적인 점은, '고구려와 주몽 이데올로기'는 반대자로 기능하지만 '작은 아버지를 비롯한 대신 세력'은 왕비의 반대자가 아니었다는 점이다. 왕비가 호동에 대해 분노하면 할수록 '호동을 반대하는 세력'이 협조자로 기능한다. 그러다가 왕비가 호동과 근친상간을 저지르고 나서는 '사회제도'가 반대자 기능을 하게 된다. '고구려 대신들과 작은 아버지 세력'은 왕비의 반대자 기능을 하지 않는다.

왕비의 또 다른 역할인 어미무당은 주몽의 목소리를 내며 주몽극행동을 한다. 행위소 모델을 살펴보면, 주몽은 신성한 능력을 지니고 태어나 지배 욕구를 지녀 '나라건국'이라는 대상을 취하게 된다. 주몽이 어릴 때는 '금와왕의 아들들'이 반대자로 존재한다. 그러나 주몽이 고구려를 다스리는 신이 된 후로는 '고구려 대신들과 왕'이 협조자로 기능하고 '영토확장과 지배질서 유지'를 추구하게 된다. 그리고 호동이 주몽의 권모술수에 회의하고 낙랑의 북을 선택하자 E 32에서 '호동의 참수'를 대상으로 삼음으로써 '호동'과 '왕비'가 반대자 기능을 하게 된다.

이러한 고구려 왕비로서의 행위소 모델과 어미무당으로서의 행위소 모델을 합쳐서 호동과 왕비 역할 간의 관계를 살펴보자. 왕비는 어미무당으로서 고구려를 지배하면서도 호동을 사랑하는 협조자이다가, 진실을 알기 위해 호동의 반대자로 작용하고, 호동을 사형에 처하는 반대자 기능을 한다. 그러나 왕비는 호동을 따라서 자살하는 행위를 통해 다시 협조자로 변한다. 왕비는 호동의 협조자→반대자→협조자로 그 기능이 변화되는 것이다.

그리고 왕비와 주몽은 대립적인 듯하면서도 왕비 자신이 주몽이 되기도 하는 매우 역설적인 관계를 형성하고 있다. 세 가지 역할을 수행하는 왕비 내부에서 '왕비' 기능과 '주몽' 기능이 반대자 관계를 형성하는 것이다. 고구려 대신들과는 주몽일 때나 왕비일 때나 협조자 관계를 형성하는 특징이 있다. 그리고 호동과 왕비에게는 근친상간 극행동 이후 '사회제도'라는 공통의 반대자가 생겨난다.

　이와 같은 호동과 왕비의 행위소 모델을 통해서 우리는 <둥둥 낙랑둥>의 심층구조를 다음과 같이 정리할 수 있다.

　호동의 갈등구조는 주몽 이데올로기, 고구려 내부의 대신들(작은아버지)세력, 사회제도와 이분법적인 대립관계를 형성하고 있다. 한편 왕비의 행위소 모델은 이분법적인 갈등 관계를 형성하고 있지 않다. 유동적이고 역설적인 관계를 형성하고 있다. 즉 호동과는 협조자→반대자→협조자로 유동적인 관계를 형성하고 주몽과는 대립하는 관계이면서도 주몽 자신이 되기도 하는 역설적인 관계를 지니는 것이다. 그러나 '호동을 반대하는 대신(작은아버지)세력'과는 주몽일 때나, 왕비일 때나 협조자적인 관계를 형성하고 있다. 그리고 이분법적인 갈등 관계를 형성하고 있는 호동이나, 유동적이고 역설적인 관계를 형성하고 있는 왕비는 공통적으로 사회제도와 대립하는 구조를 형성한다. 이를 통해 <둥둥 낙랑둥>에는 등장인물 간의 갈등, 권력 갈등, 이데올로기 대립이라는 심층구조가 다층적으로 복잡하게 형성되어 있음을 알 수 있다.

2. 인물의 행위 분석

1) 〈옛날 옛적에 훠어이 훠이〉의 대사와 지문

극텍스트는 가장 전형적인 담화형태이다. 무대와 독자(관객) 사이의 의사소통을 전제로 하고 있으며 이중적인 언술행위라는 특성을 지니고 있기 때문이다. 이중적인 언술행위란 등장인물이 말을 하지만 한편으로 작가가 그에게 말을 시키고 어떤 단어들을 말하도록 부여한다는 것을 의미한다. 따라서 등장인물의 파롤은 언술행위의 조건들, 파롤의 상황에 의해 의미작용을 하며 동시에 작가에 의해 발신자(작가)-수신자(독자)의 의사소통행위를 목표로 구성되었다는 점에서 담화이다.[63]

담화는 대사와 지문으로 이루어져 있다. 희곡의 대사는 행동을 지시적으로 언급할 뿐만 아니라 직접적으로 행동을 구성하는 등장인물들 사이의 상호작용의 중요한 형태이다. 희곡의 대사는 행동의 재현 혹은 행동을 언급하고 있다기보다는 '말해진 행동'이다. 대사가 일종의 행동이 되며 등장인물이 어떻게 그의 담화에 의해 결정되는지를 밝히는 작업이다. 즉 담화의 표현층위에 대한 분석과 담화의 내용분석이 필요하다.

최인훈 희곡에 대한 선행 연구자들이 주로 분석대상으로 삼아 시적 언어라고 극찬을 했던 부분은 바로 대사와 지문으로 이루어진 담화였다. 본서에서는 안느 위베르스펠드의 화행이론에 근거한 분석법에 따라 분석해 보려고 한다.

---

63) Anne Ubersfeld, 앞의 책, 59쪽.

ㄱ 대사

극텍스트에서 드러나는 대사의 양적인 범위(대사의 양)와 질적인 범위(대사의 성격과 수)를 먼저 살펴보겠다. 막 별로 대사의 숫자를 센 것인데 '말'은 말줄임 '………'을 뜻하며 '지'는 괄호로 지시한 지문이다. 일반적인 대사 밖의 지문과 달리 특정한 인물에게 행동을 지시하는 지문이라고 할 수 있다.

막	첫째 마당	둘째 마당	셋째 마당	넷째 마당
아내	87(말:5·지:3)	35(지:1)	46(말:10·지:7)	2(지:1)
남편	86(말:7·지:6)	19	31(말:6·지:1)	7(지:1)
개똥어미		62	17	
아기(장수)			3 (+지문=6)	4(지:2)
할머니		18(지:7)		2
세 사람		1		
마을사람1				3
마을사람2				1
포졸1				1
포졸2				1
포졸3				1
사람들				4

위의 표에서와 같이 막 별로 드러나는 대사의 양은 아내가 가장 많고 그 다음이 남편이며 개똥어미, 할머니, 아기장수, 사람들, 포졸들 순이다. 아내가 가장 대사가 많은 것으로 보아 극텍스트의 주요인물이라고 할 수 있다. 그리고 행위소 분석에서 드러나는 갈등요소로 보더라도 아내는 의식있는 민중의 환유였다. 아내와 더불어 주인공으로 생각할 수 있는 인물은 남편이다. 남편은 아내와 같

은 계층의 가장 가까운 인물인 듯하면서도 대립관계에 있는 인물이었다.

아기의 경우 실제 대사는 7개뿐이다. 다만 대사의 질적인 차이가 있으므로 대사가 적다하더라도 비중이 있는 행위자라고 할 수 있다.[64]

첫째 마당과 셋째 마당의 아내와 남편 간의 대화 속에서 드러나는 특징은 대사에 말줄임표와 행동을 나타내는 지문이 많다는 것이다. 말줄임은 침묵[65]을 뜻하며 지문은 대사보다 행동에 초점을 맞춘 지시이다. 일반적인 지시문에 비해 특정한 인물에 행동지시를 했으므로 대사만큼이나 의미 있는 행동이라고 할 수 있다.

극텍스트 내에서의 침묵과 행동은 아내와 남편의 대사내용이 간접적인 사실을 전달하는 기능을 할 때에 생겨날 수 있는 부정적인 측면을 보완한다고 할 수 있다. 다시 말하면 아내와 남편의 대사는 소금장수와 관가의 대립, 용마와 관가의 대립을 간접적으로 전달하는 정보전달자의 역할을 하고 있는데 정보전달자로 그칠 경우

---

64) 특히 아기장수의 대사 내용은 민중의 생각을 그대로 담고 있으므로 결코 무시할 수 없는 인물이다. 그러나 아기라는 인물을 분석하는 데 있어서 아기가 인형으로 처리되었다는 것을 염두해 두어야 할 것이다. 오브제로 분석할 때의 아기장수는 인물분석에서와는 달리 새로운 공간의 의미를 담고 있으므로 본고에서는 아기장수를 공간의 오브제를 분석할 때 주요대상으로 삼으려고 한다.

65) 스타니슬라브스키는 '침묵'이 없이는 연극에서 '말'이 통용될 수 없다고 주장한 바 있는데, 이는 침묵이 말을 다른 기호체계-예컨대, 몸짓·공간·음악·조명 등으로 대체시키는 기능을 하고 이에 의해 등장인물의 유형이 결정될 수도 있기 때문이다. 극담화에서 침묵은 대화와 의미 산출에 관여하며 그것이 대사에 삽입되는 위치-대사의 직전/대사의 중간- 및 형태-짧은 침묵/긴 침묵-에 따라 표현 내용이 달라진다. - 신현숙, 앞의 책, 101쪽. 이러한 침묵이 극텍스트에서는 첫째 마당과 셋째 마당에서 대화법의 한 방편으로 사용되고 있다.

생길 수 있는 극적 효과의 반감을 인물들의 침묵과 행동으로 보완하고 있는 것이다.

아내　여보 당신 무슨 근심이 있그려
남편　-아, 아무것도 아, 아, 아니야
아내　아무, 것도, 아니라니, 그럼, 무슨, 일이-있긴, 있구려?
남편　아니라니깐
아내　아이- 갑갑해라
남편　………
아내　………

(『세계의 문학』, 314~315쪽.)66)

위의 침묵은 화자인 남편의 불안이나 고립감 혹은 말의 준비를 위한 화자의 성찰의 순간을 나타낸다. 남편은 도적떼가 들끓고 있으며 이로 인해 자신이 토벌군으로 징병될지도 모른다고 불안해하고 있다. 또한 그의 말더듬은 아내에게 그 상황을 전달하기 위한 준비과정이라고도 볼 수 있다.

남편　아이구
아내　………
남편　허, 허탕이야
아내　………
남편　워, 워, 원님이, 노, 노, 노, 노발대발이래

66) 최인훈, 「옛날 옛적에 훠어이 훠이」, 『세계의 문학』 창간호, 1979, 민음사. 앞으로는 본문 인용의 경우, 각주처리하지 않고 본문에 표기하기로 한다.

아내 ·········

남편 나, 나으리들은, 자, 잔뜩, 도, 도, 독이 오, 오, 오, 오르구

아내 ·········

남편 워, 워, 원님, 마, 마, 말씀이, 마, 마, 말을, 모, 모, 모, 못 잡았
  으면, 으, 으, 읍으로, 드, 드, 드, 들어오지도, 마, 마, 말란다는군

아내 ·········

남편 (멀리서 포교들 노랫소리) 저것 봐, 그, 그래, 저, 저렇게 가,
  가, 강건너에서, 바, 바, 밤을, 새, 새, 새고, 내, 내일은, 마, 마,
  마을마다, 뒤, 뒤, 뒤져서 자, 자, 장수를 차, 차, 찾아낸다는군,
  아, 아, 아이구, 이, 이놈의-

아내 ·········

남편 (처음, 아내를 똑바로 바라보며 말을 멈춘다)

아내 ·········

(『세계의 문학』, 328~329쪽.)

  그러나 위의 대사에서 아내의 침묵은 앞서의 남편의 침묵과는
다른 것이다. 아내는 자신의 아기가 장수인 것을 알고 당혹감과 공
포감과 두려움에 빠져 있다. 아내는 남편에게 그 사실을 알리려 하
나 남편은 고을 원님과 나리들이 용마를 찾기에 혈안이 되어 있고
그로 인한 여파가 민중들에게 오는 것에 대해 불평을 하며 아기장
수를 원망하려 하고 있기에 말을 할 수 없다. 이처럼 위 단락에서
의 침묵의 의미는 상이한 전제 속에서의 언술이라고 할 수 있다.
  이처럼 극텍스트에서의 침묵은 불완전한 대화의 오고감이며 첫
째 마당과 셋째 마당에서의 침묵의 의미가 다르다. 그것은 이 두
마당에서 침묵이 발생하는 상황의 차이와도 관련이 있다. 첫째 마

당은 흉년이 들어 양식이 없다는 것에 대한 걱정이 있기는 하지만 씨앗조를 얻어왔으며 곧 아기가 태어날 것이라는 희망이 있는 상태이다. 그러나 셋째 마당에서는 아기가 장수임이 밝혀져 불안과 초조와 두려움으로 가득찬 상태이다. 또한 셋째 마당에서의 침묵은 첫째 마당에서보다 더 극도로 억압되어 있는 상황이다. 따라서 등장인물들이 공포에 떨고 있다는 것을 침묵으로 표현한 것이다. 두 막에서의 침묵과 행동은 첫째 마당의 행복이 셋째 마당에서는 불행으로 치달은 비극적 상황을 제시한다고 할 수 있다.

<옛날 옛적에 훠어이 훠이>에서 드러나는 전체적인 대사의 특징은 위의 예문들에서 보듯이 작가의 지시대로 대사와 움직임이 모두 느리다는 것이다.[67] 그리고 느린 대사를 ' - '와 ', ' 부호로 표현하고 있다.

부호 ' - '는 말을 느리게 끄는 것을 의미하고 쉼표 ', '는 쉬었다가 다음 단어를 연결하는 것을 의미한다. 이러한 느림의 정서는 빠름과 상보적인 관계에 있다고 할 수 있다. 사회가 문명화될 때 나타나는 특징은 모든 운동이 빨라진다는 것이다. 그러나 문명화는 인위적인 요소가 점점 많이 가미되는 것이며 자연은 문명의 반대말인 미개와는 뉘앙스가 다른 문명의 반대 개념이라 할 수 있다. 그러므로 느림의 정서는 자연을 의미하는 행동의 느림으로 자연과의 일치를 추구하는 정서라고 할 수 있다. 그리고 부호 ' - '와 ', '에 따른 인물들의 느린 말과 행동은 말과 말 사이의 빈 공간 속으로 독자를 끌어들여 호흡이 느려지게 하고 지루함을 느끼게도 한다.

---

67) 위의 책, 310쪽.

이러한 이미지는 자연에 대한 동경(예를 들면 아름답다거나, 깨끗하다거나, 순수하다는 의미)에 현실성을, 옛날 그 시절의 억압된 상황을 의미한다고 할 수 있다.

그리고 대사에서 드러나는 개인적인 특성은 남편의 말더듬이 어투일 것이다. 남편의 어투를 극행동과 관련지어 해석하면 비극에서 등장하는 인물들의 결함이라고 분석할 수 있다. 즉 남편은 아기를 죽이는 살인자이다. 아기는 민중들이 원하고 있는 희망, 구원으로 상징되는 대상이었다. 이러한 대상을 죽이는 행위는 민중 마음속의 해방에 대한 욕구를 누르는 행위와 일치한다. 그리고 이러한 행위는 비극 <오이디푸스 왕>의 주인공이 오만에 가까운 정의감 때문에 스스로 불행해지는 구조와 유사하다고 할 수 있다. 오이디푸스의 결함이 정의감이었다면 남편의 결함은 공포를 억누르려는 욕망이다. 이러한 결함 때문에 현실의 공포를 억누르기 위해, 근본적인 공포를 없앨 수 있는 인물인 아기를 죽이고 불행에 빠지는 것이다. 이러한 남편의 결함은 말더듬이라는 외적인 결함으로 나타난 것이며 말더듬이는 극도로 억압되어 있는 인물의 극적인 표현이라고 분석할 수 있다.

전체적으로 억눌린 상황과 반대되는 희극적인 정서의 인물, 개똥어미의 대사 또한 담화의 특징이라 할 수 있다.

> 개어 아이구, 이, 이, 주둥아리야 (제 입을 때리며) 개똥, 아범한테-
> 구박을, 당해, 싸지. 글쎄-우리 아범이, 내, 입하구-배(가리키
> 며)가, 닫혔더라면, -자기, 팔자가, 열렸을, 거라는군. 그래도
> 말이야, 바른, 대로,-그, 배가-누구, 때문에-열리우-웅?

....

개어 들었으니, 아우? 어젯, 밤에도, 좀-듣자고 별렀더니, 아범이-
　　　글세, 사람을, 가만, 둬야지. 호미를 들고, 하루내 밭에서, 기
　　　어다니다, 들어오면, 밤이면, 밤대로, 아범이, 달려들어서-또-
　　　김을 매는구려. 그러구-나면, 그저, 새벽까지, 죽었다-깨는데,
　　　어느, 귀로, 듣겠나. 나이 먹으니-장사가, 있나. -그런데, 말
　　　이야-장수가, 태어나면-용마도, 따라서-태어난다는군

(『세계의 문학』, 322쪽.)

　　이처럼 개똥어미는 용마의 출현에 따른 관가의 양민 억압을 성
과 관련된 희극적인 어투로 전달하고 있다. 이는 봉산탈춤 미얄과
장에서의 골계미와 유사하며 숭고미가 있는 비극적 정서에 희극적
인 요소가 가미된, 한국적인 비극 구조의 특징이라고 할 수 있다.
　　담화 내용의 주제는 첫째 마당에서의 남편과 아내의 대화 속에
서, 그리고 아기장수의 확성기로 확대된 대사 속에서 반복되고 있다.

아내 제발-그래야지, 우리, 애기-낳는, 해부터-제발, 풍년들고, 도
　　　둑-없어지고-
남편 그, 그, 그, 그, 말이, 그, 그, 그, 말이지
아내 참-그렇군요
　　　.........
남편 푸, 풍년만, 드, 들면
아내 도적만-끓지 않으면
남편 가, 같은, 소, 소, 소리라니깐
아내 참-그렇구만

(『세계의 문학』, 319~320쪽.)

애기 　(확성기에서 나오는 목소리, 메아리처럼) 못 참겠다!
아내 　아이구
애기 　(메아리처럼) 못 참겠다
아내 　안 된다, 아가야, 안 된다

(『세계의 문학』, 328쪽.)

애기 　(확성기로, 메아리처럼) 배고파

(『세계의 문학』, 334쪽.)

위의 대사의 일관된 의미는 '배고픔'이다. 그러나 아내와 남편은 가시적인 현실의 문제를 이야기하지만 아기의 대사 속에는 배고픔에 대한 근본적인 문제의식이 들어 있다. 민중의 배고픔은 단지 흉년이 들었기 때문만은 아니라는 구조적인 문제의식이다. 즉 민중이 흉년으로 기아에 시달릴 때 이들을 더욱 배고프게 하는 건 지배자들의 수탈이라는 것이다.

아내 　여보, 미쳤소? 씨앗조를 어떻게 먹는단 말이오?
남편 　괘, 괘, 괘, 괜찮아, 가, 가을에 가, 가서 바, 바, 바치기는 마찬
　　　 가진데, 이, 이런 때, 하, 하, 한 그릇 머, 머, 먹어봐야지 어,
　　　 어, 얼핏 지어줄 테니

(『세계의 문학』, 314쪽.)

개어 　(들여다보며) 순하기도, 하지-(퍼드러져 않는다) 어이구-재
　　　 앙없는, 세월이-없구만, 눈이, 푸짐하길래-올해, 풍년이나, 드
　　　 나싶더니, -난데없는-용마, 때문에, 남정네란, 남정네가-모두
　　　 -산에, 올라가서-용마를, 찾고 있으니, 언제, 밭을, 갈아서-씨
　　　 를, 뿌리나, 그, 뿐인가, 벌써-열흘째-양식이다, 닭이다 도토

리다, 하구-마을에서, 거둬, 올려가니, 용마, 잡기, 전에-사람,
잡지 않겠나?

(『세계의 문학』, 326쪽.)

개어 그렇다더군. 우는, 소리를, 듣고-찾아가면-저쪽, 골짜기에서
      울구, 귀신에-홀려 다니는, 셈이라더군. 그게, 구누-탓이나
      되는지,-화풀이는-마을, 사람한테-하구, 요즈음은, 숫제, 나
      으리들은-낮이구, 밤이구-닭에다-떡에다, 술 추렴이구, 밤에
      -말이, 우는, 소리가, 나면-우리-아범들을, 가보라고-시킨다
      는군

아내 어쩌나

개어 그러나, 저러나-글쎄-올, 농사가, 큰, 일이-아니우, 언제-씨
      를-묻는단, 말인가

(『세계의 문학』, 326~327쪽.)

   위의 첫 번째 대화는 이들이 씨뿌리고 거둔 곡식도 그들에게 돌
아가기 어려운 소작농의 실상을 보여주고 있으며 두 번째, 세 번째
대화는 관리들이 용마 출현을 이유로 양민들을 괴롭히며 억압하는
모습이 드러난다. 특히 세 번째 예문에서는 관리들의 부패한 생활
상을 보여주고 있다.
   이러한 대화의 주제는 극텍스트가 정치성을 띤 작품이라는 것을
확고히 하며 계층이 있는 사회 속에서 드러나는 지배자와 피지배
자 사이의 갈등 구조를 나타낸다고 할 수 있다. 이러한 갈등구조는
원형적인 인간 삶의 재생을 통해 현재에도 존재하는 계층 간의 갈
등구조이다. 또한 최인훈 작가 자신이 느끼는 '인간으로서는 어쩔

수 없는 외부적인 상황'과 대결하면서 인간이 좌절하게 되는 과정
이 그려짐으로써 비극적인 상황이 연출된다고 할 수 있다.

ⓛ 지문

<옛날 옛적에 훠어이 훠이> 극텍스트 지문에서 가장 두드러진
대목은 아내와 할머니가 부르는 자장가라고 할 수 있다.

우리애기 착흔애기
젖은먹고 크는애기
보채면서 ᄌ란애기
흉년들면 도적되지
도적되면 넓은세승
오도갈데 없어지고
관ᄀ기둥 높은곳에
잘린토막 머리되어
ᄭ목ᄭ치 쪼ᄋ대면
엄ᄆ아ᄑ 나ᄋ파
우는신세 되는신세
아이무서 다른애기
우리애기 ᄋ닌애기

(『세계의 문학』, 320, 331, 333, 335, 339쪽.)

이 자장가는 『세계의 문학』 원본에서는 다섯 번, 『옛날 옛적에
훠어이 훠이』 개작본에서는 일곱 번 반복되는데 노래를 부를 때의
상황과 노래 부르는 주체가 계속해서 달라진다. 첫 번째는 둘째 마

당에서 아내가 자신의 아기가 장수임을 알지 못할 때 우는 아기에게 불러준다. 두 번째는 역시 둘째 마당에서 할머니가 관가에 걸려 있는 소금장수 아들의 목을 찾으러 가면서 부르는 것이다. 그리고 셋째 마당에서는 아내가 자장가를 세 번 부르는데, 이 때의 자장가는 자신의 아기가 장수임을 알고 난 뒤 두려움과 공포에 휩싸여 밖으로 뛰쳐나오려는 아기를 잠재우는 장면에 삽입된다. 여섯 번째는 넷째 마당에서 노파가 아들의 목을 찾아가지고 돌아가는 중에 부른다. 마지막 일곱 번째는 아기와 아내와 남편이 용마를 타고 승천할 때 하늘에서 들려오는 것이다.

이 자장가의 형식적 특징은 지문이면서도 시의 형태를 띠었다는 것이다. 그래서 시의 형태로 분석해 보면 3연 13행의 4음절이라고 할 수 있다. 그리고 행의 결구에는 '-애기'가 반복되고 있으며 아래아 'ㆍ'를 사용한 것이 특징이라고 할 수 있다.

그런데 이 자장가의 내용을 살펴보면 고대 비극의 코러스와 유사한 역할을 한다는 것을 알 수 있다. 물론 고대 비극의 코러스와는 형식적으로 많은 차이가 있다. 지문을 기호로 보는 담화의 차원에서 코러스는 작가의 "심층 담화로서 개별화된 언술들을 모든 인물이 공감할 수 있는 보편적 전언으로 해설"하는 기능을 담당하는 것이다.[68]

다시 말해 극텍스트의 총체적 담화의 맥락 속에 개별 담화들을 삽입시키고 담화적 영역과 이념적 영역을 연결시켜주는 역할을 한다. 바로 극텍스트의 자장가와 부합된다고 할 수 있다. 자장가의

---

68) 신현숙, 앞의 책, 100쪽.

내용은 아기장수의 일생에 관한 이야기이기 때문이다. 그리고 아내가 아기에게 이 자장가를 불러주는 것으로 보아 아기가 타고난 운명이라고도 할 수 있다. 희랍비극의 <오이디프스 왕>에서 오이디프스가 태어날 때 받은 신탁, 즉 아버지를 죽이고 어머니와 결혼할 거라는 신탁은 오이디프스의 운명이 된다. 그리고 결국은 이 때문에 오이디프스는 눈을 찌르고 광야를 헤매게 되는 것이다.

극텍스트 속의 아기의 일생 또한 오이디프스와 다르지 않다. 흉년들어 잘 먹지 못하고 자라고 있는 이 아기는 도적이 될 것이고 참수를 당할 거라는 하늘의 뜻이 자장가로 나타나고 있는 것이다. 그리고 이 내용은 극텍스트의 전체 이야기를 함축하는 것으로 보편적인 상황의 표현이기도 하다. 실제로 소금장수의 사건이 있었고 그 전에도 목이 베인 도적들이 있었기 때문이다.

자장가를 통한 아기장수의 탄생은 하늘의 뜻이지만 주로 이 노래를 부르는 아내는 자장가로 비극적인 예감을 표현한다고 할 수 있다. 비극적 예감이란 어떤 특별한 결과의 예지를 뜻하는 것은 아니지만 앞으로 일어날 수도 있는 아주 다른 어떤 운명에 대한 직관적 통찰이며 어떤 불길한 예감이다.

아내가 비극적 예감을 지녔다는 것은 이 노래를 부르기 전 남편이 씨앗조로 밥을 지어주겠다는 것을 한사코 마다하는 것에서도 드러난다.

아내 아이고 여보, 이리 내요
남편 이, 이, 이, 일 없대두

아내 안 돼요, 이리 내요, 내가, 그 밥을 먹고, 무슨 정승을 낳겠다
     고, 씨앗조를, 먹는단 말이오

(『세계의 문학』, 314쪽.)

아내 여보, 난, 이대로-있었으면-좋겠소
남편 ········
아내 낳지는 말고-
남편 ?
아내 애기도-이 세상에서-고생 안 하고-당신도, 나더러-씨앗조를,
     먹이겠다니, -그런, 호강-언제, 하겠소

(『세계의 문학』, 317쪽.)

그리고 바로 위의 대사에서 알 수 있듯이 아내에게는 아기를 기
다리는 희망이 있으면서도 아기를 낳지 않고 간직하고 싶어 하는
마음이 있다. 물론 표면적인 이유는 남편이 자신을 위해주는 마음
이 좋고 흉년이 든 때에 제대로 먹지 못하고 자랄 아이에 대한 걱
정이라고 할 수 있다. 그러나 아내의 심층적인 생각 속에는 자장가
의 노랫말, 못 먹고 자란 아이가 도적이 될 수도 있다는 비극적 예
감이 존재하는 것이다.

넷째 마당에서 노파가 이 자장가를 부를 때는 목이 잘린 아들을
거두어서 돌아올 때이다. 노파가 아들의 머리를 찾아가지고 돌아
오는 길에 부른 자장가는 아내가 자살을 하는 데 결정적인 역할을
했다고 할 수 있다. 아내는 자식의 죽음으로 인해 절망감에 빠져
있다가 노파를 만난 뒤 터뜨려 버린 것이다. 행복하게 아들의 머리
를 차고 가는 모습은 바로 얼마 전에 죽은 아들에 대한 모성애를

자극하기에 충분하다.

그리고 이 자장가는 극의 결말에서는 앞서의 자장가와는 다른
의미로 작용한다. 용마탄 아기가 아내와 남편을 데리고 하늘로 올
라갈 때에 마을사람들은 이들을 휘어이 휘이 내쫓는다. 이때 하늘
에서 '⋯⋯보채면서 / 자란애기 / 흉년들면⋯⋯'이란 자장가
가 들려온다. 흉년들면 다시 나타나겠다는 것은 민중들이 스스로
장수를 버렸으므로 해결되지 못한 현실의 모순은 계속될 거라는
민중의 원형적 삶을 의미한다고 할 수 있다.

이러한 코러스 외에 극텍스트 지문의 특징은 순전히 등장인물들
의 행위를 지시하고 있다는 것이다. 채만식이나 기타 사실주의극
에서처럼 인물의 외양이나 상태를 설명하는 것이 아니라 간결하게
행동만을 지시한다. 또한 극텍스트의 지문의 특징은 시·청각적인
요소를 지시한다는 것인데, 이러한 요소는 공간 분석에서 자세히
다루고자 한다.

2) 〈둥둥 樂浪둥〉의 '호동왕자'와 '왕비'

구조주의 시각에서 그레마스와 라스티에는 등장인물을 다음과
같은 세 층위를 내포하는 복합체로 보았다. 등장인물을 심층구조
층위에서는 잠재 주체로서의 행위소로, 표층 구조에서는 현동 주
체로서의 행위자와 역할로, 표출구조에서는 실현 주체로서의 인물
로 보는 것이다. 앞에서 우리는 심층구조를 형성하는 행위소 모델
을 통해 호동과 왕비가 어떠한 행위소 기능을 하는가를 살펴보았
다. 따라서 등장인물을 분석할 때는 호동과 왕비가 표층구조에서

어떠한 행위자 역할을 하는지 살펴보아야 온전한 분석이 된다. 그리고 이들에게 부여된 개성(변별적 특징)과 말하고 행하는 모든 것(행위)을 살피는 것은 무대 체계의 한 요소로서 의미를 산출하는 것이라고도 할 수 있다.[69]

<둥둥 낙랑둥>에는 스물 일곱 개(27)의 역할이 있다고 했다. 그런데 여기서 고구려 왕비와 주몽, 극중 극에서의 낙랑공주 역할은 왕비라는 한 인물이 맡고 있다. 말하자면 왕비는 세 개의 가면을 쓰고 있는 것이다. 그리고 호동은 왕자라는 역할을 맡고 있다.

행위자로서의 왕비와 호동은 이들을 특징짓는 일련의 기호들을 갖고 있다. 이들의 명칭, 신체적 특징, 사회적 신분, 의상, 공간(거주지), 시간적 기표들이 기호로 작용하여 등장인물을 하나의 기초 체계로 드러나게 한다. 행위자는 개체일 수도 있고, 하나의 집단이 될 수도 있다. <둥둥 낙랑둥>에서 '호동'과 '왕비'는 개체로서의 행위자이지만, '작은 아버지와 대신들'은 하나의 집단으로서의 행위자라고 할 수 있다.

행위자로서의 호동과 왕비의 변별적 특징과 역할 행위는 다음을 중심으로 파악할 수 있다. ①신체적 차원, ②심리적 차원, ③이념적 차원, ④행위적 차원에서 변별적 특징을, ①극행동에서 취하는 특별한 입장-극적 역할, ②그가 속한 사회적 상황을 나타내는 일반적 입장-사회적 역할, ③개인의 심리적 움직임과 관계되는 개인적 역할 등에서 행위를 분석할 수 있다. 그리고 이러한 행위자의 특징과 역할은 희곡의 담화를 통해 분석 가능하다. 담화는 대사와

---

69) 위의 책, 28~29쪽.

지문으로 구성되어 있으며 대화 및 독백·방백, 침묵까지 포함하는 것이다.[70] 대화의 형태에는 보편적인 대화 이외에 장광설, 운문 대화, 격언체, 횡설수설 등이 있다.[71]

<둥둥 낙랑둥>에서 드러나는 담화의 특징은 최인훈의 다른 작품들, 예를 들면 <옛날 옛적에 훠어이 훠이>나 <봄이 오면 산에 들에>에 비해 대사량이 많다는 것이다. 그리고 독백이 많이 사용되는 특징이 있다. 에피소드 분석에서 드러나는 독백의 수는 총 열한 번이다. 이 중 호동이 여섯 번, 왕비는 다섯 번 독백을 한다. 이들은 독백을 통해 자신의 생각·의도·감정을, 다시 말해 자신의 내면 세계를 드러낸다. 그리고 독백이 이들 극행동의 가장 중요한 순간을 지시하기도 하고 감정의 서정적 표현으로 기능해서 희곡에 시적인 분위기를 첨가하기도 한다.

내면을 드러내는 독백의 기능이 <둥둥 낙랑둥>에서는 매우 효과적으로 사용되고 있으며 이러한 독백 후의 호동과 왕비의 극행동은 전체 극구조에서 죽음으로 향한다. 그리고 이들의 숭고한 죽음은 비극미를 창출한다.

㉠ 호동왕자 – 계몽적 영웅

호동은 고구려의 왕자이며 군사령관이다. E 1에서 "무장한 채 투구만 벗고 있는" 복장을 보아서도 알 수 있고 대사 속에서도 그의 지위가 드러난다. 그리고 E 2의 대화 속에서 우리는 호동이 군

---

70) 위의 책, 78쪽.
71) 위의 책, 87쪽.

사령관으로서 "주몽 할아버지에 버금가는 공"을 세웠으며 "고구려의 사람과 하늘과 땅도 왕자님을 맞으며 밤을 새우고 있는", 매우 환영받는 승자의 모습임을 알 수 있다. 그리고 "씩씩한, 흰말 위에 높이 앉아서 성문 밖에서 나를 맞은 왕자"라는 왕비의 대사를 통해 호동이 여성으로부터 연민의 정을 느끼게 하는 남성적인 매력을 지니고 있음을 알 수 있다. 또한 호동은 "고구려 무사들 가운데서도 여간 힘 있는 사람 아니면 못 다루는 활"을 사용하는 힘센 장수이기도 하다.

그런데 이러한 호동은 담화의 독백 기능을 통해 끊임없이 자신의 승리에 대해 반성하는 태도를 보인다. 그는 E 3, E 8, E 9, E 12, E 15, E 25에서 독백을 통해 내적인 갈등을 하고 있는 것이다. 그리고 이러한 호동의 내적 갈등은 주로 '왕자의 방'에서 이루어진다. 따라서 왕자의 방은 호동의 내면을 상징한다고도 볼 수 있다. 또한 위의 여섯 개의 독백 에피소드를 통해 우리는 그의 극행동이 어떻게 변화되는지 알 수 있고 죽음을 맞이할 수밖에 없는 과정을 파악할 수 있다. 그리고 호동은 독백을 통해 깨달음을 얻음으로써 계몽된 영웅이 된다.

호동은 E 3의 독백에서는 낙랑땅에서나 나타날 수 있는 낙랑공주를 보기 위해서라도 반드시 낙랑성으로 다시 돌아가겠다고 다짐한다. 그런데 낙랑공주와 외모가 꼭 닮은 어미무당 왕비를 본 후 죽은 낙랑공주를 떠올리며 (E 8) 자신의 승리에 대해 회의하기 시작한다. 주몽 이념에 따르면 어떠한 술수를 써서라도 영토를 넓혀야 하고 따라서 호동이 '술수'를 쓴 것은 괴로워해야 할 일이 아니다. 고구려에서 영웅 대접을 받는 것으로도 알 수 있는 것이다.

> 호동　………당신은 기쁘다고 하셨지요. 장하다고 하셨지요. 싸워
> 서 이기기 위해서 어떤 계책을 써도 상관 없는 일이 아닙니
> 까? 그렇지요. 당신은 장하다고 하셨지요. 그러면 나는 괴로
> 울 까닭이 없어야 하지 않겠습니까? 그런데 내 마음이 이렇
> 게 부대끼니 웬 일입니까? 두렵습니다. 할아버지시여 당신의
> 마음과 다른 마음을 가져서는 안 될 이몸 그런데 이 마음 속
> 에서 당신을 거스리는 이 마음, 내 마음 아닌 이 마음이 두렵
> 습니다. 할아버지시여 이 마음을 이기게 도와주소서
>
> (『세계의 문학』, 310쪽.)[72]

　호동이 주몽의 이념에 회의하고 죄의식을 느끼게 된 것은 낙랑
공주와 낙랑왕의 죽음 때문이라고 할 수 있다. 사랑하는 사람을 위
해서 목숨을 걸고 북을 찢은 낙랑공주의 희생적인 사랑과, 굴욕적
인 패배를 인정할 수 없어 자신의 가족을 모두 죽이고 자살한 낙
랑왕의 대의명분에 양심의 가책과 죄의식을 느끼는 것이다. 그러
면서 호동은 E 15에서 자신의 죄과를 인정하게 된다.

> 호동　……… 다만, 내가 거느린 내 아버지의 군사들을 생각하고 내
> 마음이 약해진 것이었지, 왕자이고자 하면, 군의 사령관이고
> 자 하면, 나는 정정당당치 못한 용사, 내 사랑하는 이를 써먹
> 은 비열한 자가 되어야 했구나, 낙랑의 북아, 네가 지키고저
> 한 사람의 손에 찢긴 낙랑의 북아, 내 네 소리를 듣기가 소원

---

72) 최인훈, 「둥둥 樂浪둥」, 『세계의 문학』, 1978년 가을호, 민음사.

이노라, 네 소리를 따라 내 또 한 번 하늘의 뜻을 물을 수만 있다면, 네 소리와 고구려의 나팔 소리가 어울려 울리는 속에서 하늘의 뜻을 물어볼 수만 있다면, 낙랑의 북아

(『세계의 문학』, 327쪽.)

위의 지문을 통해서 호동은 고구려 군사들과 낙랑공주를 모두 생각하는 모질지 못한 성격을 지녔음을 알 수 있다. 그는 자명고 때문에 무고하게 희생될 군사들을 생각해서 낙랑공주로 하여금 북을 찢게 했고, 이후 낙랑성이 항복하면 낙랑공주를 고구려로 데려오려고 했었다. 그런데 낙랑왕이 낙랑공주와 가족을 자기 손으로 죽이고 자신마저 자살하는 예상치 못한 사건이 벌어진 것이다. 낙랑왕의 행위는 정정당당치 못한 패배를 인정할 수 없다는 대의명분을 추구하는 행위였으며 호동은 그의 행위에 감복하고 자신의 행위를 되돌아보게 된 것이다.

호동 그는 훌륭한 왕이었다. 그는 나를 잘 대접해 주었다. 그는 떳떳버젓이 싸워서 제 나라의 주인답게 죽었다.

(『세계의 문학』, 313쪽.)

낙랑왕의 대의명분을 추구하는 행위는 결과적으로는 호동이 낙랑공주를 이용했다는 결과를 낳게 한다. 더구나 호동은 공주를 사랑했기에 죄의식을 느끼는 것이다. 그는 낙랑왕을 탓해보려고도 했지만 위의 대사에서처럼 낙랑왕이 훌륭한 왕이었음을 인정하고 있다. 그래서 E 8에서 가족의 죽음을 슬퍼하는 왕비를 보면서 그

가책이 심화되는 것이고 E 9에서처럼 왕비를 만나지 않기 위해 문안인사를 거르고 자신의 방 속에만 틀어박히게 되는 것이다.

그리고 호동은 이렇게 괴로워하는 중에도 희생적인 사랑을 보여준 낙랑공주를 잊지 못하는 인간미를 보인다. 낙랑공주와 닮은 왕비가 호동에 대한 연민으로 역할놀이를 제안했을 때 거절하지 못하고, 상상과 놀이를 통해서라도 낙랑공주를 만나고 싶어했던 것이다.

그가 E 15의 독백에서 자신이 '정정당당치 못한 용사', '비열한 자'였음을 고백하는 것은 낙랑공주와 낙랑왕의 극행동으로부터 계몽된 것이라 할 수 있다. 그는 이 깨달음 뒤 다시 하늘의 뜻을 물을 수만 있다면 낙랑의 북을 선택하겠다고 다짐하는 것이다. 그런데 계몽된 호동은 점차 권력 내부, 주몽 이데올로기, 사회제도와 대립하게 된다. 그의 계몽된 극행동은 파멸을 불러오는 행위인 것이다. 따라서 호동의 계몽은 비극적인 계몽[73]이라고 할 수 있다. 그리고 호동의 행위는 고대 비극 <오이디푸스 왕>에서 오이디푸스 왕이 진실을 찾아가다가 괴로움을 겪고 파멸하는 것과 유사한 행위이다. 호동이 진실을 깨닫고 그것을 실천하는 것, 낙랑의 북을 울리려는 것은 비극에서의 계몽, 진실을 찾아가는 길이라고 할 수 있다. 또한 이 계몽은 매우 고통스러운 과거로의 되돌아감이며, 관습과 전통과 이념을 버리는 행위이다. E 25에서 호동이 왕비를 기다려 낙랑성에서 보냈던 시간을 역할놀이로 재현하는 행위, 근친상간을 저지르는 행위, 굿에서 낙랑의 북을 울리는 행위는 관습과

---

73) Christopher Rocco, "Introduction", in *Tragedy and Enlightenment*. Berkely and Los Angeles, California:University of California Press, 1997, p.19.

전통과 이념을 버리는 비극적인 계몽의 행위인 것이다.

> 호동 …… 고구려의 왕자가 진 빚을 갚게 하소서, 자 울려라 낙랑
> 의 북아
> 검은 북 앞으로 가서 친다
> 둥둥 둥둥둥, 둥둥 둥둥둥
> 둥둥 둥둥둥
>
> (『세계의 문학』, 361쪽.)

따라서 이러한 호동의 행위에 협조자는 거의 없고 '고구려의 대신들(작은 아버지)', '주몽 이데올로기', '사회제도'라는 반대자가 존재하게 된 것이다. 그리고 호동을 반대하는 고구려 내부 세력은 호동이 계몽되기 전부터 반대자로 존재했었고 극이 끝날 때까지 반대 세력으로 남아 있다. 고구려의 왕자이며 군사령관으로 뛰어난 무예를 겸비한 호동은 내적 갈등을 통해 주몽의 이데올로기와 아버지의 뜻에 회의하고 점차 사회제도가 금하는 행동을 추구하게 되면서 고구려왕과 사회제도, 주몽과 적대관계를 형성하는, 비극적인 계몽의 행위를 하는 것이다. 호동의 행위에서 우리는 권모술수를 써서라도 승리를 통해 권력을 획득하려던 영웅이 자신의 죄과를 깨닫는 '계몽된' 영웅으로 변화하는 것을 볼 수 있다. 그리고 이러한 호동의 깨달음은 주로 독백 행위를 통해 드러나는 것이다.

그리고 계몽된 영웅으로서의 호동의 선택은 <둥둥 낙랑둥>의 비극적인 결말로 이어지면서 숭고미를 발생시킨다. 호동은 <둥둥 낙랑둥>의 비극적인 구조의 한 요소가 되는 것이다.

ⓛ 왕비 - 제의적인 행위자

행위자로서의 왕비는 주몽과 낙랑공주, 고구려 왕비라는 세 가지 역할을 하고 있다. 이렇게 여러 가지 역할을 하는 인물을 희곡에서는 다음성적 주체라고 한다. 희곡 텍스트는 무대 상에서 '음성 텍스트'로 바뀌고 무대 체계들과의 관계 속에서 읽혀진다.[74] 한 인물은 하나의 음성을 지니는데 <둥둥 낙랑둥>의 왕비처럼 무대 상에서 어미무당, 고구려의 왕비, 낙랑공주라는 세 가지 목소리(역할)를 지닐 경우, 다음성적 주체라고 하는 것이다. 여러 가지 음성을 지닌 행위자로서의 왕비는 복합적인 성격을 지닌 인물이라고 할 수도 있다. 그리고 왕비 안의 각기 다른 역할들은 서로 충돌하고 갈등을 일으키면서 역설적인 관계를 형성한다. 이처럼 여러 가지 음성을 지닌 왕비의 모순적이고 비이성적인 역할은 제의적인 속성을 지닌 것으로 분석될 수 있다. 왕비는 세 가지 역할을 수행하는 가운데 혼란스러워 하고 갈등을 일으키지만, 결말부에서는 이 역할들을 모두 수용하면서 질적으로 변화된 사랑을 추구하는 제의적인 행위자가 된다. 이러한 왕비의 행위는 제의의 속성 중 하나인 '존재변이'로 설명될 수 있는 것이다.

등장인물로서의 '왕비'를 분석하기 위해서는 그가 맡고 있는 세 가지 역할을 모두 대상으로 해야 한다. E 5에서 처음으로 모습을 보인 왕비는 어미무당 차림이다. 왕비는 "무당 차림이며 손에는 칼을 들었"고 "무당춤"을 추는 것으로 등장한다. '주몽'을 외치고는 쓰러졌다가 다시 일어나 제단에 모셨던 '탈'을 들어 쓰는 행위로

---

74) 신현숙, 앞의 책, 13쪽.

왕비는 주몽이 된다.

> 왕비 나온다. 호동, 놀라서 주춤 물러난다. 손으로 이마를 짚는다.
> 옆에 선 부장이 얼른 호동을 부추기고 귀에 대고 속삭인다. 호동 애써
> 굳굳해지려고 한다.
> 왕비를 따라 궁녀들 따라나온다. 그들은 모두 무당차림이며 손에는
> 칼을 들었다. 음악이 일어나고 조상 앞에 바치는 무당춤이 추어진다.
> 그 동안 다른 인물들은 허리를 굽히고 가끔 일제히 절을 한다. 무당
> 춤이 끝난다.
> 왕비 왕자를 이끌어 제단 앞에 이끌어 간다. 왕비 춤을 추다가 제단
> 의 계단을 올라 가 멈춰선다. 외친다.

> 왕비 주몽! 주몽! 주몽!
> 왕비 쓰러진다.
> 둥둥둥 같은 짬을 두고 북소리가 거듭된다. 사람들 절을 한다. 한층
> 큰 북소리와 함께 왕비 벌떡 일어난다. 제단에 모셨던 탈을 들어 쓴다.

> 왕비 (남자처럼 껄껄걸 웃고나서 남자 목소리투로)
>
> (『세계의 문학』, 306~307쪽.)

이때 주몽 탈을 쓴 왕비는 고구려 전체를 지배하는 신화적인 성
(聖)스러운 인물이다. 자신이 어떻게 건국의 신화를 이룩할 수 있
었는지를 말하는 주몽은 고구려가 자신의 뜻을 받들어 영토를 넓
힐 것을 당부한다. 이러한 행위 뒤 왕비는 탈을 벗음으로써 고구려
의 왕비가 된다.

고구려 왕비로서의 '왕비'는 낙랑국과 고구려와의 평화를 위해

시집온 낙랑공주의 쌍둥이 언니이다. 따라서 그녀의 독백 행위는 낙랑성의 공주로, 고구려의 왕비로서의 내적인 갈등이다. 당연히 그녀는 낙랑성에 대한 조국애를 지니고 있기에 낙랑성이 패망하고 가족이 모두 죽었다는 소식을 들었을 때 슬퍼하게 된다. 그리고 낙랑성에는 적이 오는 것을 알려주는 자명고가 있어 전쟁에서 질 이유가 없다는 생각에, 낙랑국의 패망에 대해 의문을 품는다. 따라서 E 7에서 왕비의 독백은 "왜 자명고가 울리지 않았는지?" 의문스러워 하는 내용이다. 그리고 쌍둥이 낙랑공주 중 한 명으로, 어미무당으로 주몽신을 모셔야 하는 자신에 대해 회의한다. 그녀에게는 성(聖)스러운 역할과 속(俗)의 역할이 동시에 주어져 있는 것이다.

> 왕비 내 아버지, 어머니, 동생의 죽음을 기뻐하며 춤을 추어야만 하다니, 내 아버지의 원수의 조상을 이 몸에 받아 말을 옮겨야 하다니, 아아 내 몸이여 내 몸뚱어리여, 내 몸 아닌 내 몸뚱어리여, 불쌍한 내 몸뚱어리여
>
> (『세계의 문학』, 309쪽.)

낙랑성의 공주이자 고구려의 왕비인 '왕비'는 자신의 처지에 한탄할 수밖에 없는 것이다.

그러나 E 17에서의 왕비의 독백 행위는 호동과의 역할놀이 이후 자신이 시집오던 날, 호동을 고구려왕으로 착각하고 연민의 감정을 느꼈던 때를 회상하며 의문을 덮어두려 한다. 그리고 자신이 낙랑성의 공주이자 고구려의 왕비라는 것을 '어찌할 수 없는' 자신의 한계로 받아들이려 한다.

그런데 이러한 독백 전, 후 E 13, E 14, E 26, E 27에서 낙랑공주 역할을 하게 되면서 왕비는 '자신이 누구인지' 또 다른 혼란스러움을 느끼게 된다. 호동과 왕비의 특수한 연극 공간인 '극중 극'의 공간은 배가, 혹은 이분화 현상 때문에 '왕비 자아'에 대한 단일한 의식을 갖기 어렵게 만드는 것이다. 따라서 전체극과 '극중 극' 두 공간에 동시에 속하는 왕비는 자아와 그 분신의 이중적 행동상이 교차되는 장(場)으로서 '분열된 자아'라는 자질을 갖는다. 왕비의 분열된 자아로서의 모습은 호동에 대해 복수를 결심하고 웃는 웃음소리에서도 드러난다.

> 핏빛 노을속에 첫 막의 낙랑공주의 유령의 웃음처럼 날카롭게 웃는 왕비.
>
> (『세계의 문학』, 344쪽.)

낙랑공주의 웃음 소리를 왕비가 그대로 재연하는 것을 통해서 우리는 왕비가 낙랑공주 역할을 할 뿐만 아니라 낙랑공주 자신이 되어 유령처럼 웃고 있다고 여겨지는 것이다. 따라서 왕비가 호동에 대한 '연민'으로 낙랑공주 역할을 하든, 호동에 대한 '분노'로 낙랑공주 역할을 하든 분열된 자아의 모습을 지니고 있음을 알 수 있다. 호동과의 근친상간 이후 왕비는 자신이 낙랑공주인지, 고구려의 왕비인지 더욱 혼란스러워한다.

> 왕비 아, 내가 누군가, 내가 누군가?
>
> (『세계의 문학』, 354쪽.)

그런데 '자신이 누구인지' 혼란스러움을 겪는 중에, 왕비의 호동에 대한 분노와 증오심은 사랑으로 변화된다. 여전히 혼란스러움을 겪고 있지만, 왕비는 호동을 사랑하게 되는 것이다. 이제는 호동을 사랑하게 되었기에, 어미무당으로 단 위에 오르기 전 호동의 신변을 걱정하고 그가 무사하기를 바라게 된다.

> 왕비　그러나 지금
> 　　　밝는 날
> 　　　단 위에 오를 때까지는
> 　　　나는 나요
> 호동　네 어머님
> 왕비　(고개를 젓는다)
> 호동　(한참만에)······공주
> 왕비　(고개를 젓는다)
> 호동　(아까처럼 뚫어질 듯 바라본다)
> 　　　그러면······ 당신은 누구시니이까?
> 왕비　(한참만에)······내가 누군지를 아무도, 이 누리에 있는 아무도
> 　　　말해 줄 수 없는 그런 몸이 된 나, 이름붙이지 못할 나,
>
> 　　　　　　　　　　　　　　　　(『세계의 문학』, 357~358쪽.)

그녀는 여자로서 호동을 사랑하는 마음이 있기에 '어머니와 아들' 관계를 부정하려 하고 낙랑공주 역할도 부정하는 모습을 보인다. 그저 호동의 신변을 걱정하는 여인의 모습만이 있을 뿐이다.

> 왕비　이것이 웬 일이오, 호동왕자 내 그대를 위해 북을 찢었거늘

그대를 위해서라면 일만개의 북이라도 다시 찢겠거늘, 그대
는 내게 빚을 갚는단 말이오. 이 몸은 비록 어버이 칼에 쓸어
졌을 망정 더없이 행복합니다, 거룩한 고구려의 왕자 호동님,
나 당신을 본 첫 날부터, 그것이 낙랑성 잔치였는지, 고구려
성문 밖이었는지 나는 잊어버렸소, 나 당신을 본 첫 날부터
이 세상 소리에 귀먹고 이 세상 모양에 눈 멀었읍니다,(호동
의 머리를 집어들며) 그대 머리여, 그대는 이렇게 토막이 잘
린 이 내의 마음이로다 (머리의 입술에 입을 맞춘다) 호동님
그대를 따르오리다   (『세계의 문학』, 361쪽.)

　이제 그녀는 낙랑공주로, 왕비로, 호동을 사랑하는 여인으로서
의 모습을 보인다. 이제는 자신이 누구인지, 어떤 역할이 진짜 왕
비인지가 중요한 것이 아니라 왕비라는 등장인물이 호동을 사랑하
고 있다는 행위가 중요해지는 것이다. '왕비'는 낙랑공주 역할, 고
구려왕비 역할을 모두 포용하고 호동을 사랑하는 여인으로 변화된
것이다.

　그리고 E 20, E 22, E 24에서의 왕비의 독백은 호동에 대한 분
노를 표현하는 내용이다. 이 독백은 왕비가 낙랑성이 패망하게 된
이유를 모를 때 호동을 사랑하던 것에서, 그 사실을 알면서도 사랑
하게 되는, 사랑의 질적인 변화가 진행되는 과정에서의 담화이다.
따라서 이 독백은 왕비가 호동의 잘못을 수용하면서 더 깊이 사랑
하게 되는 사랑 변이 과정의 담화라 할 수 있다. 왕비의 사랑은 응
징의 사랑에서, 낙랑처럼 자신의 목숨을 바쳐 표현하는 사랑으로
심화된 것이다.

또한 왕비는 어미무당이라는 성(聖)스러운 역할과 낙랑공주와 고구려왕비라는 속(俗)적인 역할을 함께 수행하는 역설75)적인 인물이다. 주몽 역할과 낙랑공주, 고구려왕비 역할은 서로 대립하는 역할들이다. 그리고 한 등장인물 안에 이렇게 상반된 속성을 지닌 역할이 수행된다는 것은 모순적이고 비이성적이다. 그런데 역설적인 인물이라고 한 것에서 알 수 있듯이 비이성적인 왕비 역할에는 진실한 모습이 존재한다. 다음성적 주체로서의 왕비는 주몽 역할, 왕비 역할, 낙랑공주 역할을 하다가 결말부에서 사랑을 위해 목숨을 바치는 승화된 행위를 하는 것이다. 즉 역설적인 인물로서의 왕비는 모순되고 비이성적이지만 승화된 사랑의 행위를 하는 등장인물이다.

왕비의 이와 같은 다음성적 주체로서의 행위를 통해 우리는 왕비가 성과 속의 역설적인 성격을 지닌, 제의적인 인물이라는 것을 알 수 있는 것이다. 그리고 왕비가 작품에서 신내림을 받는 것은 실제 배우가 트랜스 상태에 빠지는 것이 아니라 '쓰러지는 행위'를 하고 '주몽탈을 쓰는 행위'를 통해 트랜스 상태에 빠졌다는 약속된 기호 행위를 하는 것이다. 왕비는 제의의식을 하는 것이 아닌 제의의식 행위를 모방하고 있는 것이다. 다만 왕비라는 행위자는 성스러운 역할과 속의 역할이라는, 다음성적인 역할을 수행하면서 승화된 사랑 행위를 하기에 그 존재 양태가 변화된 사랑을 구현했다

---

75) 역설(Paradox 패러독스)은 자기 모순인 것처럼 혹은 부조리한 것처럼 보이면서도 어떤 의미에서는 그것이 진실일지 모른다고 생각하게 만드는 진술이다.- Childers & Hentzi, 『현대문학·문화 비평 용어사전』, 황종연 옮김, 서울:문학동네, 1999, 319쪽.

는 점에서 제의적인 행위자라고 불 수 있는 것이다.

　이처럼 <둥둥 낙랑둥>에서 등장인물 호동은 계몽된 영웅으로, 왕비는 제의적인 행위자로 존재한다. 호동은 계몽될수록 점층적으로 반대자의 규모가 커지는 영웅으로 변화한다. 그리고 왕비는 성스러운 역할과 속적인 역할을 함께 수행하면서 혼란스러움을 일으키기도 하는 모순되고 비이성적인 인물이지만 이러한 혼란을 모두 포용하는 인물이다. 그런데 이렇게 속성이 다른 호동과 왕비는 모두 파멸한다는 점에서 고대 그리스 비극 구조의 한 요소가 된다. 그리고 계몽된 영웅인 호동과 역설적이고 모순적인 제의적 행위자인 왕비는 각각 이성적인 인물, 비이성적인 인물의 환유라고 볼 수 있다. 신, 또는 반대세력, 사회제도에 맞서 진실을 추구하다가 파멸을 맞는 이성적이고 비이성적인 인간들의 환유인 것이다.

Ⅲ. 비극적 구조

　텍스트의 구조를 분석할 때는 아리스토텔레스의 『시학』의 영향으로 통일성을 중시하게 된다. 특히 비극에서의 플롯의 통일성은 작품의 일부분이면서도 작품 전체의 통일성에 관한 이론이라고 할 수 있다. 플롯의 통일성이라고 하는 것은 처음-중간-끝이라는 시간축에 따르는 전개이다. 그런데 엘리자베스 시대에 오면 플롯의 통일성은 부-플롯과 주-플롯의 통일이라는, 공간적인 논리에서의 해석이 생겨난다. 이와 같은 시간과 공간의 통일에 관한 플롯은 의미론적 통일성을 주로 하는 것이라고 할 수 있겠다.

　주-플롯과 부-플롯의 통일에 관한 논의에서 도비냐크는 부-플롯이 주-플롯에 종속해야 한다고 주장한다. 두 플롯의 의존관계는 주-플롯의 사건이 부-플롯의 여러 가지 정념을 낳고, 주-플롯의 결말이 부-플롯의 결말을 낳은 것이어야만 한다고 했다. 이에 비해 마르몽텔은 두 플롯을 인과관계로 보고 작품의 주요 행동(말하자면, 주-플롯)은 거기에 사건이나 에피소드로 쓰이고 있는 온갖 개별적 행동(부-플롯)에 의존하고 거기에서 귀결하는 것이어야만

한다라고 말한다. 이에 대해 사사키 겐이치는 마르몽텔의 '개별적 행동의 종합으로서의 주요행동'이라는 견해가 올바르다고 본다.

본서에서는 플롯을 마르몽텔의 '개별적 행동의 종합으로서의 주요행동'이라는 관점에서 바라보고자 한다. 또한 J. 쉐레르의 고전주의 플롯에 관한 세 가지 요인은 본텍스트의 구조를 분석하는 데 기준이 될 수 있으리라 생각된다. 쉐레르가 연구한 플롯을 형성하는 요소는 첫째, 불가결성(不可決性)이다. 즉 어떤 사건이나 인물을 빼버리면 전체가 무너지고 말 것이라는 것이다. 두 번째는 연속성(連續性)으로 부-플롯도 서두에서 제시되고, 끝에서 완결해야 한다는 것이다. 세 번째는 필연성(必然性)으로 17세기 전반의 바로크 연극이 즐겼던 우연적 요소를 부정하는 것이다.[76]

<옛날 옛적에 훠어이 훠이>의 아기장수를 둘러싼 가족의 이야기를 주-플롯으로 하고 소금장수와 할머니의 이야기를 부-플롯으로 본다.

<둥둥 낙랑둥>은 고대 비극 구조를 지니면서도 이 작품만의 특징을 지니고 있다. 고대 비극에서는 연극이 민주주의 정신의 모태 구실을 하고, 작품의 교훈과 극적 아이러니에 관심을 두었으며, 삼일치 법칙을 중요시했다. 그리고 잔인한 장면 등은 무대 밖에서 일어나게 하고 이를 사자를 통해 보고하는 행위로 표현했다. 사부극 또는 삼부극을 제한된 시간 내에 공연해야 하기에 극이 짧았다. 또한 모든 극이 시극이었다.[77] 이러한 고대 비극의 특징 중 '극적 아

---

76) 佐,佐木健一, 앞의 책, 104~107쪽.
77) 이근삼, 앞의 글, 477쪽.

이러니'에 관심을 둔 것, 보고 행위 사용 등이 <둥둥 낙랑둥>의 구조에서 변형되어 드러나고 있는 것이다. 물론 <옛날 옛적에 훠어이 훠이>에서도 '비극적 아이러니'가 존재하지만 <둥둥 낙랑둥>의 플롯에서와는 달리 '부-플롯'이 작품에서 중요한 역할을 하고 있다.

<둥둥 낙랑둥> 역시 도입·전개·절정·종결부라는 일반적인 이야기 구조를 지니고 있다. 이 텍스트의 이야기 구조는 '호동 설화' 이야기가 끝난 후 새롭게 시작되는 이야기이며, 도입부와 전개부에서 낙랑공주가 자명고를 찢고 낙랑왕에게 죽임을 당한 전사(前史)[78]가 언급된다. 전개부에는 고대 비극 구조의 특징인 '비극적 아이러니'와 '비극적 계기'가 되는 행위가 있다. 주몽(왕비)의 극행동은 전개부에서는 호동과 고구려를 칭찬하고 수호하는 역할을 하다가 결말부에서는 호동을 죽이는 비극적 아이러니로 작용한다. 그리고 사건 전개 과정에서 호동과 왕비의 심리적·도덕적 변화를 야기하는 '달래', 그리고 '사자'의 보고 행위는 '비극적 계기'가 된다. 이러한 비극적 계기는 호동과 왕비의 극행동에 변화를 주어 <둥둥 낙랑둥>의 비극적인 상황을 만들어 가는 것이다. 그리고 <둥둥 낙랑둥>에는 왕을 희화화하거나 요설을 늘어놓는 난쟁이를 등장시키는, 비극적인 구조 속에 희극적인 장면이 삽입된 특징

---

78) 극이 시작되기 전에 있었던 사실을 등장인물의 대화를 통해 사건의 진행 과정에서 자연스럽게 알게 되는 것을 말한다. 전사는 반드시 도입부에서만 드러나는 것은 아니다. 관객에게 극의 줄거리를 이해하기 쉽도록 준비시켜 주고, 등장인물의 상호 관계와 그들의 관심 내용을 전달하여 극중 사건에 대한 기대감을 불어넣어 준다. - 양승국, 『희곡의 이해』, 서울:도서출판 연극과인간, 2000, 93쪽.

이 있다.

두 작품의 비극적인 기법을 살피기에 앞서 이야기 전개에 따른 플롯 구조를 살피면 다음과 같다.

네 개의 마당으로 구성되어 있는 <옛날 옛적에 훠어이 훠이>는 앞서서 행위소 모델 설정을 위한 에피소드를 분할한 결과 11개의 에피소드로 나누어짐을 알 수 있었다. 이 텍스트의 심층적인 갈등 구조와 세부적인 갈등구조는 행위소 모델을 분석할 때에 이미 연구했었다. 그러나 행위소 모델 분석의 목적은 인물의 주체를 설정하고 등장인물의 성격을 고찰하는 것이었다. 그래서 본 단원에서는 이미 분석된 갈등을 바탕으로 전체적인 구조를 살펴보면서 비극적인 요소를 밝히려 한다.

첫째 마당 이야기는 눈이 많이 내리는 한 겨울, 오두막 방 안에서 시작된다. E 1에서 아내와 남편은 씨앗조를 얻어와 기뻐하고 있다. 그리곤 참수당한 소금장수 이야기를 하고 혹시나 남편이 토벌대로 끌려갈까봐 걱정을 한다. 그러나 이들의 희망, 결심 속에 비극적 아이러니가 존재한다.

둘째 마당에서는 용마가 출현하여 극텍스트의 갈등이 본격적으로 전개된다. 그런데 둘째 마당에는 중심되는 플롯과 상관없는 듯한 E 4인 할머니 이야기가 나온다. 이 장면은 노파가 아들(소금장수)의 목을 찾으러 가는 장면으로 E 8과 이어져 완결된 부-플롯이 된다. 그리고 E 4와 장면 E 8은 E 1의 소금장수가 참수당한 이야기에서 비롯되는 것이다. 이 부-플롯은 텍스트에서 신화적인 의미

체계를 갖고 있다.

셋째 마당은 아기장수의 존재가 확인되어 아내와 남편이 고통받는 장면이다. 이때 남편과 아내는 갈등하다가 남편이 아기를 씨앗조로 눌러 죽인다. E 7은 전체 극텍스트에서 갈등이 가장 극대화된 장면이다.

넷째 마당에서는 죽은 아기가 부활해서 아내와 남편을 데리고 하늘로 승천하는 이야기와 마을 사람들이 이를 보고 신명나게 대동춤을 추는 이야기이다. 여기서 E 10을 본고에서는 완결 기법으로서의 기계신의 출현으로 보고 사사키 겐이치의 이론에 따라 비극적 구조의 한 요소로 분석한다.

그리고 E 11은 아기장수를 내쫓는 사람들과 관객 사이에 서사적인 거리두기 기법이 발생하는 장면으로, 이 장면과 비극미와의 연관성을 고찰해 볼 것이다.

이 텍스트의 구조를 표로 나타내면 다음과 같다.

막·장	첫째 마당	둘째 마당	셋째 마당	넷째 마당
시 간	겨울	봄	봄	봄
장 소	오두막 방 안	오두막 방 밖	오두막	오두막 방 밖
해당 E	1, 2, 3	4, 5, 6	7	8, 9, 10, 11

이처럼 시간과 공간에 따른 극텍스트의 갈등은 여러 장면의 표층구조로 나타난다. 그러나 이러한 표층구조는 아기장수를 옹호하는 소수의 무리와 아기장수를 반대하는 무리들의 대립이라는 하나의 심층구조를 형성한다. 그리고 이들의 갈등은 '장기간에 걸친' 파

행이라고 할 수 있다.

표층구조 속의 비극적인 요소를 밝혀내고 갈등의 의미체계를 밝히는 것이 본 텍스트 구조 분석의 의의라 할 수 있다.

<둥둥 낙랑둥>은 11개의 막으로 구성되어 있으며 앞선 행위소 모델 작성시 35개의 에피소드로 분할할 수 있음을 알 수 있다. 이를 막·장, 시간과 장소, 해당장면, 극구성별로 도표화하면 다음과 같다.

막·장	시 간	장 소	해당 장면	극구성
1막	봄 밤	천막 안	1, 2, 3	도입부
2막	낮	국내성 제단	4, 5, 6, 7, 8	전개부
3막	밤	호동의 방	9, 10, 11, 12	
4막	·	호동의 방	13, 14, 15	
5막	·	뜰(숲속)	16, 17, 18, 19, 20	
6막	낮	별궁	21, 22, 23, 24	
7막	오후	왕자의 방	25, 26, 27	
8막	·	·	28, 29	
9막	·	·	30	절정부
10막	·	호동의 방	31	
11막	·	국내성 제단	32, 33, 34, 35	결말부

위의 도표를 통해 우리는 절정부에 두 개의 장면이, 결말부에 네 개의 장면이 배치되어 있음을 알 수 있다. 장면 28과 29를 절정부로 본 것은 도입부와 전개부를 통해 전개되던 호동의 반대 세력이 무대 위로 모습을 드러내면서 갈등이 절정에 달하기 때문이다. 그리고 장면 29에서의 왕비는 호동을 사랑하는 여인이지만 주몽의

탈을 쓰고 호동을 심판해야 하기에 긴장감이 고조되는 장면이다. 따라서 이 두 장면은 극이 파국으로 치닫기 전 갈등이 극대화되면서 긴장감이 고조되는 장면이라고 볼 수 있다. 결말부에 장면이 네 개인 것은 막을 기준으로 하면 하나의 막(11막)이 결말을 보여주는 것이지만, 장면을 기준으로 했을 때는 등장인물들의 등·퇴장과 극행동에 따라 세부적으로 나누어질 수 있었기 때문이다. 주몽의 명령에 따라 호동이 죽고, 왕비가 자살하고, 하늘사자가 이들의 목을 구원한 뒤 하늘로 올라가고, 난쟁이가 무대에서 춤을 추는 행위는 하나의 막 속에 있지만 각각의 장면이 의미체계를 지닌 기호가 된다.

1. 비극적 아이러니

<옛날 옛적에 훠어이 훠이>의 네 개의 마당은 발단, 전개, 절정, 결말구조와 어느 정도 일치한다. 그리고 발단은 흔히 제1막과 동일시 되는데 코르네이유(Corneile)는 "제1막은 줄거리를 배태하기 위한 씨앗들이나, 이 줄거리의 기초를 포함하고 있어야 한다"라고 말한다.[79]

이 의미는 발단에 '텍스트 안 사건이 있기 전의 내용들(개막 전 사연)'이 담겨 있고 주요 등장인물들과 그들의 관심사 및 상호관계가 포함되어야 한다는 것을 말한다. 개막 전 사연은 대개 독백이나 대화로 된 보고문 형식을 취함으로써 언어 상황에서 명확하게 분

---

79) Asmuth, 앞의 책, 147쪽.

리될 수 있다. 사건 직후에 전개될 사건의 얽힘(실제 줄거리)을 유발할 요인을 포함하고 있는 것이다. <옛날 옛적에 휘어이 휘이>의 경우에도 첫째 마당에 극이 시작되기 전에 일어났던 사건이 담겨 있다. 남편이 씨앗조를 얻으러 간 것이 하나이고 소금장수가 도적이 되어 참수되었다는 소식이 다른 하나이다.

이 작품의 줄거리 전개는 발단에서부터 실연 줄거리, 보고 줄거리[80]가 섞여서 진행된다. 드라마를 실연 줄거리와 보고 줄거리로 어떻게 배분하느냐는 개별 드라마 구조에 대단히 중요하다.[81]

첫째 마당의 막이 오르면 아내는 바느질을 하면서 남편을 기다리고 있다. E 1의 처음 행동은 대사 없는 행위이지만 정보전달이 아니라 실연에 의한 주의집중이다. 즉 남편이 씨앗조를 구하러 갔고 돌아올 때가 되었다는 것이 기다림이라는 행동의 실연으로 나타난다. 여기서 씨앗조는 개막 전 사연의 결과물이라고도 할 수 있다. 그러나 또 다른 사건은 소금장수가 도적이었으며 그가 참수되

[80) 실연 줄거리는 무대 위에서 직접 실연하는 줄거리이고 보고 줄거리는 형상인물이 대사 안에서 보고 형태로 전달하는 줄거리이다. 이렇게 실연 줄거리와 보고 줄거리로 나누는 것은 드라마의 무대적 특성 때문이다. 즉 공연 시간이 한정되기 때문에 중요 사건들을 모두 무대 위에 실연할 수 없고, 또 공간적으로 떨어져 있는 배우들이 같은 시간에 행하는 행동을 동시에 보여줄 수 없기 때문이다. - 위의 책, 154~155쪽.

81) 줄거리 체계는 실연 줄거리, 보고 줄거리 외에 은폐 줄거리 등이 있는데 은폐 줄거리는 무대 뒤에서 처리되며 관객이 들을 수 있는 줄거리를 의미한다. 그러나 겉으로 공개되지 않은 은폐 줄거리는 보고되는 줄거리를 포함하지 않을 뿐만 아니라, 보고 줄거리에 미치지 못한다. 일반적으로 이해할 때, 은폐 줄거리에는 개막 전 사연이 포함되지 않으며, 그것은 개막 후 줄거리 중에서 눈에 들어오지 않은 사건만을 의미한다. 그렇기 때문에 <옛날 옛적에 휘어이 휘이>의 보고 줄거리는 은폐 줄거리와 구별된다. 이 텍스트의 보고 줄거리는 발단에서부터 이어지고 있기 때문이다. - 위의 책, 158쪽.

었다는 것으로, 남편이 아내에게 정보를 전달하는 보고 줄거리의
형태로 나타난다. 남편은 관가 기둥에 매달려 있는 소금장수의 목
을 보았던 경험을 이야기한다. 극텍스트 흐름에서 보고형식을 취
하고 있지만 도적이 끓고 있다는 것은 양민과 지배자 간에 갈등이
존재한다는 것을 뜻하며, 소금장수의 참수는 양민들의 절망적이고
억압적인 상황을 암시하는 것이라 할 수 있다.

이처럼 텍스트 발단의 두 가지 사연은 이 극이 시작되기 전에
일어났던 사건으로 서로 상반된 내용이면서도 이후 극의 진행에
있어서 중요한 요인이 된다.

E 1에는 흉년이 들었을 때 도적이 끓는 것은 의례적인 일인 것
처럼 여기면서도 남편이 도적을 토벌하는 데 끌려갈까봐 걱정하는
부부가 있다. 그러나 만삭의 아내와 남편은 봄에 뿌릴 씨앗조를 구
해올 것에 만족하며 행복해 하고 있다.

> 아내   여보, (자기 배를 쓰다듬으며) 이, 애기는, 복이, 있을 거요
> 남편   어, 어떻게 아, 아, 알아?
> 아내   왜-몰라요, 이것 보세요 (씨앗 자루를 쓰다듬으며) 그, 어른
>   께서, 이렇게-또, 꾸어주시지-않았소
> 남편   저, 저, 정말-고, 고개 넘어, 기, 기, 기, 김가는, 그냥, 돌아가데
> 아내   그것, 봐요, 다, 우리-애기, 복인가-봐요. (씨앗자루를 쓰다듬
>   으며) 이렇게, 듬뿍, 가져다, 주지 않아요
>   (『세계의 문학』, 318~319쪽.)

씨앗조를 구해왔고 곧 아기가 태어날 거라는 미래의 희망은 극

이 전개될수록 불행한 사건의 연속으로 이어진다. 비극에서 어떤 형상인물이 얼핏 보아서 전혀 해가 되지 않게 한 말 혹은 밝은 의미로 한 말이 나중에 닥칠 파국을 암시하는 발언이 되는 경우가 있는데 아내와 남편의 발언이 그런 경우이다.

실제로 아기는 복을 가져올 수 있었다. 아기장수는 민중들의 해방의 욕구요, 희망임으로 실제로 복인 것이다. 그리고 아내의 말대로 아기의 복으로 씨앗조를 구해올 수 있었다. 그러나 이러한 복이 장수로서의 복이었다는 것이 밝혀졌을 때에는 아기와 아내가 죽고 가족이 마을에서 쫓겨나는 사건으로 이어지는 것이다.

아내가 부르는 자장가에는 앞으로 닥쳐올 불행, 장수의 실화적 일생이 담겨 있지만 아내는 '우리 애기 아닌 애기'라고 노래하며 불행을 피하려 하고 있다.

남편은 씨앗조를 얻게 되어 기뻐했지만 자신이 아기를 씨앗조로 눌러 죽이게 된다. 이 두 가지 사건에서 비극적 아이러니[82]가 발생한다. 아기와 씨앗조는 가족의 희망이었지만 궁극적으로는 불행을 가져오는 요인이었던 것이다.

<둥둥 낙랑둥>의 경우 전개부가 시작되는 E 4와 5는 호동이 왕

---

82) 비극적 아이러니란 영국의 대주교 커놉 덜월이 쓴 말이다. 이 비극적 아이러니의 가장 대표적인 예가 소포클레스의 <이디푸스 왕>이다. 관객이 처음부터 사건 배경을 알고 있었음에 비해, 오이디푸스는 파국의 순간까지도 이를 전혀 모른다. 서막 첫 부분에서 오이디푸스 왕이 합창대에게 하는 말 속에 이미 비극적 아이러니가 나타난다. 이때 그는, 전왕의 살인범을 욕하면서, 왕이며 동시에 심판관인 자신이 그 살인범을 색출하여 그가 누구이든 상관없이 추방을 하겠노라고 언명한다. 이때 그는 자신이 바로 그 범인이라는 것을 전혀 모른다. - Asmuth, 앞의 책, 173쪽.

과 주몽으로부터 낙랑성을 쳐서 이긴 것을 칭찬받는 장면이다. 특히 E 5에서 주몽이 호동을 비롯한 고구려의 왕과 대신들, 군사들을 칭찬하는 극행위는 앞으로 주몽의 뜻에 따라 고구려에 복이 내릴 거라는 것을 예감하게 한다.

> 주몽 ⋯⋯
> 내 여윈 말과 활을
> 잘 물려받아 땅을 넓히어
> 나를 기쁘게 하는구나
> 장하다
> 장하다
>
> (『세계의 문학』, 308쪽.)

그런데 여기서 '장하다'고 칭찬받는 영웅 호동은 장면 30에서 주몽에 의해 죽임을 당한다. 사건이 전개될수록 호동은 자신의 과오를 깨닫는 계몽된 인간이 되어 주몽의 이데올로기를 부정하게 되기 때문이다. '권모술수를 써서라도 영토를 넓혀야 한다'는 이념 대신, '정정당당한 대의명분'을 추구하게 된 호동은 진정으로 장한 영웅이 되었지만, 이 '장한' 모습이 오히려 주몽을 거스르는 것이 되어 죽임을 당하게 된다.

이처럼 주몽이 얼핏 보아서 전혀 무해하게 한 말은 나중에 닥칠 파국을 암시하는 발언, 즉 '비극적 아이러니'로 작용하게 된다. 주몽의 극행동은 자신의 이념에 회의하고, 자신의 이데올로기를 거부하면 파국을 맞게 될 거라는 사실을 암시하고 있었던 것이다. 호동은 이것을 예감했는지 자신이 주몽의 이념에 회의를 품게 되는 것, "당신과 다른 마음을 가져서는 안 될 이 몸 그런데 이 마음 속에서 당신을 거스리는 이 마음, 내 마음 아닌 이 마음"을 두려워한다. 주몽에게 '장한' 후손으로 칭찬을 받았기에 더욱 두려움을 느끼게 되는 것이다.

사건이 전개되는 과정에서 호동은 주몽 이념에 대한 고민보다는 자신이 술수를 쓴 비열한 영웅이었다는 사실에 집중하게 된다. 독백을 통해 주몽이 칭찬한 '장한' 자신에 대해 죄의식을 느끼는 것이다. 그러나 호동은 자신의 죄과가 주몽의 이념 때문이었다고, 주몽을 탓하는 자세를 보이지 않는다. 그래서 자신에게 참수를 명하려는 주몽 앞에서 "주몽 할아버지를 몰라보지 않았"지만 북은 낙랑의 북을 치겠다고 말한다. 그가 낙랑의 북을 치는 행위는 주몽을 거스르는 행위이지만 그것이 주몽의 이념 때문이라고 여기고 있지 않은 호동의 진의를 엿볼 수 있다. 그리고 이러한 호동의 극행동은 술수를 써서 승리한 자신의 과오를 벗기 위한 '장한' 영웅의 행위였지만, 주몽을 거스르는 '장한' 행위였기에 주몽에 의해 죽임을 당한다.

이처럼 <옛날 옛적에 훠어이 훠이>에서의 '씨앗조'와 <둥둥 낙랑둥>에서의 주몽의 극행동은 '비극적 아이러니'로 작용하여 작품 속의 인물들이 모두 파멸을 맞는 비극적인 결말로 흐르게 된다. 이러한 비극적 아이러니는 전체적인 구조 속에서 행복이 불행으로 치닫는 비극적인 구조의 요인이라 할 수 있다.

2. 비극적 계기 - 보고(폭로)와 은폐

<둥둥 낙랑둥>에는 호동과 왕비가 파멸을 맞게 되는 비극적인 계기가 있다. 이 계기는 '비극적 아이러니'와 더불어 호동와 왕비의 극행동이 파국으로 치닫는데 중요한 요인으로 작용한다. 그런데 <둥둥 낙랑둥>의 비극적 계기는 고대 비극 구조 속에서의 비극적인 계기와 차이가 있다.

고대 비극 구조에서의 '비극적인 계기'는 첫째 영웅에게 중요하고 심각한 것이어야 하고, 둘째 예기치 않게 튀어나와야 하며, 셋째 관객이 볼 수 있는 부수적인 상황들을 통해 줄거리의 앞부분들과 이성적인 맥락을 이루어야 한다.[83] 그런데 <둥둥 낙랑둥>에서의 비극적 계기는 첫째와 둘째 속성은 충족되지만, 세 번째 '관객에게 보여주는 상황'이라는 속성은 '보고하는 장면'으로 대치되고 있다. 그런데 고대 비극 구조에서 보고하는 장면은 실연 장면보다 그 가치가 덜한 것이었다. 아리스토텔레스가 하나의 사건을 전달하는 방법으로는 "보고를 행하거나 형상인물을 내세워 직접 모방하여 재현하는 방법"[84]이 있다고 했지만, 보고를 행하는 장면은 무대에 모두 담을 수 없는 것을 부수적으로 알려주는 것이었기 때문이다.[85] 따라서 <둥둥 낙랑둥>의 비극적인 계기, 즉 호동과 왕비가 파멸에 이르게 되는 계기는 고대 비극에서는 부수적인 행위 장면으로 처리되던 '보고하는 행위'를 활용한 것이었다. 그리고 이

---

83) Freytag, 『드라마의 기법』, 임수택 · 김광요 옮김, 서울:청록출판사, 1992, 89~90쪽.
84) Aristotle, 『詩學』, 천병희 옮김, 1996, 32~33쪽.
85) 위의 책, 154~156쪽.

'보고하는 행위'는 <둥둥 낙랑둥>에서 매우 효과적인 비극적인 계기로 작용하고 있다. 그러면 <둥둥 낙랑둥>에서 비극적 계기가되는 장면을 구체적으로 살펴보자.

비극적인 계기가 되는 에피소드는 E 10, E 18, E 23, E 29, E 31이다.

> 부장 …… 제가 왕자님께 간곡히 그 북을 공주님 손으로 찢게 하시라고 일러드릴 수 있었지요. 그리고 저도 공주님께 그리 하는 것이 왕자님을 위하는 길이라고 공주님께 일러 드릴 수 있지 않았읍니까
>
> 호동 뭐, 자네가? 그런 말은 안하지 않았는가?
>
> 부장 네 안했지요. 그러나 잘못한 일이옵니까?
>
> 호동 ………
>
> 부장 왕자님 몰래
> 공주님께 말씀드리는 것이 좋다고 여겨져서 그리 한 것입니다
> (『세계의 문학』, 312쪽.)

위의 장면은 부장이 호동이 모르고 있던 '낙랑공주의 목숨을 건 헌신적인 사랑'을 이야기하는 장면이다. 부장의 보고(폭로)로 인해 호동이 은폐되어 있던 사실을 알게 되면서 주몽 이데올로기에 문제의식을 느껴 비극적인 계몽의 길로 들어서게 된다. 부장의 이러한 지난 일에 대한 보고 행위는 왕자 몰래 진행된 은폐된 일이었다. 호동은 여태껏 낙랑공주가 스스로 북을 찢은 것으로 알고 있었기 때문이다. 낙랑공주가 '스스로 북을 찢었다는 것'과, 부장의 '권유로 찢게 되었다'는 것에는 큰 차이가 있다. 부장의 권유로 찢게

되었다는 것은 고구려가 계략을 세웠다는 것이 되기 때문이다. 그리고 낙랑성에 자명고가 있다는 사실은 호동이 부장에게 알려 준 것이기 때문에, 부장의 행위는 호동으로 인한 것이었다고 할 수 있다. 따라서 이 사실이 드러남으로써 호동은 자신 때문에 낙랑공주가 북을 찢고 죽게 되었다는 자책을 하게 될 수밖에 없다. 그리고 낙랑공주가 자신의 목숨을 걸고 부장의 권유를 실천했다는 것이 밝혀지면서, 호동이 낙랑공주의 진실한 사랑을 그리워하는 내적 갈등을 하게 되는 것이다. 자신과 부장의 계략에 의해 의도하지 않은 낙랑공주의 죽음을 겪게 되면서 호동은 주몽 이데올로기와 대립하게 된다. 따라서 이러한 사건 전개는 은폐되어 있던 사실을 드러낸 부장의 보고행위가 비극적 계기로 작용한 것이라고 할 수 있다.

> 달래 낙랑성이 어떻게 해서 싸움에 지게 됐느냐 하는 이야기올습니다
> 왕비 어떻게 해서? 싸움에 지게 됐느냐는?
> ………
> 달래 …… 아버님께서는 낙랑공주님을 벌하신 것입니다
> 왕비 벌하다니?
> ………
> 달래 공주님, 낙랑공주님께서는 자명고를 찢으셨읍니다
> 왕비 오, 자명고
> 달래 두렵습니다
> 왕비 나도 그 일이 걸리더니, 자명고는 울었는지 아니 울었는지 그 일이 걸리더니, 왜 그런 짓을 했더란 말이냐, 대체, 낙랑공주가!
> 달래 왕자님을 위한 줄로 아옵니다

왕비　오, 그랬었군

달래　그러나 그리 하옵는 것이 두 나라를 위한 좋은 일이라 생각
　　　했다고 하시면서 아버님 손에 돌아가시기 전에 저를 불러서
　　　네가 내 언니를 만나거든 이 말을 전하라고 하셨읍니다.

(『세계의 문학』, 330쪽.)

위의 장면은 달래가 왕비에게 '낙랑공주가 자명고를 찢어 낙랑
왕에게 벌받아 죽었음'을 밝히는 장면이다. 달래의 이러한 보고(폭
로)로 인해 왕비가 호동을 증오하게 되는 급격한 전환이 이루어진
다. 이 장면은 <둥둥 낙랑둥>의 갈등이 전개되는 핵심적인 전사
(前史)인 것이다. 이 전사는 관객으로 하여금 작품이 전개되는데
기대감을 불러일으킨다. 이 보고 내용 때문에 왕비는 호동에 대해
분노하게 되고 작품 전체에 긴장감이 조성되기 때문이다.

사자　네, 성안의 대신들이 서둘러 여쭐 일이 있어 이 곳으로 오고
　　　싶다 하옵니다

....

사자　네, 왕자님에 대한 말씀이옵니다

....

사자　네, 왕자님께서는 지금 군대를 모으시고 싸움터에 나가실 차
　　　비를 하고 계십니다

....

사자　왕자님께서 말씀하시기를, 지난번 낙랑은 무사히 거두었으나
　　　그 때는 마침 그들의 웃나라 중국이 손 쓸 사이 없었던 터였
　　　으나, 요즈음 중국은 자기네 아랫나라 낙랑을 도루 찾고저 싸

움배를 마련하여 바닷길로 낙랑에 들어올 계획이라 하옵니
　　다, 그러니 그들이 닿기 전에 다시 군사를 낙랑으로 옮겨 바
　　다에서 올라오는 그들을 낙랑 강가에서 쳐야 한다고 하십니다
왕비　그게 사실인가? 중국이?
사자　사실이 아니옵니다. 중국 쪽에서는 대왕의 아우님께 사람을
　　보내 중국은 낙랑을 찾을 생각이 없노라고 말을 가져와 있읍
　　니다
왕비　그 일을 왕자에게 알렸는가?
사자　왕자님께서는 꾀임수라 하십니다. 고구려가 차비를 못하게
　　하자고 보낸 거짓이라 하옵니다
왕비　그래서
사자　왕자님께서는 작은 아버님 말씀을 아니 들으시고 지난번 집
　　으로 보낸 군사들을 다시 불러모으시고 계십니다, 나라에 큰
　　일이므로 대신들이 별궁으로 나와 대왕께 이 사정을 여쭙겠
　　다 하옵니다

(『세계의 문학』, 342~343쪽.)

　　위의 장면은 왕비가 호동에게 분노하고 있을 때에 고구려 권력
내부의 갈등에 대한 것이 사자로부터 전달되는 내용이다. 이로 인
해 왕비 극행동에는 또 한 번의 변화가 생긴다. 이러한 사자의 보
고가 있기 전에 왕비는 호동을 피해 고구려왕과 함께 별궁에 기거
하고 있었다. 호동을 증오하는 마음 때문에 국내성에 머물지 못하
고 별궁으로 피해 있었던 것이다. 그런데 왕비는 사자의 보고를 듣
고는 고구려 내부의 권력 갈등을 이용해 호동을 곤경에 빠뜨려야
겠다는 결심을 하게 된다. E 18에 이은 E 23의 보고 행위는 왕비

가 호동을 곤경에 빠뜨리기 위해 국내성에 머물게 하고, 근친상간에 끌어들이며, 대신들(작은 아버지 세력)로부터 모함을 받는 빌미를 제공하는 비극적인 사건의 계기가 된다. 그리고 이 장면은 무대밖에서 진행되는 사건을 간접적인 보고의 형태로 드러낸 것이기도 하다. E 21~23은 별궁을 공간적 배경으로 하고 있기에 국내성에서 일어나고 있는 일은 무대 밖의 사건 전개라 할 수 있다. 이러한 무대 밖의 일을 사자가 전달해 주고 있는 것이다. 따라서 E 23은 무대 밖의 일을 무대 안에서 알게 되면서 왕비 행위의 비극적인 계기가 되는 것이라고 할 수 있다. 고대 비극 구조에서 '잔인한 장면이나 유혈이 낭자한 사건'을 무대에 드러내지 않고 무대 밖에서 처리하고 그것을 보고 행위로 처리하던 것을, <둥둥 낙랑둥>에서는 사건 전개에 필요한 비극적 계기로 활용하고 있음을 알 수 있다.

달래 큰 일이 났사옵니다
왕비 큰 일이라니?
달래 왕자님 방에서 낙랑의 부처를 찾아냈다고 합니다
왕비 무어라구! 오, 그렇도록 내가 버리시라구 한 것을, 내 말을 안
      들으시다가, 오오, ……대체 누가 어찌하여 알아냈단 말이냐
달래 왕제께서 군사들을 이끌고 가서 방을 뒤졌다 하옵니다
                                    (『세계의 문학』, 354~355쪽.)

왕비 장수가 모반을 하였소
호동 어느, 어느 장수가?
왕비 왕자의 부장이오
호동 내 부장이?

왕비 그렇소

....

왕비 마침 일찌감치 와서 일러바치는 자가 있어
      미리 숨어 있던 터라
      큰 싸움도 되기 전에
      물리친 모양이오

....

왕비 (왕자를 보며 말이 없다, 이윽고) 왕자, 오늘 그대의 부장이
      군대를 이끌고 궐내에 쳐들어오려 했으니, 그의 마음이야 어
      쨌든 그는 왕자를 죽을 자리에 몰아넣었소, 내일 굿자리는 이
      제 예삿일이 아닐 수밖에 없게 됐소……

                                      (『세계의 문학』, 357~358쪽.)

위의 장면은 호동의 방에서 낙랑의 금부처가 발견된 것이 전달
되는 것이고, E 31은 호동에게 충성을 다하던 부장이 호동을 위해
모반을 일으켰다는 사건이 전달되는 장면이다. 이 두 장면은 보고
행위로 진행되는데, 호동이 낙랑을 섬기고 거기다 모반을 일으키
려 했다는 것이 합쳐져 고구려가 망하길 빌었다는 죄명이 부가되
는 결정적인 비극적 계기가 된다. 장면 27과 29로 인해 호동은 굿
판의 심판대에 오르게 되고 거기서 참수되기 때문이다.

이처럼 E 10과 E 18, 23, E 29, 31은 왕비와 호동이 파멸을 맞는
비극적인 계기로 작용하고 있으며, 이 행위는 '보고하는 행위'로 진
행되고 있음을 알 수 있었다. 그리고 고대 비극 구조에서는 별로
중요시하지 않았던 행위를 〈둥둥 낙랑둥〉에서는 비극적인 계기
로 활용하는, 구조상의 특징을 알 수 있었다.

<옛날 옛적에 휘어이 휘이>의 경우 <둥둥 낙랑둥>처럼 적극적으로 비극적 계기가 활용되고 있지는 않지만, 비극적 계기라 볼 수 있는 보고 행위가 있다. 흉년이 들 때마다 도적이 끓고 이 도적들은 지배세력에 의해 참수를 당하며, 민중들은 지배자들의 착취에 시달리고 있다는 내용이 보고 행위로 드러나고 있는 것이다. 이 작품에서의 보고 행위는 직접 접한 내용보다 독자를 흥분시키는 정도가 훨씬 약하지만, 마을 사람들이 아기장수를 기다리면서도 그의 존재에 공포심을 느끼는 이유를 잘 설명해 준다. 이러한 보고 행위는 호라츠가 말한 비극의 실제와 일치한다. 즉 희랍시대에는 "잔인한 내용, 유혈이 낭자한 내용, 경악을 자아내는 내용들은 무대 장면 뒤에 숨기는 것이 상례"였던 것이다.[86]

작품에서의 보고 행위는 주로 '개똥어미'의 희극적인 행위로 전달된다. '개똥어미'의 보고행위는 할머니 부-플롯처럼 강력한 힘을 발휘하지는 않지만, 사건 전달을 통해 그 공간 안에서 어떠한 변화가 일어나고 있는지 희극적으로 잘 설명해 주는 역할을 한다고 볼 수 있다. 그리고 개똥어미의 희화화된 행위는 극적 이완 역할을 하기도 한다.

3. 부-플롯과 역설적 구성

앞서 언급했듯이 두 작품의 플롯에서 <옛날 옛적에 휘어이 휘이>에는 부-플롯이 작품구성에서 매우 중요한 역할을 하고 있고

---

86) 위의 책, 157쪽.

<둥둥 낙랑둥>에서는 고구려왕 에피소드가 작품에서 두드러지는 역설적 구성을 보이고 있음을 언급했었다.

<옛날 옛적에 훠어이 훠이>의 E 2는 아기가 태어났고 극도로 궁핍한 상태라는 것이 실연에 의해 전개된다. 개똥어미가 도토리묵을 만들어 아내에게 가져다주는 장면이 이어지는 것이다. 그리고 개똥어미가 용마의 출현을 아내에게 알리고 있어 보고 줄거리가 된다.

용마의 출현은 아기장수가 태어났다는 의미로, 과거에 아기장수로 인해 마을 전체가 쑥밭이 된 경우가 있음을 전한다. 이러한 개똥어미의 정보는 남편이 등장함으로 구체화된다. 용마를 잡기 위한 관가의 움직임이 고을 사람들을 끌어가고 양식을 빼앗아가는 폭압으로 나타남을 전해온 것이다.

그런데 이러한 사건이 전개되는 E 3은 E 5와 연결되는 내용인데 그 사이에 E 4가 삽입된다. 극 구조상 E 4는 E 3이나 E 5와는 상관이 없는 내용이다. 이처럼 이야기 전개와 관련이 없는 듯한 할머니 이야기는 부-플롯이라고 할 수 있다. 이 부-플롯은 E 1의 참수당한 소금장수와 이어지고 있으며 E 8로 완결된다.

부-플롯의 이야기 구조는 그리 복잡하지 않다. 소금장수가 관가의 곳간을 털어 참수를 당했는데 소금장수의 어머니인 할머니가 그 머리를 찾으러 가는 길에, 오는 길에 아기장수가 태어난 오두막에 들르는 것이다. 이 플롯은 1976년 처음 발표되었을 때는 없었던 것이었다. 1979년 최인훈 전집이 발간될 때 희곡집 『옛날 옛적에 훠어이 훠이』에 개작되어 실린 텍스트에서 볼 수 있는 내용이다.

부-플롯[87]의 주체는 할머니로 E 4에서 아들의 목을 찾으러 가고 있다. 여기서 아들은 평범한 인간이 아니라 반역죄로 참수 당한 아들이다. 그러나 할머니는 자신의 아들을 고을 원님보다 더 높은 곳에 있는 인물로 생각하고 있다.

> 개어 설마 원님만큼 높지야 않겠지
> 노파 더 높은 데
> 개어 아니, 원님보다 높다니
> 노파 더 높은 데
> 개어 뭐요, 그게 무슨 자리우?
> 노파 기둥 위에
> (세 사람 서로 쳐다본다)
> 개어 그럼, 저, 혹시, 그, 할머니 아들이, 그 도적이우?
> 노파 (끄덕인다)
>
> (『옛날 옛적에 훠어이 훠이』, 99쪽.)

목을 베어 기둥에 매달아 놓는 의미는 역적의 최후를 보여주어 민중들에게 경각심을 심어주고 공포심을 불러일으켜 술렁이는 민심을 억제하기 위한 것이라 할 수 있다. 그러나 노파의 대사를 통

---

87) 부-플롯(sub-plot)은 엘리자베드 시대의 연극에서 흔히 발견되는, 구조적 통일성을 이루는 이중 플롯의 한 요소이다. 부-플롯은 그 자체만으로도 완전하고 흥미가 있는 부차적 이야기이다. 이것이 잘 다루어지기만 하면, 주-플롯에 대한 우리의 시야를 넓혀주고, 전체적인 효과를 흩어놓기보다는 오히려 고양시킨다. 이 부차적 플롯은 주-플롯에 대해서 유이적(類以) 관계를 갖던가(<리어왕>), 대립적 관계(<헨리4세>)를 갖는다. 또는 주-플롯과 여러 개의 부-플롯을 한데 엮어 복잡하게 통어된 완성체(<페어리 퀸>)를 만들기도 한다. - Abrams, 앞의 책, 1987.

해서 알 수 있는 아들의 목은 누구보다도 높은 곳에 있는 인물이다. 즉 자식의 행동은 높이 우러름을 받을 만한 것이었다는 의미이다. 무지한 듯하고 보잘 것 없는 노파의 모성애는 아들의 행위를 포용하며 사회·법을 초월하는 사랑이며 역사의식을 지닌 모성애인 것이다.

할머니가 아들의 목을 찾는 일은 그리 쉬운 일이 아닐 것이다. 아들은 역적이었고 반대자가 있기 때문이다. 그리고 노파의 행위에 대한 반대자 역시 존재한다. 아들은 도적이었으므로 관가, 지배세력이 반대자라고 할 수 있고 할머니의 반대자는 죄인을 거두어들이려는 것을 반대하는 사회제도·법이라고 할 수 있다. 이러한 반대자와의 갈등은 표면적으로 드러나지는 않지만 내재적인 갈등요인으로 존재한다.

할머니의 대상인 소금장수는 관가의 기둥이라는 억압의 공간에서 할머니의 보따리 속으로 이동한다. 할머니의 보따리는 영원한 안식처라 할 수 있으며 아들의 모태로의 회귀라고 할 수 있다. 그러데 최인훈의 또다른 작품 <둥둥 낙랑둥>에도 목을 거두어가는 장면이 나온다. 호동과 왕비가 죽고 난 뒤 하늘거지가 나타나 이들의 머리를 주워가는 것이다.

> 하늘에서 사닥다리가 단 위로 내려온다, 사닥다리를 밟고 거지 차림의 하늘의 사자인 백골이 내려온다
> 각설이타령을 부르면서
>
> 어허

얼시구 절시구

ᄂ가신ᄃ

ᄒ늘거지 나가신ᄃ

ᄒ늘거지는 상거지

오늘 동냥은 오늘 먹고

내일 동냥은 내일 먹고

ᄒ늘 바가지는 핫바지

ᄒ늘 바가지는 핏바가지

ᄒ늘 대가리는 백골통

　단 위에서 계단을 타고 휘장 뒤로 가서 먼저 왕자의 머리를 바랑에 주워넣고, 다음에 왕비의 목을 쳐 바랑에 처넣는다. 왕자의 머리를 집어넣을 때나 왕비의 머리를 집어넣을 때나 모두 넝마 뭉치가 아니면 식은 밥 덩어리 주워넣듯 그렇게 함부로 시큰둥 주워넣고 하늘로 올라간다 각설이타령을 부르면서

(『옛날 옛적에 훠어이 훠이』, 246~247쪽.)

　<옛날 옛적에 훠어이 훠이>의 E 8과 유사한 구조임을 알 수 있다. 이렇게 잘려진 머리는 극 중 현실세계에서의 패배를 의미한다. 그러나 그 패배는 할머니에 의해, 하늘거지에 의해 구원을 받는 것이다. 거두어가는 행위는 내세에서의 영원한 생명을 의미한다고도 할 수 있다. 즉 육체는 없지만 정신은 살아 있고 영원하다는 것을 의미하는 것이다.

　할머니　고맙소 (마신다) 고맙소 (사발을 땅에 내려놓는다 그리고 보따리를 도로 바로잡는다) 너는 춥지도 않고, 덥지도 않고,

목이 마르지도 않고, 배고프지도 않고 보채지도 않는 착한 내
새끼야 (일어선다. 아내 바가지처럼 불룩한 데를 눈으로 좇
는다) 가자. 가서, 새 울고 볕 좋은 이 에미가 김매는 밭머리
께 묻어주마. 가자. (걸으면서 한속으로 보따리를 토닥거린
다) 가볍기도 하지. 갓 났을 때보다 더 가볍구나 (나간다. 자
장가를 부르면서)

(『옛날 옛적에 훠어이 훠이』, 117쪽.)

　여기서 할머니가 얻어 마시는 물 한모금은 부-플롯의 의미체계
를 설명하는 데 큰 몫을 차지한다. 물이 의미하는 것은 미슐레에
의하면 모성이라고 할 수 있다. 그리고 어미의 젖을 상징한다.[88]
극텍스트 속의 물 한모금이라는 오브제는 할머니의 모성애, 자식
에게 주는 젖을 상징하는 것이다.

　할머니의 자식에 대한 사랑, 자식의 영원한 생명을 추구하는 모
습은 아내의 모성애를 자극하여 자살을 하게 만드는 결정적인 요
인이 된다. 부-플롯에서 노파가 자식을 거두어 오는 모습은 자식
의 죽음을 어쩔 수 없이 지켜봐야만 했던 아내에겐 크나큰 절망인
것이다.

　이처럼 부-플롯은 완결된 형식을 갖추고 있으며 노파는 아들의
목을 거둠으로써 아들의 영혼을 구원하고 있다. 그리고 어미가 자
식의 목을 거두어가는 장면 설정은 아내가 자살을 하는 계기를 마
련하여 비극적 상황을 발생시키는 구실을 했다.

　그리고 이 플롯의 보다 큰 의미는 과거의 사건을 통해 이러한

---

88) Bachelard, 『물과 꿈』, 이가림 옮김, 문예출판사, 1980, 171쪽.

도적의 참수가 반복되고 있음을 나타내고 있다는 것이다. 이러한 지배자와 피지배자 간의 갈등의 이데올로기는 과거에도 무대 위 현재에도 그리고 미래에도 계속될 것이라는 신화적 의미로 작용한다고 할 수 있다. 그리고 제의적인 구조인 '영웅의 탄생-활약-죽음-부활'의 구조가 이 플롯 속에 그대로 반영됨으로써 이 플롯은 현실적인 플롯에 신화성을 부여한다고 할 수 있다.

사실적인 공간과 오브제 속에서 부-플롯은 신비한 신화성을 담고 있다. 따라서 부-플롯의 제의적인 요소, 희생과 반복성이 주-플롯과 유사한 관계를 맺는 플롯으로 기능하고 있는 것이다. 그리고 소금장수가 참수당했다는 사실을 통해 아기장수의 죽음을 예견하는 구실을 하기도 한다. 이러한 부-플롯의 신화적인 구조는 다음 장의 시간 구조에서 다루기로 하겠다.

<둥둥 낙랑둥>에는 E 11과 E 19, E 21처럼 전체 극의 흐름과는 무관한 듯한 희극적인 장면이 삽입되어 있다. E 11과 19에서는 꼽추 난쟁이가 등장하여 요설을 내뱉으며 광대짓을 하고, E 21에서는 노쇠한 고구려왕이 활을 쏘려 하지만 망신만 당하는 극행동이 드러나는 것이다. 이처럼 비극적인 상황에 희극적인 장면이 삽입되는 것을 역설적 구성[89]이라 한다. 이러한 역설적 구성은 <둥둥 낙랑둥>에 소외효과를 일으킨다. 꼽추 난쟁이와 왕의 우스꽝스러운 짓은 비극적인 상황에서 관객들의 긴장을 이완시키면서 영웅(호동)의 결점과 지배자(고구려왕)의 결점을 드러내는 것이다.[90]

---

89) Pavis, 앞의 책, 281쪽.

비극적인 정서에 몰입되어 있던 관객은 우스꽝스러움을 인지하기 위해 이성을 찾게 되고, 이로 인해 비극적인 상황을 만들어내는 지배 권력의 실상을 파악할 수 있게 된다.

<등등 낙랑등>의 꼽추 난쟁이는 요설로 관객뿐만 아니라 작품 안의 호동도 자극한다. 난쟁이는 인과관계에 따른 말이라기보다는 속담이나 격언을 늘어놓는데 이 말이 호동의 죄의식을 자극하고 깨달음을 주는 것이다.

> 호동 하하하 네 혀는 한 번 움직이면 쉴 줄 모르는구나
> 난장이 자는 범 코침주기지요
> 호동 네 등속에 그 말들이 다 들어있느냐?
> 난장이 등 따시면 배 부르지요
> 호동 들을 수록 재미있구나
> 난장이 들으면 병이요 안들으면 약입니다
> 호동 사람들이 좋은 소리만 하고 살 수 있다면
> 난장이 썩은 새끼로 범잡기지요
> 호동 그러나 가까운 사람들끼리는
> 난장이 정들었다고 곳간 열쇠를 주지 말라지 않습니까?
> 호동 (문득 놀라며……) 정들었다고?
> 난장이 소더러 한 말은 안 나도 처더러 한 말은 난다
> 호동 소더러, 소더러…… 소만 못했단 말인가
> 난장이 네?
> 호동 물러가라
>
> (『세계의 문학』, 315~316쪽.)

90) 위의 책, 514쪽.

'들으면 병이요 안 들으면 약입니다'라는 발화는 호동이 낙랑공주로부터 자명고에 대한 정보를 알게 된 것을 빗대어 표현한 것이 되었고, '정들었다고 곳간 열쇠를 주지 말라지 않습니까?'는 낙랑공주가 호동에게 정들어 자명고에 대해 이야기한 것을 빗대어 표현한 것으로 들린다. 자신이 계략을 사용해 낙랑성을 점령하고 그로 인해 낙랑공주가 죽었다는 자책에 빠져 있는 호동으로서는 이러한 말들이 예사로 들리지 않는다. 그리고 '소더러 한 말은 안 나도 처더러 한 말은 난다'는 말은 호동이 낙랑공주에게서 들은 자명고 이야기를 부장에게 전한 것을 꼬집는 말처럼 들린다. 난쟁이의 발화는 보편적인 속담이고 격언이지만 호동의 극행동을 꼬집는 말이 되어, 호동으로 하여금 양심의 가책과 죄의식을 느끼게 만든다. 그리고 관객은 이 장면으로 인해 영웅으로서의 호동의 결점을 파악하게 된다.

또 다른 희극적인 장면은 고구려왕이 별궁에서 쉬는 동안에 벌어지는 사건이다. 왕비는 호동에 대한 증오심으로 그를 피해 왕과 함께 별궁에 와 있는 상태이다. E 21은 왕이 졸고 있는 장면으로 시작된다. 이때 왕비는 '멀리를 쳐다본 채 꼼짝 않고 있다'. 호동에 대한 분노를 삭이고 있는 것이다. 달래에게서 낙랑공주가 죽게 된 사건의 전모를 들은 왕비는 호동에 대한 분노와 증오심에 괴로워하고 있다. 이때 왕이 깨어나 별궁에서 지내는 것이 '좋다'라고 말한다. 여기서 고구려왕과 왕비의 정서가 대비된다. 고구려왕은 호동이 군대를 정렬하는 모습을 보고 왔으니 마음이 편하고, 왕비는 술책을 써서 승리한 호동에 대한 분노심으로 괴로워하고 있는 것이다. 이때 고구려왕이 화살을 쏘는 행위는 관객으로 하여금 웃음을 자아내면서 고구려왕의 쇠락한 권위와 고구려 왕권의 결점을 파악하게 한다.

　　왕, 후들후들 떨면서 살을 먹여 쏜다
　　사람들 화살을 눈으로 따라 간다. 모두 고개를 숙인다. 왕비 꼼짝 않고 있다.

　　왕　　어찌 되었느냐

　　아무도 대답하지 않는다

　　왕　　알아 보아라

　　　　시녀 한 사람 마지 못해 나간다
　　　　시녀 돌아 온다
　　　　시녀 머뭇거린다

　　왕　　어찌 되었느냐?

　　　　시녀 머뭇거린다

　　왕　　어디에 꽂혔느냐?
　　시녀　(머뭇거리다가)……어서 쏘시라 합니다
　　왕　　(비틀거리며)……오……(의자에 앉다가)……아으……
　　　　　　　　　　　　　　　　　　　　（『세계의 문학』, 340쪽.）

　　왕은 자신이 왕자 적에 힘센 장수였다는 것을 다시 한 번 과시하기 위해 무거운 활시위를 당겼으나, 화살이 목표물 근처에도 가지 못했던 것이다. 망신스러움과 절망감을 함께 느낀 왕은 그 자리에 쓰러지고 왕비는 차갑게 왕을 '안으로 모시라'고 말한다. E 21은 이야기 구조상으로 보면 비극적인 상황과는 관련이 없는 장면이라고 할 수 있다. 고구려왕의 쇠락한 권위가 비극적으로 표현된 것이 아니라 풍자적으로 표현되고 있기 때문이다. 그러나 우리는 이 장면을 통해 고구려의 권력 체계가 왕 중심으로 돌아갈 수 없음을 알게 되고, 중심 없는 고구려 내부의 혼란스러운 권력 관계를 예측할 수 있다.

이처럼 꼽추 난쟁이와 고구려왕의 희화화된 극행동을 통해, 비극적인 상황 속의 희극적인 장면 삽입을 통해 <둥둥 낙랑둥>에는 비판적인 거리두기가 발생하게 된다.

4. 관객과의 거리두기

앞서 <둥둥 낙랑둥>에서는 역설적 구성 삽입이 관객에게 거리두기를 발생하게 하는 반면, <옛날 옛적에 훠어이 훠이>에서는 결말 부분에서 거리두기가 발생한다.

<옛날 옛적에……> 셋째 마당은 극 구성의 절정에 해당되는 마당이다. 장면으로 이야기하자면 E 7이 절정의 최고조라고 할 수 있다.

E 5는 보고 줄거리로 개똥어미가 관가의 행패를 전한다. 관가 사람들은 용마가 잡히지 않는 화풀이를 양민들에게 하고 자신들은 술추렴을 하고 있다. 봄에 씨뿌리기를 해야 할 장정들을 모두 산으

로 끌고가 고을 사람들이 농사를 짓는 데도 어려움을 주고 있다.

E 6은 아기가 장수라는 것이 드러나는 장면이다. E 6 전까지는 독자와 인물은 거리가 있는 사이였다. 즉 독자들은 아기가 장수라는 것을 알고 있었고 등장인물들은 이 사실을 모르는 서스펜스가 존재했었다는 것이다. 이 장면에서 아내는 그 사실을 알게 되어 충격을 받는다. E 6에서 아기 스스로 자신의 정체를 폭로[91]함으로써 진실이 밝혀지고 사건이 역전[92]된다. 오랫동안 감추어져 있던 진실이 드러남으로 인해 사건은 역전된다. 그리고 이러한 역전은 상황을 비극적으로 만들고 아내와 남편의 갈등을 야기시킨다. 아기 장수는 아버지의 손에 죽고 아내는 자살을 하는 파국으로 치닫는 것이다. 이 과정에서 독자와 인물들은 매우 가까워진다. 아기의 폭로 이후 서스펜스가 없어지고 독자들이 아내와 남편이 되어 이들의 고통과 번민을 함께 느끼는 것이다.

아내의 충격은 대사보다는 조명과 행동으로 나타난다. 그리고 남편까지도 그 사실을 알게 된 후에 진행되는 사건에서는 독자들이 이들 부부의 갈등에 일체감을 느낀다. 그러나 E 6의 갈등은 언

---

91) 폭로는 아나그노리시스(Anagnórisis)라고도 하는데 폭로는 장시간 지속되어 온 오류를 전제한다. 오류 자체는, 보다 정확히 얘기해서 오류의 시작은 아리스토텔레스 비극론에서 시작되었다. - Asmuth, 앞글, 184쪽.
아기장수가 스스로 "못 참겠다"는 발언으로 자신의 정체를 드러냄으로써 사건은 행복에서 불행으로 변하고 만다. 이로 인해 아내와 남편은 고통을 겪고 끝내는 아기장수를 눌러 죽이게 되는 것이다.

92) 역전(peripetia)은 작품에 등장하는 인물에서 일상 우리가 기대할 수 있는 것이거나 또는 예상될 수 있는 상황과 전혀 반대로 나타나는 현상을 가리킨다. 곧 주도 인물이 비극적인 희생으로 끝날 때에 주로 사용되는 기법으로 폭로와 함께 비극에 주로 사용되는 기법이다. 희극에 있어서는 역전이 많이 사용되지 않는다고도 볼 수 있다. - 이기반 지음, 『문예창작론』, 서울:한글, 1991, 237쪽.

쟁으로 나타나지 않는다. 이들은 내적인 갈등을 하며 그것이 바람 소리, 다람쥐, 새의 움직임에도 놀라는 것으로 무대를 어둡게 하는 구름으로 표현된다.

아내와 남편은 자신들에게 닥쳐온 불행에 대해 합리적으로 행동 하지 못한다. 성서의 모세 어머니처럼 자식을 살리기 위해 아기를 담은 광주리를 공주의 연못으로 보내는 행동을 하지 않는다. 그들 이 하는 행동은 자식이 소리를 내지 않도록 자장가를 불러주고 젖 을 물리는 것이다. 그리고 아내는 나물을 널고, 남편은 새끼를 꼬 는 행위로 자신들의 두려움과 갈등을 표현한다.

> 아내, 일어선다
> 부엌으로 들어가 소쿠리를 들고 나온다
> 소쿠리에 든 산나물을 방문 앞에다 벌여놓고, 가로막고 앉는다
> 남편, 아내의 움직임을 눈으로 좇는다. 영문을 모르는 투로
> 끝에 가서야, 알릴락말락 고개를 끄덕인다
> 그러면서 사립문 쪽을 흘깃 쳐다본다
> 문고리가 또 흔들린다
>
> (『세계의 문학』, 331쪽.)

> 문고리 흔드는 소리 뚝 그친다
> 이 사이 남편은 사립문 앞에서 망을 보다가 돌아온다
> 아내, 아무렇지 않게 나물을 뒤적인다
> 남편, 주저앉아 새끼를 꼰다
> 속의 무서움을 꼬듯이, 그런 몸짓으로
> ············

이때 먼데서 말의 울음 소리
두 사람, 화닥닥 놀랐다가 굳어진다
남편 얼굴에만 조명, 이윽고 아내 얼굴에 조명
문고리 흔드는 소리

(『세계의 문학』, 333~334쪽.)

나물널기, 새끼꼬기 등은 지극히 일상적인 행동일 뿐이다. 그렇기에 이들이 아기를 보호하기 위해 하는 일이라고 볼 수 없을지도 모른다. 그러나 작가의 말에서처럼 이들은 "스스로의 운명을 따지고, 고쳐나갈 힘이 없는 사람들의 무겁고 어두운 이야기로 표현되어야" 하기에 극적 긴장이 고조된 상태에서도 일상적인 일을 하고 있는 것이다. 일상적인 행위는 먹고살기 위한 노동을 의미한다. 이러한 극적 상황에서도 이들은 일상노동을 하며 사건을 감내해내는 것이다. 그러나 이들이 포졸들의 노랫소리에도 아랑곳없이 일을 하다가 말 울음소리가 났을 때에는 동요됨을 알 수 있다. 그리고 남편이 아기를 살해하는 것도 아기가 "내 말!"이라고 소리쳤을 때이다.

사이, 문고리 흔드는 소리 멈춤
또 한 번 말이 우는 소리
더 세차게 흔들리는 문고리
밤의 고요함 속에서 그 소리는
우뢰처럼 우렁차게
메아리처럼
"내 말!"
확성기를 거친 애기의 목소리

....

창호지에 비치는 그림자 / 큰 그림자가 작은 그림자를 눕힌다
애기 위에 올려 놓은 큰 자루의 그림자

(『세계의 문학』, 335~336쪽.)

위의 예문으로 알 수 있는 것은 아내와 남편이 가장 두려워하는
것은 용마라는 사실이다. 즉 자신들을 억압하는 것은 지배자이지
만 그러한 구조를 바꾸어 놓을 용마는 거부하고 있는 것이다. 그리
고 E 7로 이어지는 이들의 거부감은 남편의 공포를 억누르는 결함
의 작용으로 비극적인 상황이 되고 남편은 자신에게 닥쳐온 운명
에 패배하고 만다.

아기장수를 거부하는 인물들의 행위는 독자로 하여금 답답함을
느끼게 하고 사건 해결이 지연되고 있음을 느끼게 한다. 그러나 남
편이 아기를 살해하는 장면에서는 독자들이 카타르시스를 느끼며
동질감을 느끼게 된다. 아내가 느끼는 절망에 빠져드는 것이다.

여기서 아내가 느끼는 절망, 좌절의 모티브는 모성애이다. 모성
애는 전체 극텍스트에 세 사람의 어미가 등장하는 것으로도 알 수
있다. 아내와 개똥어미와 할머니는 각기 다른 상황에서 모성애를
갖고 있다. 아내는 아기가 배곯지 않는 평범한 농촌 사람이 되길
바라며, 개똥어미는 자식이 많기 때문인지 자신의 자식들을 '먹는
귀신'이라 부르며 농삿일을 잘 거들어주기를 바란다. 그리고 노파
는 아들이 역적이라는 것을 수용하는 역사의식이 있는 모성애를
지녔다. 자식에 대해 이렇게 다르게 반응하기도 하지만 이들의 모
성애는 별반 차이가 없다. 상황에 따라 다르게 표현되고 있을 뿐이

다. 개똥어미가 자식을 '먹는 귀신'이라 부르는 것은 이 인물이 노골적인 표현을 일삼는 희극적인 인물로 설정되었기 때문이지 자식을 사랑하는 맘이 덜해서가 아니다.

이러한 각기 다른 모성애는 이 텍스트의 기저를 이루고 있으며 일차적인 비극의 모티브가 된다. 즉 E 7에서 아내가 비극적인 정서를 느끼는 것은 일차적으로는 자식이 죽었다는 사실 때문이라고 할 수 있다. 그리고 내재적 의미는 구원자가 죽어 억압에서 벗어나지 못하는 비극적 상황이 연속되는 것이라 할 수 있겠다.

그러나 이러한 비극적인 상황에서 독자들이 느끼는 일체감은 E 11, 결말구조에 오면 거리감으로 바뀐다. 마을 사람들이 승천하는 아기, 아내, 남편의 모습을 보면서 슬픔을 표하는 것이 아니라 춤을 추는 것에서 독자들은 인물들에게서 멀어지며 객관적인 거리를 유지하게 되는 것이다.

> 하늘에서 『우리 애기
> 　　　　　착한 애기…』
> 사람들　휘이 다시는 오지 말아, 휘어이 휘이 (밭에서·새 쫓는 시
> 　　　　　늉을 하며)
> 하늘에서 『젓 안 먹고
> 　　　　　크는 애기…』
> 사람들　휘이 다시는 오지 말아, 휘어이 휘이
>
> 사람들, 어느덧 손짓 발짓 장단 맞춰 춤을 추며, 어깻짓 고갯짓 곁들여, 굿 춤추듯, 농악 맞춰 추듯, 춤을 추며

하늘에서 『…보채면서

　　　　자란애기

　　　　흉년들면…』

사람들　휘어이 휘이, 다시는 오지 말아, 휘어이 휘이

점점 신명이 난

하늘과 땅이

서로 주고받는 사이에

천천히

　　　- 막

(『세계의 문학』, 339쪽)

　이러한 결말구조로 인해 독자는 등장인물이 아닌 작가와 가까운 거리에 있게 된다. 이 작품을 통해 작가가 하려고 한 말이 무엇이었는지를 깨닫게 되는 것이다. 이러한 인물과의 거리감으로 인해 바로 우리 자신도 민중과 같이 사회개혁에 대한 거부감을 갖고 있을지 모른다는 생각을 하게 된다. 이러한 비극적 상황이 현재 우리의 상황일 수도 있다는 생각을 하는 것이다. 비극적인 구조에도 이러한 서사적인 거리감을 통한 진리에 대한 깨달음이 존재한다.

5. 완결 기법으로서의 기계신(deus ex machina)

　<옛날 옛적에 휘어이 휘이>의 E 10을 보면 아기가 아내와 남편을 데리고 가기 위해 용마를 타고 내려온다. 이 장면은 작가의 말

에 의하면 부활과 승천이다. 그러나 부활과 승천이라는, 예수의 생애와 관련짓기에는 극 속 아기장수의 활약이 너무 미약하다. 이 작품은 아기를 둘러싼 주변 사람들의 이야기이며 그들에게 있어 아기는 희망, 구원의 힘이라고 할 수 있다. 아기는 민중들의 마음 속에 있는 내적인 해방의 욕망이라고 할 수 있는 것이다. 그러나 E 10에 오면 아기장수가 용마를 타고 등장함으로 현시(現示)된 구원의 힘이 된다. 즉 예수보다는 희랍비극, 또는 희극에 등장하던 기계신(deus ex machina)[93]에 가까운 구원의 힘이라 볼 수 있는 것이다.

<둥둥 낙랑둥>에서도 기계신이 등장한다. 비극적 아이러니로 작용하는 주몽의 극행동은 호동과 왕비를 죽음으로 몰아간다. 그런데 호동이 참수 당하고 왕비가 자살한 뒤 하늘사자 백골이 등장한다. 11막 E 32~35에서 호동과 왕비가 죽는 것으로 극의 내용은 마무리 지어졌지만, E 34에서 이들의 영혼이 구원되는 기법이 연출되는 것이다.

이처럼 기계신이 등장하는 기법은 필연적 혹은 개연적 결과로 사건이 해결되는 것을 추구하는[94] 아리스토텔레스의 견해로는 기계의존적인 사건해결이다. 그런데 사사키 겐이치는 이 기법을 세

---

93) 기계신(deus ex machina, 데우스 엑스 마키나)은 기계장치라고 번역하기도 하는데 기계장치라 번역한 것에 관해서는 학자들 사이에 의견이 구구하다. 기계장치란 사람이나 신이 공중에 떠 있는 장면을 연출하는 데 사용되는 일종의 기중기인 듯하다. mechane은 아이스퀼로스나 소포클레스에 의해서는 거의 사용되지 않았고 에우리피데스 이후부터는 많이 사용되었다. 에우리피데스 이후의 시인들은 사건의 해결을 플롯의 구성에 의존하지 않고 신에게 맡기는 경향이 많았다. 따라서 자연히 기계 장치에 의존하는 경향이 많았는데, 사건을 해결하기 위하여 기계 장치를 타고 나타나는 신을 deus ex machina라고 부른다. - Aristotle, 앞의 책, 89쪽.

94) 위의 책, 88쪽.

가지 유형으로 분류하여 이론적으로 체계화했다.[95)]

사사키 겐이치는 기계신의 등장을 극텍스트의 문제해결을 위해 존재하는, '극을 결말짓는 기법'으로 체계화한다. 아리스토텔레스는 내용에서 벗어나 외부의 존재가 문제를 해결한다는 방식에 문제제기를 했지만, 사사키 겐이치는 그 형식 자체에 작가의 사상이 표현된 것이라고 보고 있다. 따라서 '아기 장수'와 '하늘사자 백골'의 등장을 기계신 기법이 연출된 것으로 봄으로써 <옛날 옛적에 휘어이 휘이>와 <둥둥 낙랑둥>의 결말부가 승천, 구원으로 마무리지어지고 그러한 과정에서 작가의 사상이 드러난다는 것이다.

사사키 겐이치는 기계신의 등장을 '극을 완결짓는 기법'으로 바라보면서 비극과 희극에 등장하는 기계신을 세 가지로 분류했다. 첫 번째는 '종말론적 성취자로서의 기계신'으로 아리스토텔레스가 유일하게 비판하지 못했던 유형이다. 아리스토텔레스는 시학에서 다음과 같이 언급하고 있다.

"기계 장치는 드라마 밖의 사건, 즉 인간이 알 수 없는 과거의 사건이나, 예언 또는 고지(告知)할 필요가 있는 미래의 사건에 한해서만 사용되어야 한다. 왜냐하면 모든 것을 아는 것은 신의 특권이기 때문이다. 비극 내의 사건에는 사소한 불합리도 있어서는 안 된다. 그러나 불가피한 경우에는, 소포클레스의 <오이디프스 왕>에서 볼 수 있는 바와 같이 비극 밖에 있어야 한다.[96)]

---

95) 佐佐木健一, 앞의 책, 123~145쪽.
96) Aristotle, 앞의 책, 88~89쪽.

위의 언급에서처럼 이 유형은 극 전개가 끝난 뒤에 신이 등장하여 종말론적인 힘을 발휘하는 것이다. 이 유형은 에우리피데스의 3부작 구성에 주로 나타난다. 사사키 겐이치는 에우리피데스가 한 편의 작품을 3부작과 같이 구성한 것은 이 형식에 의해서만 표현할 수 있는 사상, 즉 역사의 흐름을 하나로 간추린 지양(止揚)을 나타내기 위해서라고 했다. 그러면서 이 지양을 가능하게 하는 것이 바로 기계신이라고 본다. 사사키 겐이치는 에우리피데스의 3부작 구성법에서 기계신이 종말론적인 사상행위를 효과적으로 표현하고 있다고 보는 것이다. 이 유형에서의 기계신은 작품을 형식적으로 완결시키면서 극의 내적 세계를 이루고 있는 역사를 실질적으로 닫는 역할을 한다.

두 번째는 용수철로서의 기계신이다. 이 유형의 전형은 소포클레스의 <피로크테테스>에서 찾아 볼 수 있다. 이 작품의 헤라클레스는 기계장치 신으로, 인간끼리 할 수 없었던 화해를 과하는 힘을 지니고 있다. 또한 작품을 완결시키고 사건 전개를 닫는 것이 아니라 거꾸로 정체된 역사전개를 해방하고 거기에 새로운 추진력의 용수철로써 작용한다. 이 유형에는 정체된 극 전개의 장애를 제거하고 새로운 극, 다음의 시작을 알리는 효과가 발생한다. 에우리피데스의 종말론적 성취와는 다르게 새로운 시작을 알리는 기능을 포함하고 있는 것이다.

세 번째는 막을 내리는 것으로서의 기계신이다. 이 유형은 희극 속의 기계신이라고 할 수 있다. 어떤 우연에 의해서 그들에게 알려지지 않았던 본성이 드러난다거나 파국을 면하고 일동은 행복한 결말을 맞이하는 것이다. 여기서는 기계장치가 사용되지 않고 신이 등장하지도 않는다. 지금까지의 극의 전개와는 상관이 없는 어떤 사건이 밝혀지게 되고 그것에 의해서 극이 해결되는 구조이다. 대표적인 작품으로는 몰리에르의 <수전노>를 들 수 있다. 이 유형은 폭로를 이용한 것이라고 할 수 있다. 희곡의 줄거리를 가장 단순하게 정의하면 엉킴(갈등)과 풀림(갈등의 해결)이라고 할 수 있다. 그리고 이 엉킴과 풀림의 중간과정에 있는 것이 폭로다. 폭로는 장기간 지속된 오류를 전제로 하는데 그 오류를 갑작스럽게 발견함으로써 올바르게 인식하게 되는 것이다.

이와 같은 세 가지 유형의 기계신의 공통점은 극과 상관없는 인물이 등장하거나, 또는 갑자기 진실이 폭로되어 문제가 해결된다는 것이다. 여기서 '극과 상관 없는 인물'이란 갈등의 주요 세력이 아닌 존재를 의미한다.

사사키 겐이치가 정리한 기계신 기법의 세 가지 유형 중 <옛날 옛적에 훠어이 훠이>의 아기장수와 <둥둥 낙랑둥>의 백골의 등장은 첫 번째 유형에 속한다고 할 수 있다. <옛날 옛적에……> 아기장수의 존재는 작품의 내적인 구조 속에 존재하다가 용마를 타고 나타나 절망에 빠진 아내와 남편을 구하는 기계신이라 할 수 있다. 그리고 <둥둥 낙랑둥>에서는 호동과 왕비의 죽음으로 극 전개가 끝난 뒤 하늘 사자 백골이 등장하여 종말론적인 힘을 발휘하고 있다. 백골은 숭고하게 죽은 호동과 왕비의 영혼을 구원하고 비를 내리는 힘을 발휘한다.

말이 우는 소리, 사립문 쪽에서 용마를 탄 애기 (말, 애기 모두 인형, 추상적인 구조의), 마당으로 들어온다

무대, 캄캄해지고, 각각, 말과 애기, 남편의 머리 위로 비추는 부분 조명 및 방안에 누운 아내의 위에서 비추는 조명

남편 (마당에 내려서다가, 용마와 애기를 보고 주저앉으며)

　　　너, 너, 너, 너를 무, 무, 무, 무, 무, 묻고 오, 오, 오, 오는 길인데

애기 (고개를 저으면서, 들고 있는 진달래꽃 묶음을 아버지한테 준다)

남편 (꿈결처럼 걸어가서 받는다)

애기 엄마, 엄마! (확성기를 통한 목소리)

남편 (방으로 들어가 꽃묶음을 아내 가슴에 얹는다) 여, 여, 여보, 다, 다, 당신, 애, 애, 애, 애기가, 가, 가, 가, 가져왔소, 다, 다, 다, 당신 애, 애, 애, 애기가, 사, 사, 사, 사, 살아왔소

아내 (인형) 꽃묶음을, 들고, 일어나, 마당으로, 나선다

아내, 애기한테로 걸어가서 애기를 끌어안는다

애기 (확성기를 통한 목소리) 엄마 아빠, 빨리 타요

남편 (아내를 말에 태우면서) 자, 자, 자, 자, 가, 가거라, 어, 어, 어, 어-어, 어, 어서 가거라, 사, 사, 사, 사, 사람들이 오, 오, 오, 오, 올라. 네, 네, 네, 네, 네가 주, 주, 주, 주, 죽었다고 해, 해, 해, 했으니 마, 마, 마, 마, 마을 사람들이, 오, 오, 오,-오, 오, 오,-오, 오, 올게다

애기 (손짓하면서)

아내 빨리, 빨리, 포졸들이, 와요

남편　(소매로 눈물을 씻으면서) 오, 오, 오, 오냐

끝내 타지는 않고
용마의 고삐를 잡고 사립문을 나간다

(『세계의 문학』, 337~338쪽)

위의 장면에서 알 수 있듯이 아기는 용마를 타고 나타난다. 기계신으로 나타나기 이전의 아기는 사람들 간의 갈등의 원인이었지만 아무 힘도 발휘하지 못하고 있다가 사람의 손에 죽는다. 그렇기에 다시 나타난 용마 탄 아기는 죽기 전의 아기와는 성격을 달리한다. 육체적인 생명이 있는 인간이 아니라 영적인 존재이다. 이 영적인 존재는 아기가 죽고 아내가 죽고, 남편이 죽으려고 하는 순간에 나타난다. 그리고 이들을 하늘나라로 구원하는 것이다.

이 작품은 설화의 이야기가 끝난 뒤 첨가된 부분으로 다분히 작가의 사상행위가 포함된 부분이라고 할 수 있다. 즉 긴 이야기를 마무리짓는 기계신이 아니라 종말론적인 작가의 사상행위가 포함된 기법으로 바라볼 수 있는 것이다.

여기서 작가의 사상행위란 서로 갈등하는 모순된 민중이더라도 구원 받아야 한다는 하늘의 뜻이다. <옛날 옛적에 훠어이 훠이>의 기계신은 인물들의 불행한 삶을 구원으로 마무리짓는 종지법으로 작용하고 있다. 그러나 작가는 작품을 닫으면서 아기장수의 구원을 쫓겨나는 것으로 처리함으로써 이중적인 비극미를 보여준다. 즉 아기와 아내가 죽고 남편이 고통당하는 불행 속에 민중들이 구원받지 못하는 절망이 더해지는 이중적인 비극인 것이다.

하늘에서 사닥다리가 단 위로 내려온다, 사닥다리를 밟고 거지 차림의 하늘의 사자인 백골이 내려온다

각설이 타령을 부르면서

…(생략)…

단 위에서 계단을 타고 휘장 뒤로 가서 먼저 왕자의 머리를 바랑에 주어 넣고, 다음에 왕비의 목을 쳐 바랑에 쳐넣는다. 왕자의 머리를 집어넣을 때나 왕비의 머리를 집어넣을 때나 모두 넝마 뭉치가 아니면 식은 밥 덩어리 주어 넣듯 그렇게 함부로 시큰둥 주어 넣고 하늘로 올라간다

각설이 타령을 부르면서

………

하늘의 사자 사라지면서 번개가 치고 천둥이 울린다

비가 후둑 후둑 내리기 시작한다, 벌판 멀리서 고구려 백성들의 소리, 『비다』

『비가 온다』, 북소리,………

(『세계의 문학』, 362~363쪽.)

<둥둥 낙랑둥>의 결말부분에서는 비가 내림으로써 고구려 백성들이 풍요로운 생활을 예감한다. 하늘사자 백골은 고구려 내의 작은 아버지와 호동 간의 권력 갈등 속에서 가뭄으로 고통받는 또 다른 희생자 백성을 떠올리고, 그들에게 '풍요'를 베푸는 힘을 발휘하는 것이다. 호동과 그 반대 세력인 대신, 장군들과의 갈등은 백골로 인해 '고구려 백성들의 풍요'라는 새로운 질서로 지양된다. 하늘사자 기계신으로 인해 <둥둥 낙랑둥>은 호동과 왕비의 파멸 이후 이들의 영혼뿐만 아니라 백성들까지 구원받는 것으로 마무리

지어지는 것이다. 그리고 이러한 결말을 통해 우리는 '구원과 백성에 대한 사랑'이라는 작가 최인훈의 사상이 반영되어 있음을 알 수 있다.

그리고 우리는 <둥둥 낙랑둥>에 등장하는 기계신인 하늘사자 백골이 거지의 행동을 한다는 것에 주목하게 된다. 거지 차림으로 각설이 타령을 부르며 내려와 호동과 왕비의 머리를 '넝마 뭉치가 아니면 식은밥 덩어리 주워 넣듯 그렇게 함부로 시큰둥 주워 넣는' 행위는 거룩한 신의 모습이 아닌 것이다. 여기서 신(神)의 신성함이 그로테스크하고 비속하게 처리되어 있음을 알 수 있다. 하늘사자가 백골이라는 그로테스크함과 거지라는 비속함으로 처리되는 것은 성(聖)과 속(俗)의 제의적 속성이 드러나는 것으로 해석할 수 있다.

엘리아데(Eliade)는 원시인이나 고대인 그리고 종교인들이 체험한 종교적 사실들을 연구하면서 성(聖)과 속(俗)을 구별한다. 성(聖)과 속(俗)을 경험된 실재라고 하고, 이 둘의 통일 혹은 조화는 성(聖)의 자기 파괴로 가능한 것이라고 했다. 성 자체에 성과 속이라는 "역의 합일"을 가능하게 하는 경향이 내재해 있다고 했다. 성의 자기파괴란 성이 성현(聖賢)이 되기 위해서 스스로를 한정시키고 상대적이게 하여 자의적으로 속(俗)에 속해지는 것을 말한다. 그리고 이를 '존재양태의 전이'라고 한다. 성(聖)이 파괴되고 거지라는 속(俗)으로 표현되는 하늘사자 백골은 제의의식에서의 존재양태의 전이를 표상하는 것[97]이라 할 수 있겠다. E 34의 하늘사자 백골은 기계신이면서, 제의의식에서의 존재양태의 전이가 상징적

---

97) Eliade, 『우주와 역사』, 정진홍 옮김, 서울:현대사상사, 1982, 248쪽.

으로 그려진 인물, 또는 장치라고 볼 수 있겠다.

이처럼 하늘사자 백골의 등장은 <둥둥 낙랑둥>의 파국을 구원으로 승화시키고 있다. 호동과 왕비의 죽음으로 이야기는 비극적인 결말을 맞았지만, 여기에 기계신이 등장해 호동과 왕비의 목을 하늘로 가지고 올라감으로써 이들의 영혼이 구원받을 것이라는 메시지를 전하고 있는 것이다.

기계신의 등장으로 우리는 <옛날 옛적에 훠어이 훠이>와 <둥둥 낙랑둥>의 구조가 고대 비극 구조를 지녔다는 것이 더욱 분명해진다. 종말론적인 힘을 발휘하는 기계신 기법은 그리스 비극에서는 3부작에서 사용되던 것이지만 <옛날 옛적에 훠어이 훠이>와 <둥둥 낙랑둥>에 사용되면서 작가의 사상을 반영하며 극을 완결짓는 비극 구조의 요소로 작용하고 있다.

Ⅳ. 시·공간 구조

무대는 극텍스트의 허구적 공간이 현실화되는 장소이자 어떤 실제 장소의 도상적(圖像的)인 모방이며 외부 세계의 어떤 현실성의 상징이 될 수 있다. 무대는 인간이 살고 있는 사회 안에서의 갈등으로부터 만들어지는 이미지라고 할 수 있기 때문이다. 이 점에서 무대는 사회-문화적 공간들의 상징으로 작용할 수 있다.

그런데 이러한 공간은 '무대 밖의 공간'과의 대립에 의해서만 가능해진다. 무대 밖의 공간은 항상 상상적이며 오직 등장인물들의 담화 속에서만 존재한다. 무대 밖의 공간에 대한 정보는 무대의 지평을 넓히고 여러 전망을 첨가시키는 것이다. 그러므로 무대 공간에 깊이가 형성되는 것은 바로 무대 밖의 공간에 의해서라고 할수 있다. 따라서 텍스트의 무대 공간에 대한 분석은 이 두 공간을 다 포함하고 있다고 할 수 있다.

<옛날 옛적에 훠어이 훠이>와 <둥둥 낙랑둥>의 공간 분석에서도 무대 공간만을 대상으로 하는 것이 아니라 무대 밖의 공간도 분석대상으로 삼는다.

<옛날 옛적에……>에서의 무대 밖 공간은 아기장수의 출현을 반대하는 인물들의 공간이라고 할 수 있다. 등장인물들에 의해 전해지는 지배자의 억압은 무대 밖에서 이뤄지고 있고 그것이 무대 안으로 전해져 극적 긴장이 고조되기 때문이다.

<둥둥 낙랑둥>의 경우는 '지금-여기', 고구려에서의 사건은 '예전에-다른 곳', 낙랑성에서 있었던'사건을 전제로 일어나고 있는 것이다. '예전에-다른 곳'의 공간은 항상 상상적이며 오직 등장인물들의 담화 속에서만 존재한다. 연극기호학적인 용어로 보면 전자를 무대 공간이라고 부르고, 후자는 드라마 공간이라 부른다.

무대 공간을 살피는데 있어서는 무대 밖 공간을 살피는 것 외에 공간이 지닌 고유한 특성을 몇 가지 살펴볼 필요가 있다.

첫째, 무대를 전제로 하는 공간은 무대 상에서 재현될 시각적·청각적 기호들의 두께가 어우러짐으로써 산출되는 의미 효과와 공간화의 가능성들이 잠재해 있는 공간이다. 이 점에서 희곡의 공간은 청각적·시각적·활동적이라는 삼차원의 무대 공간의 모태가 된다.

둘째, 극행동이 전개되는 동안 등장인물들의 움직임, 그들 사이에서 맺는 관계·갈등·대립 등에 의해 공간의 분할이 형성된다. 무대의 공간 구조는 등장인물들 간의 사회적 관계, 텍스트의 이데올로기, 등장인물 개인의 내적 자아의 갈등을 말해줄 수 있기 때문이다.

셋째, 희곡의 근본적인 공간 구조는 '지금-여기'(무대 안)와 '예전에-다른 곳'(무대 밖) 사이의 갈등과 대립이다. 이 공간적 갈등은 사회-문화적·심리적 현실태들 사이의 갈등의 도상(圖像)이 됨으로써 텍스트의 의미 작용에 다의적 깊이를 줄 수 있게 된다.

넷째, 상연의 무대가 지각된 공간이라면 희곡의 공간은 기호화된 공간이다.[98]

<옛날 옛적에 훠어이 훠이>의 경우 이조 중기 이전[99]을 시대적인 배경으로 삼고 있으므로 신분계급이 엄격히 존재하던 시기로 형상화되어 있다. 등장인물들의 전반적인 사회적 계급은 평민이며 나리, 고을 원님 등으로 호칭되는 지배계급이 존재한다. 무대 안은 평민들의 공간이라 할 수 있으며 지배자의 공간은 인물들의 대사와 지문으로 전달되는 무대 밖이라고 할 수 있다. 무대 위의 공간은 크게 방 안과, 방 밖의 공간인데 그 사이에는 문이 있어서 두 공간을 연결하고 있다. 그리고 무대 안과 무대 밖은 사립문이 연결하고 있다고 할 수 있다. 예전에 소금장수가 참수당했다는 것과 아기장수가 태어난 마을은 쑥밭이 되었다는 사건은, 무대 안의 등장인물들에게 공포의 요소가 되고 아기장수가 등장했을 때에 갈등하게 만드는 요소가 된다.

그리고 공간만큼이나 극텍스트 분석에서 중요시 되는 것은 시간구조이다. 시간은 공간성의 존재로 파악되므로 공간의 한 구성요소로 취급되기도 한다. 왜냐하면 시간은 형태가 없는 것이기에 사물이나 인간의 변화 혹은 움직임을 통해 형상화되고 가시화될 수 있기 때문이다. 특히 <옛날 옛적에 훠어이 훠이>에서 시간구조는 중요한 역할을 한다. 작품의 시간적인 배경은 겨울과 봄이라는 지문에 의해서도 알 수 있고 눈이 내리고 있다는 것과 진달래꽃이

---

98) 신현숙, 앞의 책, 120~121쪽.
99) 최인훈, 『문학과 이데올로기』, 367쪽.

오브제로 등장하면서 표현된다.

극텍스트의 시간은 두 개의 시간성을 가지고 있다. 극텍스트가 상연되었을 때의 시간과 상연되는 극 이야기의 시간성이다. 극이야기의 시간, 곧 허구적 시간은 가설적 세계인 '가능한 세계들'의 질서에 따라 재구성되는데, 그 가능한 세계의 질서란 실제 세계의 가설 체계와 상상적인 가능성을 혼합함을 뜻한다.

<둥둥 낙랑둥>의 경우는 제목이 의성어인 것에서도 알 수 있듯 이 극 전체에서 청각적인 요소가 두드러진다. '특정한 지시문이 없는 공간'의 경우 시각과 청각적인 요소로 그 공간을 드러내는데, 이때의 공간은 내적 갈등, 다시 말해 본능, 자아, 초자아가 충동하고 대립하는 프로이트적 무대의 형상소가 될 수도 있다.[100] 그리고 <둥둥 낙랑둥>의 공간에서 두드러지는 점은 '극중 극' 공간이 설정되어 있는 것이다.

'왕자의 방'은 호동이 내적인 갈등을 하는 공간이면서 왕비와의 역할극이 진행되는 공간이기도하다. 이 공간은 사랑놀이를 하는 공간이면서도 '예전에-다른 곳', 즉 낙랑성에서 있었던 사건이 재연되는, 무대 밖의 드라마 공간이 실연되는 공간이기도하다. 이 공간으로 인해 '지금-여기'라는 무대 공간의 갈등이 다층적으로 형성됨을 알 수 있다. 그리고 <둥둥 낙랑둥>의 또 하나의 극중 극 공간은 '국내성 제단'에서의 굿하는 공간이다. 어미무당으로서의 왕비가 주몽의 신내림을 받아 극행동을 할 때 무대 안의 등장인물들이 관객이 되어 왕비의 극행동을 지켜보고 있는 것이다. 이러한

---

100) 신현숙, 앞의 책, 142쪽.

'극중 극'으로 <둥둥 낙랑둥>은 두 층위의 관객(객석에 앉아 있는 실제 관객과 무대 위에 남아 있는 포괄 구조의 배우들의 허구적 관객)을 갖게 된다.

앞선 '왕자의 방'(4막 E 14, 7막 E 26)에서의 역할놀이는 공간상의 한계가 없이 무대 전체가 극중 극 공간이 되는 경우이며, '국내성 제단'(2막 E 4, 11막 E 32)에서의 굿은 무대 한쪽에 위치한 허구적 관객에 의해 경계가 생기면서 극중 극 공간이 형성되는 것이라 할 수 있다.101) 그리고 이러한 네 개 장면의 극중 극은 <둥둥 낙랑둥>에서 테마 구조를 부가 지시함으로써 의미 형성 관계를 강화하는 기능을 한다고 볼 수 있다.102) '역할놀이'는 '예전에-다른 곳', 즉 극텍스트가 시작되기 이전에 낙랑성에서의 사건이 전개됨으로써 텍스트 내의 호동의 내적 갈등과 고구려-낙랑국 간의 갈등을 부가적으로 설명해 준다. 그리고 '굿'의 경우는 주몽 이데올로기가 텍스트 내에서 어떠한 영향력을 발휘하는지 보여주는 기능을 한다. 주몽은 텍스트 내부를 지배하면서 호동을 억압하는 이데올로기로 작용하는 것이다. <둥둥 낙랑둥> 공간에서 우리는 고대 그리스 비극 공간과의 유사점을 발견할 수 있다. 고대 그리스 비극에서는 '과거의 공간, 꿈·신화의 공간'을 '먼 공간'으로 구현했다고 한다. 그러나 고대 그리스 비극은 삼일치 법칙에 따라 극행동과 시간과 장소에 제약이 있었기 때문에, 무대 안에서 재현하지 못하고 회상하는 형식의 대사로, 무대 밖 공간의 사건을 '먼 공간'으로

---

101) 위의 책, 137쪽.
102) 위의 책, 138쪽.

설정해 재연했던 것이다. <둥둥 낙랑둥>은 고대 그리스 비극 공간에서 드러나는 '과거의 공간, 꿈·신화의 공간'을 삼일치 법칙의 제약 없이 무대 안에서, 또는 무대 밖에서 재현하고 있다고 보인다.

1. 시·청각적 형상화

<옛날 옛적에 훠어이 훠이>와 <둥둥 낙랑둥> 공간의 첫 번째 특징으로 꼽을 수 있는 것은 오브제를 통해 시·청각적 요소를 적극적으로 활용하고 있는 점이다.

<옛날 옛적에……>의 청각기호와 시각기호는 자연 환경을 묘사하는 역할을 하고 있다. 이러한 자연의 묘사는 표층적으로는 우리나라 고대 문화의 복원을 통한 배경 설정이고 표의적으로는 일원론적인 동양사상의 토대가 된다고 할 수 있다. 세계를 이원론적으로 보지 않고 조화로운 것으로 보며, 자연과 인간이 분리되어 있지 않고 인간도 자연의 일부라고 생각하는 동양의 자연관이 드러난다.

<둥둥 낙랑둥>의 오브제는 각각의 막, 또는 장면에서 무대 안의 사회적·문화적인 공간의 특징을 상징적으로 드러낸다. 그리고 청각적인 요소는 무대 공간의 이미지를 강화하거나 무대 밖에서 벌어지는 일들을 효과음으로 전한다. 시각적인 요소는 등장인물의 내적 공간이나 심리 현상의 공간을 형상화하고 집단 이데올로기를 효과적으로 처리하는 데 활용되기도 한다.

이러한 오브제, 시·청각적인 기호가 공간에서 어떠한 의미 체계를 지니는지 파악하기 위해서는 '공간 어휘 일람표'103)를 작성하

는 것이 유효하다. 지시문이나 대사를 통해 드러나는 장소, 시간, 시·청각적 기호, 오브제의 목록을 작성했을 때 막이나 장면에 따른 공간 해석이 명확해질 수 있기 때문이다.

먼저 <옛날 옛적에······>의 공간 어휘들을 표로 나타내면 다음과 같다.

<옛날 옛적에···> 공간 어휘 일람표

	첫째 마당	둘째 마당	셋째 마당	넷째 마당
장소를 지시하는 기호	오막살이, 마루한장, 사립문, 아랫목, 방, 도토리골, 관가	같은 무대, 방문, 부엌, 도토리골, 산	같은 무대, 개울가, 방안, 열린 문, 사립문, 부엌, 뒤꼍, 방문	닫혀 있는 방문, 뒷마당, 사립문
시간을 지시하는 기호	겨울, 눈(雪)	허기진 봄(낮), 밤	저녁놀, 밤	이튿날 새벽, 화창한 봄날
청각기호	바람 소리, 부엉이 소리, 나뭇가지에 눈이 떨어지는 것 같은 소리, 늑대우는 소리	아기우는 소리, 용마우는 소리, 늑대우는 소리	포교들 노랫소리, 바람소리, 새소리, 문고리 흔드는 소리, 덜커덩 소리, 다람쥐 소리, 말의 울음 소리, 부엉이 소리, 늑대우는 소리, 바람 소리	새소리, 말이 우는 소리 (용마 탄 아기), 마을 사람들이 춤출 때의 장단
시각적인 기호(조명)	흐릿한 등잔불		핏빛 조명, 그늘진 하늘 (구름), 다시 밝아짐, 시뻘건 노을이 보랏빛으로, 아내와 남편의 얼굴에만 조명, 완전한 어둠, 방안의 불빛, 조명이 나갔다 들어옴, 그림자, 방안의 등잔불이 꺼짐, 달빛, 달빛이 흐려지다 구름에 가리워져 어두워짐, 희미한 달빛	조명이 꺼지고 말과 애가남편아내 머리 위에만 조명, 무대 다시 밝아짐

---

103) 위의 책, 144쪽.

	첫째 마당	둘째 마당	셋째 마당	넷째 마당
오브제	바느질감, 등잔대 화로, 바늘, 찌개그릇,부젓가락,재, 씨앗조, 부대, 지게, 신, 사발, 개다리 소반, 숟갈, 나물죽 밥상, 소금장사의 목	도토리묵, 질항아리(함지), 간장, 그릇 두개와 숫가락 두 개, 술밥, 걸레짝 같은 옷, 지팡이, 납작한 보따리,물 한 모금, 씨암탉, 수탉	꽹이, 양식, 닭, 도토리, 아기인형, 방문고리, 망태기, 소쿠리, 짚, 누더기옷	누더기옷, 불룩한 보따리, 사발, 지게, 꽹이, 목을 맨 인형(아내), 띠, 대들보, 진달래꽃 묶음, 용마 탄 아기인형, 꽃

공간 어휘 일람표에서의 청각기호는 주로공포를 조장하는 정서로 작용한다. 그리고 시각적인 기호(조명)는 등장인물들의 공포스러운 심리 상태를 자연적인 시간의 흐름에 따른 것으로 표현하고 있음을 알 수 있다. '남편'과 '아내'는 자신들의 아기가 장수임을 알게 되고 관가에게 들킬까봐 공포에 떠는데 그러한 상태가 시·청각적인 장치로 형상화되고 있는 것이다.

다양한 장치들에 대해서는 이후 서술되는 장에서 자세히 논하게 될 것이다. 무대에서 형상화되는 시·청각적 장치는 공포를 조장하는 것이면서도 매우 시적이며 실제 공연에서는 아름답기까지 하다. 시·청각적 장치에서 인간이 자연의 일부라는 것을 실감할 수 있다.

그리고 이 작품의 시·청각적 장치들은 실제 세계의 시간구조를 따르는 경우이지만 첫째 마당에서 둘째 마당으로 갈 때에 겨울에서 봄이라는 불연속적인 비약을 한다. 그러나 셋째 마당에서 넷째 마당은 밤에서 새벽으로 이어지고 있다. 이러한 시간구조는 작가의 조작에 의해 가능한 것으로 상징적인 지시작용을 한다고 할 수 있다.

첫째 마당의 눈이 내리는 겨울은 만물이 잠들어 있는 시기이다. 그렇기에 살아 움직이는 등장인물들은 만물의 순환이 멈춰진 때에

빈곤한 생활을 하고 있다. 더구나 흉년이 들었던 터라 풀죽으로 연명하고 있다. 그러나 등장인물들은 봄에 뿌릴 씨앗조를 준비했기에 희망이 있고 새 생명이 태어날 것에 대한 기대감에 부풀어 있다.

그러나 봄이 되었지만 이들의 생활은 나아지지 않고 있다. 춘궁기가 되어 먹은 것이 없는 아내는 젖조차 나오지 않는다. 그리고 이후의 시간은 아주 느리게 진행되면서 전체적인 극행동도 느려지고 화창한 봄과 대비적으로 비극적인 사건이 이어진다. 그리고 텍스트 내에서 이러한 공간과 시간적인 기호는 소리와 조명으로 가시화된다.

<옛날 옛적에 훠어이 훠이>공간의 내용물이자 공간·시간의 기표가 될 수 있는 요소로는 겨울에서 봄으로의 계절 변화, 오막살이, 인형으로 표현된 아기장수, 청각적인 요소들, 대(소)도구, 조명 등이 있다. 여기서 인형으로 표현되어 있지만 대사가 있는 오브제인 아기는 억압받고 있는 민중들의 꿈·희망이라는 공간을 형성한다. 이 외에 무대에는 한 번도 나타나지 않지만 나리들과 원님은 무대 밖에 존재하는 지배자의 공간을 형성할 수 있다. 그리고 인물들의 의상과 소(대)도구를 보면 이들은 소작 농민들이라는 것을 알 수 있다.

위의 도표에서 장소를 지시하는 어휘를 보면, 극텍스트에서 지시하는 현동화[104]될 수 있는 공간은 오두막 방 안과 방 밖이라고

---

104) 극텍스트의 공간은 총체적 시각에서 보면 무대 안과 무대 밖의 공간, 현동화될 수 있는 공간(구체적 공간)과 잠재적 공간(파롤에 의해 환기되는 공간)으로 나뉘게 된다. 그리고 이 두 공간들은 다시 대립되는 두 범주의 하위 공간들로 나뉘어져 유기적 구조를 형성하게 되므로 극공간의 기능 작용은 항상 이원적이라고 말할 수 있다. 현동적 공간이란 무대상에 현실화되어 여러 무대적 기호들과의 어울림에서 구체적 의미나 기능을 지니게 되는 공간을 말한다. 이에 비해 잠재적 공간

할 수 있다. 이 극텍스트는 무대의 전환이 없이 같은 무대에서 극이 전개되므로 오두막은 극텍스트 전체의 공간이라고 할 수 있다. 잠재적 공간은 지문과 대사에서 드러나는 관가, 도토리골, 산속, 개울가이다.

이러한 공간의 특징은 현동적 공간은 낮은 곳에, 잠재적 공간은 높은 곳에 있다는 것이다. 관가는 신분이 높은 사람이 있는 곳이고 도토리골은 지리적으로 높이 있으며, 개울가 역시 오두막에서 보면 동네로 내려오는 길목에 위치해 있다. 이렇게 수직성이 축이 된 높은 곳과 낮은 곳이라는 분류 기준을 사회-역사적 차원에 적용하면, '지배 계층 대 피-지배 계층' 혹은 '유산 계층 대 무산 계층'이라는 대립되는 사회적 공간이 구성될 수 있다.

청각기호는 대부분 자연의 소리이다. 이 자연의 소리는 일반적인 극텍스트의 음악과 같다고 할 수 있다. 본 텍스트의 자연의 소리는 등장인물들이 긴장한 상태에서 더욱 부각된다. 즉 긴장된 상태에서는 이러한 일상의 자연스러운 소리들이 더 크고 선명하게 인식되는 것이다. 이러한 청각적인 효과는 무대 안은 물론 눈에 보이지 않는 무대 밖을 묘사할 때에 유용하다고 할 수 있다.

시각적인 조명은 셋째 마당에서 부각된다. 이는 극텍스트의 갈등이 절정에 달했을 때 그 상황을 시각적으로 가시화했다고 할 수 있다. 따라서 본 텍스트의 셋째 마당의 조명은 인물들이 갈등하는 심리묘사를 가시화한 것이라고 할 수 있다.

은 말에 의해 구성되고 환기되는 부재의 공간으로, 보이지는 않으나 무대 공간과 병존해 있거나 복도 등에 인접한 공간, 사실처럼 느껴지는 공간을 말한다. - Ubersfeld, 앞의 책, 131쪽.

오브제는 공간을 형성하는 주요한 요소라고 할 수 있다. 오브제의 상징적인 의미는 공간의 의미체계를 밝혀줄 수도 있기 때문이다. 본 텍스트의 오브제는 주로 평민의 일상생활도구이다. 그리고 소금장사의 목, 인형은 텍스트에서 특별한 공간, 어떤 운명 등을 암시하고 있다.

<둥둥 낙랑둥>의 공간은 '천막 안→국내성 제단→호동의 방(2)→뜰(숲속)→별궁→왕자의 방→지시 없음→호동의 방→국내성 제단'으로 지시되어 있다. 그리고 이러한 공간 안에는 다양한 스펙터클이 존재한다. <둥둥 낙랑둥>의 공간 어휘 일람표를 작성해 보면 다음과 같다.

<둥둥 낙랑둥> 공간 어휘 일람표

	장소 지시기호	시간 지시기호	청각 기호	시각 기호	오브제
1막	야영 군막 안	봄밤 국내성에 닿기 전날밤	말이 우는 소리/ 많은 사람들이 웅성거리는 소리/ 웃는 소리/ 말발굽 소리/ 부엉이 소리/ 새가 나뭇가지에 부딪히는 소리/ 모닥불 불티가 탁탁 튀는 소리/ 왁자지껄한 사람들의 흥겨운 소리/ 낙랑공주의 날카롭게 웃는 소리/ 까마귀 소리		호동의 투구 찢어진 북
2막	제단 앞		행군악 소리/ 대취타와 같은 가락/ 호동 만세 소리/ 둥둥둥 북소리/ 말들 울음소리/ 말발굽 소리 물결 소리/ 북소리/ 멀리서 울리는 북소리/ 북소리 웅성임		칼 주몽탈
3막	왕자의방	밤			
4막	왕자의방, 상상속의 낙랑성		상상 속의 배따라기 나팔 소리 들리지 않는 낙랑의 북소리		의자/상상속의 호랑이/붕어들/버들가지/정자/돛단배, 계단/모란꽃/낙랑성 연못가
5막	뜰		나팔 소리 (9번)		

6막	별궁	매미소리 (10번) 날카롭게 웃는 소리		구름(3번), 그늘(6번), 핏빛노을	마실 것/ 잔/ 창든 병정/ 활과 살
7막	왕자의방, 상상속의 낙랑의 숲	발자국 소리		그림자	상상속의 활/곰가죽/돛배/낙랑성/활/산나리꽃/호랑이/낙랑의 연못/ (실제)의자/휘장/침대
8막				호동을 비추는 빛/ 왕비를 비추는 빛	(낙랑의 부처)
9막				얼굴들만 비추는 조명	금부처
10막	왕자의방	아우성치는 소리, 창칼이 부딪고, 말들이 우는 소리		불길	
11막	제단	나팔 소리/ 악대 음악연주소리/ 검은 북소리/ 각설이타령(노래)/ 천둥소리/ 후둑후둑 비소리/ 풍년가/ 북소리/ 풍년이 왔네 우렁찬 노랫소리			주몽탈/흰북/검은북/북채/왕자의흰옷/난장이의칼/사닥다리/왕자의머리/왕비의머리/바랑/왕자의관/왕비의치마/난장이도끼

1막에서 사용되는 오브제는 '호동의 투구'와 '찢어진 낙랑의 북'이며, 2막에서는 '칼과 주몽탈'이며 4막과 7막에서는 상상 속의 무대 소도구들이고, 11막에서는 '주몽탈, 흰북, 검은 북, 북채, 왕자의 흰옷, 난장이의 칼, 사닥다리, 왕자의 머리, 왕비의 머리, 바랑, 왕자의 관, 왕비의 치마, 난쟁이 도끼'이다.

'찢어진 북'은 호동의 꿈에 나타난 낙랑공주가 손에 쥐고 나타나는 오브제이다.

공주가 손에 들고 있는 것
쥐는 고리와 웃대가리만 남은 찢어진 북………
………
호동 오 공주

그대는
그렇게 찢어진
이 몸의 마음을
들고 있소.

(『세계의 문학』, 300쪽, 301~302쪽.)

　호동은 낙랑공주를 살리지 못해 가책을 느끼다가 국내성으로 돌아오는 것이 늦어진 상태였다. 그런데 국내성으로 들어가기 바로 전날 야영지에서 호동은 찢어진 북을 보게 된 것이다. 따라서 낙랑공주가 들고 있는 '찢어진 북'은 호동의 죄의식을 자극하는 역할을 한다. 그리고 이 자명고는 낙랑국을 지켜주던 북이기에, 그 북이 찢어졌다는 것은 낙랑국이 패망했다는 것을 상징하는 것이라 할 수 있다. 또한 이 장면에서 '호동의 투구'는 낙랑성의 패망과 대비되는 고구려의 힘, 승리를 상징한다. 결국 호동은 '찢어진 북'을 통해 낙랑의 패망을 실감하고 그로 인해 죽게 된 낙랑공주를 떠올리며 죄의식을 느끼게 되는 것이다. 2막에서의 '칼과 주몽탈'은 '호동의 투구'에서 이어지는 고구려의 힘을 상징하는 것으로, 이 소도구가 주몽의 소도구라는 면에서 주몽이 고구려의 힘으로 작용하고 있음을 알 수 있다.

　4막과 7막의 상상 속 낙랑성 소도구들은 호동과 왕비 역할놀이의 가상적인 세계, 공간을 설정한다. '상상 속의 호랑이, 붕어들, 버들가지, 정자, 돛단배, 계단, 모란꽃, 낙랑성 연못가, 상상 속의 활, 곰가죽, 돛배, 낙랑성, 산나리꽃 등'은 호동과 왕비에 의해 '예전에다른 곳'에 존재하는 드라마 공간, 낙랑성의 무대 장치가 발화로 표현된 것이라 할 수 있다. 이를 통해 낙랑성이 서정적이고 아름다운 자연 경관을 지니고 있었음을 알 수 있다. 이러한 상상 속 소도구를 지닌 낙랑성은 극 전체의 배경인 고구려와 대비되는 공간이면서, 호동과 왕비가 사랑놀이 역할극을 하는 '꿈 같은' 공간이기도 하다.

11막에서는 '주몽탈, 흰북, 검은북, 북채, 왕자의 흰옷, 난장이의 칼, 사닥다리, 왕자의 머리, 왕비의 머리, 바랑, 왕자의 관, 왕비의 치마, 난장이 도끼'가 오브제로 사용된다. 이 막에서의 '흰북'과 '검은북'은 각각 고구려와 낙랑국을 상징하는 것으로 흰옷 입은 왕자, 즉 죄가 없는 호동이 선택해야만 하는 이데올로기를 뜻한다. 그리고 주몽탈은 '흰북'을 지배하는 힘이고, 9막에서 사용되는 금부처는 '검은북'을 지배하는 힘이라고 할 수 있다. 이 '흰북–검은북', '주몽탈–금부처' 소도구는 텍스트 내부의 갈등 구조를 형성하는 고구려–낙랑국 간의 갈등관계가 구체적으로 무대 위에 가시화 된 것이라 할 수 있다. '왕자의 머리'와 '왕비의 머리'는 호동과 왕비의 영혼을 오브제로 처리한 것이며 '왕자의 관'과 '왕비의 치마'는 이들의 지위와 역할을 뜻하는 것이라 할 수 있다. 그런데 '난장이 도끼'는 난쟁이의 힘을 상징한다기보다 호동이 목이 잘리는 참수를 당했다는 것을 드러내는 소도구라 할 수 있다. '바랑'과 '사다리'는 하늘사자 백골의 소도구로 호동과 왕비의 영혼을 구원해서 공간적인 이동, 하늘로 수직적인 이동을 한다는 것을 보여주는 것이라 할 수 있다.

11막에서는 각각의 의미체계를 지닌 위와 같은 오브제가 무대 위에 널려 있음으로 인해 결말 공간의 의미를 시각적으로 보여주고 있는 것이다.

<둥둥 낙랑둥>의 청각기호는 8막과 9막을 제외한 나머지 장에서 매우 두드러지는 요소이다. 1막에서는 '말이 우는 소리, 많은 사람들이 웅성거리는 소리, 웃는 소리, 말발굽 소리, 부엉이 소리, 새가 나뭇가지에 부딪히는 소리, 모닥불 불티가 탁탁 튀는 소리, 왁자지껄한 사람들의 흥겨운 소리, 까마귀 소리' 등이 청각적인 기호로 드러난다. 이러한 기호들은 이 공간이 야영장이라는 것과 이들이 승리감에 여유 있는 모습을 보이고 있다는 것을 드러낸다. 그러나 이때 호동과 부장에게 들리는 '까마귀 소리'는 국내성에서 무슨일이 일어날지도 모른다는, 마냥 승리감에 도취되어 있을 수만은 없다는 경각심을 불러일으킨다. 호동과 부장이 대화할 때에, 특히 국내성의 보이지 않는 적들에 대해 염려할 때에 날카롭게 울리는 "까마귀 소리"는 불길한 이미지를 상징하는 것이라 할 수 있다. 앞으로 닥쳐올 불행을 청각적인 기호로 암시하는 것이다.

　　2막의 '행군악 소리, 대취타와 같은 가락, 호동 만세 소리, 둥둥둥 북소리, 말들 울음소리, 말발굽 소리 물결 소리, 북소리, 멀리서 울리는 북소리, 북소리 웅성임'이라는 청각적인 요소는 국내성의 환호의 분위기를 연출한다. 여기서 고구려의 '둥둥둥 북소리'는 고구려의 힘을 과시하는 것으로 작용한다.

　　그런데 1막과 2막에서 청각적인 요소로 드러나는 승리한 고구려의 분위기는 무대 안의 호동의 발화와는 상반되는 분위기이다. 호동은 무대 안에서 찢어진 북을 들고 나타난 공주 때문에 내적인 갈등에 빠지고, 낙랑과 똑같이 생긴 왕비로 인해 그 죄의식이 커져가고 있기 때문이다. 따라서 1막과 2막의 청각적인 요소는 호동의 갈등과 번민과 대비되는 효과를 창출한다.

4막은 호동과 왕비가 왕자의 방에서 상상 속의 낙랑성을 사는 공간으로, 역시 '상상 속의 배따라기, 들리지 않는 낙랑의 북소리'가 들린다. 이 소리들은 관객에게도 들리지 않고 무대 위의 호동과 낙랑에게만 들리는 소리이다. 관객에게는 고구려의 우렁찬 '나팔 소리'만이 들린다. 이들은 상상 속에서 낙랑성을 살지만 현실에는 그 위세를 자랑하는 '나팔 소리'만이 존재하는 것이다. 이러한 고구려의 힘은 5막에서 '나팔 소리'가 아홉 번(9) 울리는 것으로 강조된다. 무대 안 호동의 번민이 커져 갈수록 무대 밖 청각적인 요소는 고구려의 위용을 과시하고 있는 것이다. 이 작품의 공간적 배경이 고구려 국내성이라는 것을 청각적인 요소로도 지속적으로 드러내고 있는 것이다.

그런데 10막에서는 '아우성치는 소리, 창칼이 부딪고, 말들이 우는 소리'가 들림으로써 고구려의 갈등이 소리로도 드러난다. 호동이 위기에 몰리자, 그의 부장이 호동을 위해 모반을 일으켰다가 제압 당하는 장면을 청각적인 기호로 표현한 것이다. 10막의 청각적 기호는 단순한 효과음이 아닌 무대 밖에서 일어나는 사건을 무대에 알려주는, 하나의 극행동을 지니고 있는 기호라고 할 수 있다.

11막의 '나팔 소리, 악대 음악연주소리, 검은북 소리, 각설이타령(노래), 천둥소리, 후둑후둑 비소리, 풍년가, 북소리, 풍년이 왔네 우렁찬 노랫소리'는 결말부의 효과음 기능을 하는 것이다. 11막에서 청각적인 요소는 오브제와 어우러져 결말부의 무대 안 극행동을 돕는 기호로 작용한다. 그리고 '검은북 소리'는 본 텍스트의 제

목인 '둥둥 낙랑둥'을 소리로 나타낸 것이라고 할 수 있다. 제목의
'둥둥'이라는 의성어는 바로 호동이 낙랑의 검은북을 칠 때 나는
소리, 청각적 기호라고 볼 수 있는 것이다.

시각적인 기호가 두드러지는 공간은 장소지시기호, 시간지시기
호, 청각기호 없이 조명만이 기호로 작용하고 있는 8막과 9막의 공
간이다.

> 캄캄한 먹 빛 같은 무대에
> 빛이 거기만 비치면
> 호동 머리칼을 움켜잡고 서 있다.
> ....
> 빛이 또 한군데를 비치면
> 왕비 떠오른다
> ....
> 왕비 사라진다
> 호동만 남는다
> ....
> 왕자 사라진다
> 왕비 나타난다
> ....
> 왕자 빛 속에 나타난다
> ....
> 두 사람 끌어안는다
> 호동 사라진다
> 왕비 혼자 남는다(그곳만 비치는 불빛 속에)

....

갑자기 온 무대에 제대로 들어오는 불빛, 달래 나온다

(『세계의 문학』, 352～354쪽.)

이처럼 8막은 특정한 공간과 시간이 설정되어 있지 않은 채 조명이 호동과 왕비를 번갈아가며 비추고 있다. 이 공간은 근친상간 이후 괴로워하는 호동과 진실을 추구하는 왕비의 내면이 빛으로만 처리되고 있는 추상적인 내적 공간인 것이다. 이 공간은 앞서 언급한 본능, 자아, 초자아가 충동하고 대립하는 프로이트적 무대의 형상소, 심리적인 공간이다. 호동과 왕비는 본능적으로 근친상간을 저질렀지만, 그 행위는 사회제도와 대립되는 행위이기에 죄의식에 괴로워한다. 그리고 왕비가 진실을 밝히기를 원할 때 호동은 내적으로 갈등하며 진실을 밝히기를 꺼린다.

> 호동　왜 말을 못하는가, 아니 말해서는 안된다, 어머니한테 말해서
> 　　　는 안된다, 아니 지금은 어머니가 아닌 사람에게 말해서는 안
> 　　　된다, 그러면 그녀는 더는 낙랑공주를 살지 않겠지,……
>
> (『세계의 문학』, 353쪽.)

> 왕비　…… 내가 당신곁에 있기 위해서 말하지 말아다오. 진실보다
> 　　　사랑은 더 중한 것, 진실을 어둠 속에 깊게 깊게 파묻어 버리
> 　　　고, 그렇지 저 낙랑산 속의 그 늪에 소리도 없이 깊이 깊이
> 　　　가라앉히고, 내 곁에서 떠나지 말아주오.
>
> (『세계의 문학』, 353～354쪽.)

왕비는 호동에게 진실을 밝히라고 요구하다가, 그녀 역시 호동과의 관계를 지속하기 위해 진실을 묻어버리려 한다. 이들의 대화는 관객에게는 주고받는 듯이 여겨지지만 각자의 '자아'를 향한 발화이다. 이들은 무대 위에 함께 등장해 있지만 조명이 이들을 따로따로 비춤으로써, 이들은 자신들의 자아-초자아와 갈등하고 있다는 것을 형상화한다. 빛 속에서 이들이 포옹하는 것은 발화된 대사가 아닌 등장인물의 무의식 간의 결합이라고 볼 수 있다.

그리고 9막의 시각적인 기호는 8막과는 다른 기능으로 작용한다.

캄캄한 무대

선반에 얹히듯, 얼굴들(거기만 조명하는)이 옆으로 줄줄이 그 아래로 또 한 줄, 이렇게 온 무대를 꽉 채운 얼굴, 이 나라의 대신과 장군들이다.

얼굴1　나라에 큰 재앙이 닥쳤소, 벌써 두달 째 비 한 방울 내리지 않고 있습니다.

　　　.........

얼굴2　.........

얼굴3　마침내 이 나라를 해치고 있던 탈이 드러났습니다

얼굴4　왕자 호동은 낙랑 싸움이 있은 후, 웬 일인지, 조회에도 아니 나오고, 군대의 조련에도 아니 나오고, 방에만 묻혀서 지내니, 여러 사람이 그 까닭을 알지 못해 걱정하고, 나무라는 소리가 많았습니다

얼굴5　마침내 그 까닭이 밝혀졌습니다

얼굴6　그는 낙랑의 귀신을 방에 모셔놓고 고구려가 망하기를 빌고 있었습니다

얼굴10 귀신을 들키고도 호동왕자는 다만 낙랑에서 줏어온 물건이
　　　　라면서 섬긴 일이 없다고만 합니다
왕의목소리　그 귀신이 어디 있느냐?
목소리　여기 있습니다
무대의 얼굴 모두 사라지고 무대 한가운데 비친 불빛 속에 나타나
는 금부처

왕의목소리　괴이하구나, 흉하구나, 이 일을 어찌하면 좋겠는고?

다시 나타나는 얼굴들

얼굴11　내려 오는 일대로 큰 굿을 벌여 호동왕자로 하여금 주몽할
　　　　아버지 앞에서 마음을 밝히게 하는 것이 옳은 줄로 압니다
얼굴들　그 말이 옳습니다

(『세계의 문학』, 355~356쪽.)

　9막의 공간 역시 장소지시, 시간지시, 청각지시기호 없이 시각적
인 기호만이 작용하고 있는 공간이다. 그런데 이 공간은 내면적인
심리의 공간이 아니라, 호동의 반대 세력이 무대에 전면적으로 드
러나는 공간이다. 그리고 특이하게도 조명이 얼굴만 비추고 있고
극행동 주체들의 이름 역시 '얼굴1~11'이라는 숫자가 부여되어 있
어, 이 공간이 집단 이데올로기를 상징적으로 표현하고 있음을 알
수 있다. 얼굴들은 호동이 낙랑의 귀신을 방에 모셔놓고 고구려가
망하기를 빌고 있었다며 정치적인 누명을 씌운다. 얼굴만 비추는
시각적인 기호는 호동에게 누명을 씌우는 반대자가 개인이 아닌
고구려 내부의 집단이라는 것을 표현하고 있는 것이다

2. 무대 안과 무대 밖

<옛날 옛적에 훠어이 훠이>의 무대는 앞마당, 뒷마당이 있는 오두막으로 방 안과 방 밖으로 이원화된다. 방 안과 방 밖은 분리될 수 있으며 방 안은 방 밖의 하위공간이다. 이 하위공간은 방 밖은 물론 무대 밖을 포함할 수 없다.

하위공간인 방 안은 전체 무대 공간에 종속되어 있는 공간이면서도 방 밖과 대립적인 관계에 있다. 그리고 방 안은 방 밖과 '문'으로 연결되어 있으며 방 밖 또한 사립문으로 무대 밖과 연결되어 있다. 여기서의 '문'은 무대 공간을 가르는 중요한 경계선[105]이다. 이 경계선은 두 공간이 대립적인 관계라 할지라도 소통할 수 있는 '수단'인 것이다.

'문'은 공간에서 연속성의 단절을 구체적으로 보여주는 것으로 두 개의 존재 양식을 갈라놓고 구분시키는 경계선이다. 동시에 이 두 세계의 교섭을 가능하게 하고 한 세계(공간)에서 다른 세계(공간)로의 전이가 가능한 역설적인 장소이다.

<옛날 옛적에 훠어이 훠이>의 '방 문'은 비극적인 삶과 죽음의 공간 사이의 경계선이기도 하다. 왜냐하면 아기가 이 방에서 죽었

---

105) 안느 위베르스펠드는 공간의 경계선을 중요시했다. 그리고 언제나 인물이 침투 가능한 것이라는 견해를 밝힌다. "한 공간에서 다른 공간으로의 열린 통로가 없다면 이야기, 특히 연극에서의 드라마는 가능하지 않다. 비록 몇몇 단순한 형태의 이야기들이 그러한 침투 불가능성을 근거로 구성된다 할지라도, 또 어떤 특수한 이야기에서는 주인공이 이 두 공간들 중의 어떤 공간에도 속하지 않는 인물로 간주될 수 있다 할지라도, 연극에서의 경계선이란 끊임없이 뛰어넘을 수 있는 성질의 것이다." - 위의 책, 174쪽.

고 아내 또한 이 방 안으로 들어간 뒤 자살했으며 남편 또한 이 방 안에서 자살을 시도했기 때문이다. 사립문은 무대를 무대 밖과 연결시키는 문으로 개똥어미, 남편이 이 문을 통해 들어와 무대 밖의 소식을 알린다. 그리고 이 사립문은 무대 안과 무대 밖의 대립에서의 경계선 역할을 한다.

1) '오두막 방 안'과 오브제

현동적 공간인 무대는 실제적으로 낮은 지대에 위치해 있으며 평민들의 공간이라 할 수 있다. 이러한 무대는 다시 방안과 방 밖으로 나눠지는데 방안은 방 밖의 하위공간이라고 할 수 있다.

첫째 마당은 방 안에서 이야기가 시작된다.

> 오막살이, 눈이 내리고 있다. 저녁 무렵, 흐릿한 등잔불, 아내, 방에서 바느질을 하고 있다. 달이 찬 몸. 열다섯쯤 또는 그보다 아래. 바느질감을 들어 눈으로 대중을 해본다. 세간이랄 것이 없다. 무대는 방바닥이 되는 네모난 마루 한 장 위에 그녀가 앉아 있고, 등잔대 하나, 화로, 그밖에는 아무것도 없다.
>
> (『옛날 옛적에 훠어이 훠이』, 79쪽.)

그리고 문 밖에서는 눈이 내리며 바람 소리와 부엉이 소리가 들린다. 방 안에는 등잔대, 화로 외에 찌개그릇, 부젓가락, 재 등이 있어서 빈농가정의 살림살이가 드러난다. 이러한 오브제로 이들이 평민이라는 것을 알 수 있다.

그러나 첫째 마당에서의 방 안은 추운 바깥 날씨와 비교되는 따스하고 훈훈한 공간이다. 이 공간에서 아내와 남편은 씨앗조를 얻어온 것에 만족하지만 과거의 사건, 소금장수가 참수 당한 이야기를 나눈다. 태어날 아기가 있고 씨뿌릴 씨앗조가 있는 희망의 공간에서 이들은 극텍스트의 사건암시가 되는 소금장수의 참수에 관한 이야기를 나누는 것이다. 따라서 첫째 마당에서의 방안은 담화가 이루어지고 있는 중심무대로 아직 방 밖과의 무대 분할이 되지 않은 상태의 공간이라고 할 수 있다. 방안 공간은 방 밖이 무대의 중심이 되면서 그 변별적 특징이 드러난다.

둘째 마당에서 담화의 배경이 방 밖이 되면서 방안은 태어난 지 얼마 안 된 아기의 공간이 된다. 이때의 아기는 울음 소리로 자신의 존재를 알리고 용마 우는 소리가 함께 들리면서 이 오두막의 아기가 장수임을 암시한다. 이때까지도 아내는 자신의 아기가 아기장수라는 것을 모르고 있는 상태다. 그리고 자장가를 부르며 젖이 안 나와 우는 아기를 달랜다.

방안의 성격이 본격적으로 드러나는 때는 셋째 마당에서라고 할 수 있다. 이 마당에서는 방안의 아기의 행위와 방 밖의 아내와 남편의 행위가 함께 존재하면서 방안 공간의 특징이 드러난다.

방안의 아기는 인형으로 묘사되기에 이때의 공간은 오브제의 특별한 자질이 공간을 형성하는 경우라고 할 수 있다. 특히 이 아기장수 인형은 움직이고 있으며 말을 한다. 이 대사는 젖을 먹지 못하는 아기장수의 마음이기도 하면서 민중들의 마음을 그대로 반영하는 다중적인 의미를 지닌다.

그리고 아기장수를 통해 형성되어지는 공간은, 과거에도 흉년이

들면 아기장수가 태어났었다는 반복성과 역사적 시간을 거슬러 올라가 원초적 시간을 재현한다는 점에서 신화적 공간이라고 할 수 있다. 비현실적인 공간이기에 종이인형인 아기장수가 움직이고 말을 하는 것이 가능하며 그의 대사 속에서 민중의 의식을 그대로 느낄 수 있는 것이다. 아기인형 오브제가 있는 공간은 신화적 공간이면서 민중의 내면세계의 공간이라고 할 수 있다. 따라서 아기가 있는 방안은 신화적 공간이고 방 밖 등장인물들의 공간은 역사적 공간이라고 할 수 있다.

> 열린 문으로 방 안을 걸어 다니는 애기가 보인다 (인형)
> 팔을 활짝 벌려 들었다 내렸다 하면서 또박또박 걸어다닌다
> ....
> 애기 (확성기에서 나오는 목소리, 메아리처럼) 못 참겠다!
> 아내 아이고
> 애기 (메아리처럼) 못 참겠다
> 아내 안 된다, 아가야, 안 된다
>
> (『세계의 문학』, 328쪽.)

> 이때 먼데서 말의 울음 소리
> 두 사람, 화닥닥 놀랐다가 굳어진다
> 남편 얼굴에만 조명, 이윽고 아내 얼굴에 조명
> 문고리 흔드는 소리
> 애기 (확성기로 메아리처럼) 배고파
>
> (『세계의 문학』, 334쪽.)

사이, 문고리 흔드는 소리 멈춤
또 한 번 말이 우는 소리
더 세차게 흔들리는 문고리
밤의 고요함 속에서
그 소리는
우뢰처럼 우렁차게
"내 말!"
확성기를 거친 애기의 목소리

(『세계의 문학』, 335쪽.)

신화적 공간에서의 아기의 이러한 대사는 밖으로 나오고 싶어하는 아기와 이를 저지하는 아내와의 대립을 형성한다. 그리고 아기 대사의 특징인 '확성기로 메아리처럼'은 이러한 대사가 강조되고 확대되기를 바라는 작가의 의도라고 여겨진다. 이러한 작가의 의도는 아기장수의 대사가 민중들의 마음을 드러내는 것이며 이로인해 방안의 공간은 겉으로 드러낼 수 없는 민중의 억눌린 마음이 된다. 과거에도 그랬고 현재도 배고프고 억압받는 민중의 마음을 아기장수가 대변하고 있다고 할 수 있다. 이러한 마음이 문으로 닫혀진 고립된 공간, 폐쇄된 공간에서 아직 힘이 없고 나약한 아기에 의해 발현되는 것이다. '확성기로 메아리처럼' 울리는 대사는 극텍스트 내의 억눌린 인물들의 표면화되지 못하는 운명에 대한 저항을 드러내는 것이라 할 수 있다.

그리고 이 대사는 더 이상 배고픔과 억눌림을 참을 수 없기에 아기장수가 용마와 함께 나타났으며 결국 아기장수를 부른 것은 민중들의 억눌리고 배고픈 마음이었다는 것을 알 수 있게 해준다. 즉 아기라는 오브제는 인간들이 고통에서 해방되고 싶어하는 마음의 환유라고 할 수 있는 것이다. 그렇기에 이러한 오브제가 있는 공간은 민중의 억눌린 마음의 공간, 해방을 갈망하는 공간이 된다.

그리고 이 공간은 작가가 아기를 통해 민중의 마음을 나타낸 '열쇠'공간이라고 할 수 있다. 작가의 세계관을 은유적으로 드러낸 공간이라고 할 수 있는 것이다. '열쇠'공간으로서의 방안은 텍스트 속에서 다른 공간들, 방 밖, 무대 밖과 대비되면서 극텍스트의 갈등의 내용을 밝혀주는 중요한 공간으로 작용한다.

그러나 이런 인간의 마음을 상징하는 아기장수가 씨앗조에 눌려 죽음으로써 이 공간은 욕망이 사그라지는 죽음의 공간으로 변한다. 이는 이 공간이 일상이 아닌 초월적인 리듬에 따라 탄생-죽음-부활하는 신화적 공간임을 증명하는 것이라 할 수 있다.

> 남편 (문을 열고 방에 들어선다)
>
> 창호지에 비치는 그림자
> 큰 그림자가 작은 그림자를 눕힌다
> 애기 위에 올려놓은 큰 자루의 그림자
> 남편, 밖으로 나온다
> 아내, 벌떡 일어선다
> 남편, 아내를 붙들고 마당에 주저앉는다
> 아내, 몸부림치지만, 남편, 놓지 않는다
> 문풍지에 비치는 그림자
> 버르적거리는, 자루에 눌린 작은 사람의 그림자

오랜 사이

방에서 (메아리처럼) "엄마!"

아내, 일어선다

남편, 아내를 아까처럼 차지른다

남편, 방안에 들어선다

또 하나 포개어지는 자루의 그림자

남편, 나온다

먼저처럼 아내를 꽉 껴안고 쭈그리고 앉는다

가끔 고개를 들어 창호지에 비치는 그림자를 본다

이윽고, 움직이지 않게 된 그림자 (메아리처럼) 말이 우는 소리 (구슬프게)

방안의 등잔불이 꺼진다

달빛

달빛이 차츰 어두워진다

구름에 아주 가리운 달빛

바람 소리

어둠

희미한 달빛 ………

(『세계의 문학』, 336~337쪽.)

무대 안과 무대 밖을 넘나들며 정보전달의 역할을 했던 남편은 아기장수의 존재에 대해 고통스러워하다가 아기를 눌러죽임으로 욕망을 눌러버리고 현실안주를 택한다. 그러한 일이 이 방안에서 이루어지고 있는 것이다.

여기서 아기의 죽음이 시각적인 기호인 그림자로 처리되는 것은 고대 비극작품에서 잔인한 장면을 무대 이면으로 감추었던 기법이 적용된 것이라고 할 수 있다. 그림자는 빛이 있는 곳에는 반드시 존재하지만 항상 사물을 사이에 두고 있는, 평면적이고 간접적인 것이다. 죽음이 그림자로 처리됨으로써 실제로 살인장면을 봤을 때의 강한 이미지가 완화되면서 독자(관객)들은 작품에 완전히 몰입하지 않고 거리를 두게 된다. 아기장수가 두 개의 자루에 눌려 버르적거리다 움직임이 멈추어 버리는 그림자는 독자에게 카타르시스를 느끼게 하지만 슬픔의 정서가 넘쳐나지 않는 비극미를 준다.

그리고 이 공간은 신화적 공간으로 역사적 공간에 있던 남편에 의해 와해된다. 즉 남편이 문으로 침입하여 아기장수를 씨앗조로 눌러 죽임으로써 신화적 공간과 역사적 공간과의 갈등이 표면화되는 것이다. 뒤이어 아내도 목메달아 자살함으로써 방안은 희망이 사라진 죽음의 공간으로 고착화된다. 이때 죽음을 의미하는 시각적인 기호는 암전이다. '방안의 등잔불이 꺼지고' 무대 밖의 달빛으로 방안의 어두움을 인식하게 된다.

2) '오두막 방 밖'의 의미 체계

방 밖은 닫혀져 있으면서도 초현실적인 신화 공간이었던 방안과 달리 시간, 청각, 시각적인 기호로 다성음적인 의미체계를 지닌 공간이다. 이러한 기호들과 오브제들의 상징 체계, 독자들의 상상 작용에 힘입어 사회-역사적 혹은 문화적 현실성의 형상소가 된다.

극텍스트의 무대공간 '오두막 방 밖'에서 두드러진 기호는 청각기호와 시각기호라고 할 수 있다. 이러한 청각기호와 시각기호는 자연의 소리의 모방이다.

청각기호에는 바람 소리, 부엉이 소리, 나뭇가지에 눈이 떨어지는 것 같은 소리, 늑대우는 소리로 자연의 소리, 다람쥐 소리, 새소리 등이 있다. 그리고 아기 우는 소리, 용마 우는 소리, 포교들 노랫소리는 자연의 소리와는 성격을 달리하는 극텍스트의 갈등을 만드는 소리라고 할 수 있다.

시각적인 기호에는 핏빛조명, 그늘진 하늘, 시뻘건 노을이 보랏빛으로, 아내와 남편의 얼굴에만 조명, 방안의 불빛, 그림자, 달빛 등 자연의 모방이면서도 극 속에서는 상징적인 의미체계를 띠고 있다.

극텍스트 속의 청각기호는 자연의 소리이므로 친근한 듯하면서도 인물들에겐 공포스러운 소리로 느껴진다.

> 밖에서 기척
> 두 사람 숨을 죽인다
> 나뭇가지에서 눈이 떨어지는 것 같은 소리
>
> (『세계의 문학』, 316쪽.)

소금장수가 참수당한 이야기를 하고 있던 때였기에 방안에 있던 아내와 남편은 나뭇가지에 눈이 떨어지는 것 같은 소리에도 민감하다. 이러한 소리들이 도적이 침입하는 소리로 들리기도 하는 것이다.

청각적인 요소 중 첫째 마당과 셋째 마당에서 강조되고 있는 바람 소리는 예삿소리로 들리지 않는다. 특히 이들의 내적 갈등이 극대화되는 셋째 마당에 가면 자연의 소리는 이들을 억압하는 요소로 작용한다.

> 멀리서 포교들이 노래부르는 소리
> 두 사람 귀를 기울인다
> 바람 소리, 아내 깜짝 놀란다
> 남편 바, 바, 바람 소리야
>
> (『옛날 옛적에 훠어이 훠이』, 108쪽.)

바람 소리는 눈에 보이지는 않지만 느껴질 수 있는 요소이다. 새 소리 등과 같이 감상할 수 있는 소리가 아니라 피부로 느낄 수 있고 심하게 불 때는 인간들의 행동을 방해할 수도 있는 요소인 것이다. 그리고 극텍스트에서 인물들이 바람 소리에 깜짝 놀라는 것은 바람 소리가 눈에 보이지 않는 외적인 억압을 상징하기 때문이라고 할 수 있다.

그리고 셋째 마당에서 인물들이 아기의 정체를 알게 된 뒤 공포심에 가득차 있을 때에 청각적인 요소는 이들을 자극하는 요소로 작용한다.

> 밖에서 기척
> 사이
> 남편, 간신히 옮기는 걸음으로 사립문 쪽으로 다가간다
> 귀를 기울인다
> 기척
> 숨을 내쉬며 돌아선다
> 아내의 눈길을 맞으며

남편   다, 다, 다, 다, 다람쥐

아내, 고개를 떨군다
다시 나물을 뒤적인다
남편, 새끼를 꼰다. 포졸들 노랫소리
꼬다 말고 아내를 건너다본다
아내, 마주보지 않고 나물을 뒤적거린다
새소리, 갑자기
두 사람, 깜짝 놀라 고개를 들었다가, 눈길을 마주치고, 방안 기척을
살핀다
다시 나물을 뒤적이고, 새끼를 꼰다
사이
기척이 없는 방안

(『옛날 옛적에 훠어이 훠이』, 110~111쪽.)

　인물들이 다람쥐 소리, 부엉이 소리에도 깜짝깜짝 놀라는 것은
공포스런 상황에서 무언가 이들을 억압하는 요소가 있음을 뜻한
다. 이 소리로 인해 어떤 상황이 나타나지 않기를 바라고 있는 것
이다. 그것은 소리가 날 때마다 방안의 기척을 살피고 방안에서 아
기 소리가 들리면 자장가를 불러주거나 젖을 물리는 행위로 알 수
있다. 즉 인물들은 아기가 밖으로 나오기를, 행동하기를 바라지 않
는 것이다. 이때의 청각적인 기호는 아기를 깨울 수 있는 소리이므
로 인물들에겐 공포심을 자극하는 소리가 된다. 그리고 이렇게 자
연의 소리에 놀라는 인물들을 보면서 이들이 극도로 위축되어 있
음을 알 수 있다.

그리고 결정적으로 아기를 깨우는 소리는 용마의 울음소리였다.

> 이때 먼데서 말의 울음 소리
> 두 사람, 화닥닥 놀랐다가 굳어진다
> 남편 얼굴에만 조명, 이윽고 아내 얼굴에 조명
> 문고리 흔드는 소리
> 애기 (확성기로 메아리처럼) 배고파
>
> (『옛날 옛적에 훠어이 훠이』, 112쪽.)

> 사이, 문고리 흔드는 소리 멈춤
> 또 한 번 말이 우는 소리
> 더 세차게 흔들리는 문고리
> 밤의 고요함 속에서
> 그 소리는
> 우뢰처럼 우렁차게
> "내 말!"
> 확성기를 거친 애기의 목소리
>
> (『옛날 옛적에 훠어이 훠이』, 115쪽.)

아기는 용마가 울 때마다 반응을 하고 용마가 자신의 말임을 명확히 하는데 이때 남편은 아기를 죽이게 된다. 이때의 용마의 울음소리는 남편이 살인을 하는 동기가 된다.

그리고 넷째 마당에서의 새소리는 공포를 자극하던 것에서 한발 더 나아가 비극미를 조장하는 소리이다. 새소리가 들리는 새벽 직전에 아기가 살해당했기에 가장 절망적인 상태에서 아름답게 변함 없이 들리는 소리이기 때문이다.

이에 비해 시각적인 기호(조명)는 인물들의 내적인 심리를 가시화하고 있다고 할 수 있다. 셋째 마당에서의 인물들의 갈등은 대사보다는 지문에서의 시각적인 기호로 드러나고 있다.

아내가 자신의 아기가 움직이는 모습을 보고 놀라는 장면은 '엉덩방아를 찧으며 마당으로 굴러 떨어지고'난 뒤 핏빛 조명으로 심리가 묘사된다.

조명, 시뻘건 빛, 핏빛처럼, 이윽고 핏빛 조명 스러지고 벙어리처럼 손짓 발짓하며, 허리를 펴고 일어서지도 못하는 아내

(『옛날 옛적에 훠어이 훠이』, 104쪽.)

붉은빛의 이미지, 특히 핏빛은 이 텍스트에서는 극도의 공포의 색깔로 분석할 수 있다. 아내의 내적인 충격과 절망이 상처난 뒤 흐르는 시뻘건 핏빛으로 형상화되면서 그 공포의 깊이를 드러내는 것이다.

갑자기 무대, 그늘이 진다
두 사람, 깜짝 놀라 하늘을 본다

남편 구, 구, 구, 구 구름—

천천히 그늘이 벗겨진다
다시 밝아진 무대
이때 문고리 덜컹거린다
남편, 뛰어 일어나며 귀를 막는다
방문을 돌아보고, 귀에서 손을 떼며, 어쩔 줄 몰라 사립문 쪽을 살

핀다

　아내를 돌아본다

(『옛날 옛적에 훠어이 훠이』, 111쪽.)

　정지된 듯한 공포의 시간에 구름은 어두움을 몰고와 인물들을 자극한다. 그리고 구름이 지나간 뒤 밝아졌을 때, 아기가 문고리를 덜컹거리는 것은 아기는 이들에게 빛을 주는 힘일 수 있다는 것을 의미한다고 할 수 있다. 그러나 귀를 막는 남편의 행위는 서서히 아기장수를 거부하기 시작했음을 뜻한다.

　저녁놀이 비치기 시작한다
　차츰 짙어가는 노을
　시뻘건, 핏빛 같은 노을
　보랏빛으로 바뀐다
　………
　방안에 불이 켜진다, 희미한
　아내, 나온다
　아내 얼굴에 둥근 조명
　남편 얼굴에 둥근 조명
　두 사람, 마당 한가운데로 나와 주저앉는다

(『옛날 옛적에 훠어이 훠이』, 112~113쪽.)

　전체 무대가 아닌 아내와 남편의 얼굴에만 조명이 비치는 것은 독자(관객)을 인물들에게만 집중하게 한다. 그리고 이들의 갈등이 쉽게 해결되는 것이 아닌 지연의 효과를 내고 있다. 이때의 집중된 조명은 망연자실 어찌해야 좋을지 모르는 상태에서의 내적인 심리 상태를 드러낸다. 시간이 흘러 저녁이 될수록, 포졸들이 산에서 마을로 내려오고 있으므로 아내와 남편의 공포심은 증가된다. 그에 따라 조명의 빛깔도 점점 강렬해지고 있음을 알 수 있다. 아기의 정체를 처음 발견한 아내에게 비추었던 조명 빛깔, 핏빛은 다시 노을의 색깔로 반복되고 있으며 여전히 남편과 아내는 내적인 갈등을 하고 있다.

> 아내, 일어선다
> 부엌으로 들어가 소쿠리를 들로 나온다
> 소쿠리에 든 산나물을 방문 앞에다 벌여놓고, 가로막고 앉는다
> ………
> 남편, 사립문 앞에 짐을 벌여놓고 새끼를 꼰다
>
> (『옛날 옛적에 훠어이 훠이』, 110쪽.)

청각적인 소리와 시각적인 기호로 인물들이 공포에 떨고 있음을 나타내는 무대는 자연의 공간이면서 일상의 공간이고 역사적인 공간이다. 그것은 위 예문의 아내의 행위와 남편의 새끼 꼬는 행위에서 알 수 있다. 이들이 일상의 일을 하고 있는 공간은 방안의 신화적 공간과 대비되는 것이다.

방안이 시간을 초월하는 원형적 반복의 공간이었다면 방 밖은 아내와 남편이 일상적인 일을 하면서 천천히 시간이 흐르고 있는 역사적인 공간, 억압받는 백성의 공간인 것이다.

그리고 무대 극텍스트에 등장하는 오브제들은 무대가 피지배자들의 역사적 공간임을 알 수 있게 한다. 극텍스트의 오브제들인 바

느질감, 지게, 신, 사발, 개다리 소반, 숟갈, 방문고리, 소쿠리, 짚, 사발, 대들보 등은 빈한한 삶을 사는 양민들의 도구적 기능의 오브제들이라고 할 수 있다. 이러한 오브제들은 무대를 역사 속, 이조시대의 어느 가난한 집을 복원하고 있다.

그러나 일반적인 의미 이외에 어떤 특별한 상황, 운명을 암시하는 오브제도 있다. 첫째 마당에서 파롤에 의해 등장하는 소금장사의 목은 아기장수의 운명을 암시하는 의미 산출자이다. 그리고 소금장사의 목으로 인해 도적이 끓고 있는 때라는 특별한 상황이 제시되며 이 목은 할머니 이야기의 발단 역할도 한다. 이 참수당한 목이 넷째 마당에서 할머니의 보따리 속에 들어가게 되는 것은 할머니에 의한 구원을 의미하는 것으로, 아기장수 역시 하늘에 의해 구원받을 것임을 암시한다고도 할 수 있다.

그러나 넷째 마당에 오면 아기가 기계신이 되어 나타남으로써 무대는 잠시 신화적인 공간으로 바뀐다. 무대가 신화적인 공간으로 바뀐다는 것은 아기가 아버지에게 꽃묶음을 주었을 때 '꿈결처럼 걸어가서 받는다'는 것을 통해 알 수 있다. 그리고 이때는 조명도 컴컴해지고 말과 애기 그리고 남편과 아내에게만 조명이 비춰짐으로써 신비한 공간을 형성한다. 그리고 남편이 용마의 고삐를 잡고 사립물을 나섰을 때는 무대가 다시 밝아짐으로 일상의 역사적인 공간으로 바뀐다. 그러나 이때의 공간은 일단의 갈등이 해결된 빈 공간으로 지문 역시 '빈 무대'라고 지시하고 있다.

3) 무대 밖의 공간

무대 밖의 공간은 잠재적 공간으로 인물들의 파롤에 의해 드러난다. 장수를 지시하는 어휘를 보면 관가, 도토리골, 산, 개울가 등이다.

첫째 마당에서 나타나는 공간은 관가로 소금장수의 목이 걸린 공간이다. 그리고 둘째 마당에 오면 지배자들이 용마를 잡으러 산으로 올라갔다는 보고줄거리가 전개되면서 무대 밖은 지배자들이 존재하는 공간이 된다. 셋째 마당에서 무대 밖의 공간이 인물들의 파롤에서 구체적으로 드러난다.

> (멀리를 가리킨다)
> 개어 저게,-내려오는군
> 아내 네, 저기-개울가로, 나으리들이-
> 개어 읍 쪽으로-가지 않고, 왜-이리로 돌아드는구?
> 아내 참-그렇군요
> 개어 저것-보게
> 아내 네?
> 개어 저기서-쉴, 참인가, 보지-
> 아내 네-그런가-봐요
>
> (『옛날 옛적에 훠어이 훠이』, 103쪽.)

극텍스트 내에서 개똥이네 닭들을 가져가고 양식을 빼앗아가던 나리들은 포졸들을 앞세우고 점점 마을로 내려오고 있다. 내려온다는 것을 통해 이들이 높은 공간에 있었다는 것을 유추할 수 있고 따라서 높은 곳은 지배계층을 의미한다고 할 수 있다. 그렇기에 무대 밖은 억압의 공간, 외적인 공간이라고 할 수 있다. 억압자, 지배자들의 공간은 사또, 포졸들이 용마를 찾으러 돌아다니는 공간이기도 하며 흉년이 든 때에 양민들을 수탈하는 탐관오리들의 세상이다.

무대 밖의 공간은 포졸들의 소리로 드러난다. 셋째 마당에서 아내와 남편이 공포에 떨 때 포졸들의 노랫소리를 들을 수 있다. 그리고 노랫소리가 점점 가까이 들림으로써 이들이 점점 마을로 들이닥치고 있음을 알 수 있다.

그리고 아기와 아내와 남편이 하늘로 올라가는 것은 포졸들, 지배세력으로부터 도망치기 위해서이다.

> 애기　(손짓하면서)
> 아내　빨리, 빨리, 포졸들이, 와요
> 남편　(소매로 눈물을 씻으면서) 오, 오, 오, 오냐
>
> 끝내 타지는 않고
> 용마의 고삐를 잡고 사립문을 나선다
> 무대, 다시 밝아진다
> 빈 무대
> 마을 사람들 여럿과 포졸들 여럿 들어선다
> 　　　　　　　　　　(『옛날 옛적에 훠어이 훠이』, 119~120쪽.)

위의 대사에서 알 수 있는 것처럼 이들 가족은 포졸들에게 쫓겨 하늘로 올라가고 무대는 빈 무대가 된다. 그리고 무대는 무대 밖에 있던 인물들, 포졸들에 의해 잠식당한다. 포졸들이 와서 방안과 방밖을 차지하게 되는 것이다. 이는 인물들이 극이 진행됨에 따라 점

차적으로 공간을 빼앗기는 비극적인 상황이라고 할 수 있다. 즉 반대자들이 무대 밖에서 점점 무대 안으로 다가오면서 무대의 인물들은 무대 밖, 하늘로 쫓겨나는 것이다.

이처럼 극텍스트는 무대 공간의 방안과, 방 밖, 그리고 무대 밖의 공간으로 나뉘어짐을 알 수 있다. 각 공간이 상징하는 것은 신화적인 공간, 억압받는 민중들의 역사적인 공간, 지배자의 공간이었다.

이 텍스트가 자연을 배경으로 하는 것은 인간의 마음을 환유하는 것으로 신적인 존재를 그리워하면서도 그 마음을 지키지 못하고 외부적인 압력에 의해 지고마는 것을 의미하는 것이다.

이러한 방 안이라는 신화적인 공간은 인간의 마음을 상징하는 것으로 극도로 억압받고 있는 상황의 인간의 마음이라고 할 수 있다. 이는 이 텍스트가 쓰여진 1970년대의 정권에 의해 억업받는 일반 시민들의 마음이었다고 할 수 있다. 그리고 방 밖은 외압에 의해 공포스러워 하면서도 묵묵히 현실을 살아갈 수밖에 없는 모습을 의미한다고 할 수 있다. 이 공간은 유신정권 시기 답답한 현실에 저항하여 희망을 실현하고자 하는 마음이 있으면서도 사회적인 억압을 그대로 수용하면서 자신의 욕망을 죽이고 또다시 똑같은 생활을 반복하고 있는 민중들의 마음의 환유라고 여겨진다.

3. 탈 금기의 공간

<둥둥 낙랑둥> 4막의 E 14와 7막의 E 26, 27은 호동과 왕비가 극중 극 역할놀이를 하는 공간이다. 이 공간은 공간상의 한계가 없

이 무대 전체가 극중 극 공간이 되는 경우인데, 특이한 점은 무대 안의 허구적 관객 없이, 오히려 이들 몰래 진행된다는 점이다. 허구적 관객 없이 무대 밖의 관객만 존재하는 극중 극이라는 점이 특징적이다. 이 역할놀이는 왕비가 낙랑공주의 "아, 놀랐다"라는 흉내를 낸 것에서 비롯된다. 왕비는 우연히 낙랑공주 흉내를 냈다가 호동과 낙랑공주가 사랑하는 사이였다는 것을 알게 된다. 그리고 호동이 낙랑공주를 잃은 아픔에 외부 출입을 금하고 있다고 판단한 왕비는 호동에 대한 연민과 자신 역시 동병상련을 앓고 있다는 생각에 호동을 위로하기로 마음먹는다.

> 왕비 살아올 수야…… 살아올 수야…… 살아 온다…… 아 살아 오지는 못하더라도……
>   (손벽을 치며) 얘들아 나오너라! 이건 어떻소?
> 호동 오, 오,
> 왕비 연못가에서 붕어들을 불렀지요? 내 동생이(손벽을 치며) 얘들아 나오너라!
> 호동 그렇습니다 너무나, 너무나
> 왕비 늘 그랬지요, 어떻소, 공주를 본 듯 싶소?
> 호동 공주이십니다
> 왕비 좋소, 그렇다면, 이 내 속을 달랠 길은 없어도, 왕자의 속을 풀 길은 열렸소, 내 공주의 버릇도 쌍둥이처럼 다 알고 있으니 내가 보여드리지.
> 호동 두렵습니다
> 왕비 두렵다
>
> (『세계의 문학』, 321쪽.)

위의 장면에서 호동과 왕비의 역할놀이가 시작된다. 이들은 드라마 공간의 이야기, 극텍스트가 시작되기 전에 있었던 사건을 재연하는 것이다. 왕비는 낙랑공주가 되어 호동에게 낙랑성의 이곳저곳을 구경시켜 준다. 이 공간에서 이들은 중국을 오가는 물건 실은 배들을 보고 중국과의 무역으로 아름답게 잘 살아가는 낙랑국에 대해 이야기한다. 그리고 고구려와 중국이 적대적인 관계라는 것도 이야기한다. 무대 위에서 역할놀이를 하는 등장인물들은 낙랑국과 고구려 간의 갈등에 대해 발화함으로써 텍스트가 지니고 있는 대립관계를 드러내지만, 등장인물들 사이에서는 애정이 싹트고 있음을 알 수 있다. 그리고 역할놀이는 이들이 '상상 속의 배따라기'를 들으며 잔치 자리로 돌아가는 것으로 마무리지어진다.

그런데 이들의 역할놀이는 시치미를 뗀 체, 낙랑국에서의 시간을 그대로 재연하는 것이 아니라 자신들이 고구려에 있음을 상기함으로써, 극중 극이라는 것을 강조함으로써 거리두기가 발생한다.

> 호동 그렇습니다, 그렇게 말했지요. 그 때 공주가 한 말입니다
> 왕비 그 때?
> 호동 네 그 때
> 왕비 우리는 지금 처음 만나는데 그 때라니요?
> 호동 낙랑성 연못가에서
> 왕비 여기가 낙랑성 연못간데, 왕자님은 꿈에 여기를 와 보셨나요?
> 호동 꿈에, 그것이 꿈이었다면, 차라리 꿈이었다면
> 왕비 꿈에 만난 사람은 정말 만나게 된다고 합니다. 그래서 지금 이렇게 만나고 있지 않습니까?

호동 이것이, 이것이 정말이 된 꿈입니까?

왕비 정말이 된 꿈입니다, 왕자는 벌써 여기 다녀가셨고, 저를 만
난 적이 있고, 그런데 지금 여기서, 저를(손을 잡으며) 이렇
게 손을 잡고 있지 않습니까?

호동 이것이 정말이었으면

왕비 정말입니다

호동 이것이 꿈이었으면

왕비 이것이 꿈입니다

호동 어느 것이 정말입니까?

왕비 꿈이 정말입니다, 정말이 꿈입니다. 꿈속에 정말이 있고, 정
말속에 꿈이 있습니다

(『세계의 문학』, 325쪽.)

이 발화를 통해 이들은 낙랑국에서의 시간을 재연하고 있다는
것을 스스로 상기한다. 그러나 호동이 '꿈'이었으면 좋겠다고 발화
하는 시간은 꿈이 아니며, 낙랑성에서의 시간이 아니다. 이 시간은
시간을 초월한 '꿈'의 공간이 아니고 엄연히 시간이 흐르고 있는
'정말'의 공간이다. 이들은 '꿈'과 '정말'을 언급함으로써 텍스트 내
적인 시간과 거리를 두고, 환상의 시간을 보내고 싶어하면서도 그
환상의 시간을 깨는 행위를 함께 진행하고 있다. 환상을 일으키는
극행동과 환상을 깨는 극행동을 동시에 진행하면서 거리를 두고,
'꿈'에서가 아닌 '정말' 속에서의 사랑을 키워나가는 것이다.

7막의 역할놀이는 낙랑성에서의 사냥놀이를 재연한 것이다. 그
러나 이때 호동의 심리상태는 왕비를 낙랑공주로 여기고 그녀와
사랑에 빠지기를 바라는 상태이다. 왕비를 사랑하면 안 된다는 의

식이 있으면서도 그것을 제어하지 못하고 왕비와의 만남을 학수고
대하고 있는 상태이다. 4막에서 거리두기를 통해 '정말' 속에서의
사랑을 키워나가기 시작했기 때문이다. 그러나 왕비는 달래로부터
모든 사실을 전해들었기에 호동에 대한 분노로 가득차 있는 상태
이다. 거기다 왕비는 고구려 내부의 권력대립을 이용해 호동을 곤
란한 상황에 빠뜨려 원한을 갚으려 하고 있다. 그녀는 웃으면서 호
동의 방에 오지만 실은 호동에게 원한을 갚으러 오고 있는 것이다.

왕비 호동님, 오늘은 사냥가는 날입니다
호동 네 어머님
왕비 호동님(교태를 부리며)
호동 네 공주
왕비 호동님은 저보다 의붓어머니가 더 좋으십니까?
호동 무슨 말씀을, 그 분은 제 어머니시라 자식된 마음으로
왕비 그러니, 저한테는 언니얘기를 그만 하세요
호동 알았습니다 공주님, 낙랑공주님

(『세계의 문학』, 345쪽.)

자신의 분노를 감춘 채 역할놀이를 시작하는 왕비는 자신이 진
짜 낙랑공주인 듯 행동한다. 그리고 호동은 '정말'로 사랑하기 시작
했기에, 왕비와 낙랑공주를 혼동한다. 그런데 이 공간에서는 4막과
는 달리 상상 속의 관객이 존재한다.

왕비 자 뜰로 나왔읍니다. 저기 아버님이 손을 흔들고 계시는군요,
　　　손을 흔드세요

호동 (손을 흔든다)
....

왕비 저 사람이 무서워요

호동 제 부장 말입니까? 그 사람은 나에게 잘하는 사람입니다

왕비 어쩐지 무서워요

호동 별 말씀을 다 하십니다, 정 그러시다면 다음에는 떼어 두고
　　　오지요

　　　　　　　　　　　　　　　　　　　(『세계의 문학』, 346, 348쪽.)

　'여기-지금'의 무대에는 아무도 보는 이가 없지만 상상 속 사냥
놀이 공간에는 낙랑왕과 부장이 이들의 행동을 지켜보고 있다. 이
들의 존재는 각각 낙랑국과 고구려를 환유하는 것으로 낙랑국과
고구려 간의 대립적인 관계를 또다시 드러내는 것이라 할 수 있다.
이는 역할놀이 대사 속에서도 드러난다. 이들의 대화 속에서 낙랑
왕과 호동과의 협상이 잘 이루어지지 않고 있음을 알 수 있기 때
문이다.
　이 공간에서 이들은 사냥을 하기 위해 깊은 숲으로 들어서는데,
들어설수록 무서움을 느끼기 시작한다. 왕비(낙랑공주)는 길 너머
에서 무언가 무서운 일이 일어날 것 같은 예감을 느낀다. 그리고
예감대로 왕비는 호랑이를 만나 비명을 지른 뒤 기절한다. 왕비의
비명소리를 들은 호동은 활로 호랑이를 잡는다. 그리고 왕비와 호
동은 이 일을 재연하는 가운데 서로에 대한 마음이 깊어진다. 이렇
게 사랑이 무르익는 장면은 다음과 같은 왕비의 대사로 그려진다.

왕비 …… 다래넝쿨 우산 밑에 우리는 서 있습니다, 아무도 보이지
     않고 볼 수도 없습니다. 발 밑에는 도라지꽃이 시뿌옇게 피어
     있습니다. 낙랑도 고구려도, 호랑이도, 돛배도 다 없습니다.
     연못 속에 남자와 여자가 우리를 보고 있습니다. 남자는 활과
     살통을 메었습니다, 여자는 치마 위에 가죽 사냥 앞치마를 둘
     렀습니다, 그들이 우립니다. 물 속의 남자와 여자가 손을 잡
     습니다, 그래도 물살도 일지 않습니다, 그들은 마주섭니다.
     그래도 물은 움직이지 않습니다, 도라지꽃이 흔들립니다. 물
     속에서, 그래도 물은 움직이지 않습니다. 조용합니다, 난데
     없는 사람들이 무슨 일을 하려는지 몰라서 늪도, 도라지 꽃
     잔디도, 다래넝쿨 우산도, 하늘도 해도 숨을 죽였는가 봅니다,
     우리는 손을 잡고 있습니다(왕자의 손을 잡는다). 물속 남자
     와 물 속의 여자가 물러나면서 쓰러집니다

                                   (『세계의 문학』, 351~352쪽.)

그리고 이들은 금기시 되는 근친상간을 저지르고 만다.

  왕비, 호동을 이끌어 무대 한 가운데 비치는 휘장뒤로 간다, 휘장뒤
의 그림자 끌어앉는다,
  사이,
  침대 위에 쓰러진다
  움직이지 않는다
  빛이
  차츰 어두워진다
  자꾸 어두워진다

                                   (『세계의 문학』, 352쪽.)

여기서 이들의 행위가 그림자로 처리되는 것은 관객들로 하여금 거리감을 형성하게 하기 위한 장치라고 할 수 있다.

호동의 손을 잡고 그를 침실로 이끄는 왕비의 행위는 근친상간의 결과를 아는 행위라고 할 수 있다. 왕비는 금기를 어기면 견딜 수 없는 재앙이 따른다는 '내적 확실성(도덕적 확신)'[106]을 아는 어미무당이기도 하다. 왕비는 금기를 어김으로써 호동을 극도의 혼란에 빠뜨려 낙랑성으로 가지 못하게 하려는 것이다. 6막에서 사자가 다녀간 뒤 왕비는 국내성으로 가서 호동을 낙랑성에 보내지 않을 결심을 했었다. 호동이 없는 낙랑성에 중국군이 쳐들어오면 낙랑은 도로 나라를 찾고 중국군이 오지 않으면 호동은 헛된 말을 한 것이 되기 때문이다. 그러나 그녀 역시 근친상간이라는 탈 금기 행위를 통해 호동을 더욱 사랑하게 되고 진실보다 사랑이 중요하다고 여기게 된다.

4막은 왕비와 호동 간에 애정이 싹트기 시작하는 과정을 재연한 역할놀이였고 7막은 사랑이 깊어져 육체적인 관계를 맺는 과정을 재연한 공간이었다. 이들의 역할놀이는 근친상간 이전부터, 사랑의 감정을 갖게 되면서부터 시작된 탈 금기적인 행위라 할 수 있으며 이들의 행위는 극을 더욱 복잡하고 긴장되게 만드는 기능을 한다.

4. 제의식 연출 공간

2막 E 4, 11막 E 32의 극중 극은 어미무당 왕비가 주몽탈을 쓰

---

106) Freud, 『토템과 타부』, 서울 : 문예마당. 1995, 54쪽.

고 굿을 하는 장면이다. 이 장면에서 주몽 신화가 재현된다는 이유로 선행 연구서 중에서는 이 작품을 제의구조를 지닌 것으로 연구하기도 했지만, 본 논문에서는 굿이 연출적인 기법으로 사용된 것이라 판단하고 있다. 등장인물 분석과 텍스트 분석에서도 언급되었듯이 <둥둥 낙랑둥>은 그리스 비극적인 구조를 지니고 있기 때문이다. 그런데 비극적인 구조를 지닌 <둥둥 낙랑둥>의 굿 공간과 결말부에서는 제의적인 속성이 상징적으로 연출되고 있다. 제의적인 속성에 대해서는 제3장 4절에서 기계신 역할을 하는 '하늘 사자 백골'을 해석하면서 엘리아데의 이론을 빌어 잠깐 살펴보았지만 본 장에서는 이를 좀더 구체적으로 살펴보려 한다. 제의구조, 제의적인 속성에 대한 이해로, <둥둥 낙랑둥>의 굿 장면과 결말부에서는 어떠한 제의적인 속성이 존재하는지 알 수 있을 것이다.

<둥둥 낙랑둥>의 장면 4와 30에서 연출되는 굿은 어미무당 왕비가 신내림을 받아 주몽 역할을 하는 제의의 공간이다. 굿을 포함한 일반적인 제의의식은 신에게 제사를 지냄으로써 풍요와 벽사(辟邪)를 기원하는 것이다. 제의는 공동체 또는 개인이 무당의 신화적 행위의 재연을 통해 신성 세계로 들어가는 것이라 할 수 있다. 제의의식을 행하는 공동체 또는 개인은 일상과 단절하고 비일상의 공간으로 들어가는 것이다. 이 비일상의 공간을 성(聖)이라고 부른다면 단절된 일상은 속(俗)이라 할 수 있다. 제의 공동체는 제의를 시작하면서 일상(俗)과 이별하고 비일상(聖)으로 진입하는 것이다.[107] 일상과 단절된 성(聖)의 세계, 제의의 공간에서도 제의

---

107) 정진홍, 『하늘과 순수와 상상』, 서울 : 도서출판 강, 1997, 313쪽.

적인 시간과 공간이 확보된다. 비일상(聖)의 공간은 일상과 달리 혼란스러우며 무질서로 가득차 있다. 비일상의 공간과 시간에서는 제의적 난장이 벌어지는 것이다. 그러나 이러한 혼란과 무질서가 영구적인 것은 아니다. 공동체나 개인은 이 제의적 과정을 통해 성(聖)을 파괴하고 '존재 양태의 변화'[108]를 일으키며 재탄생하는 것이다. 개인 또는 공동체는 일상(俗)으로 돌아오지만, 새롭게 변화된 모습으로 돌아온다고 할 수 있다. 풍요와 벽사(辟邪)는 제의적인 시간을 거치고 난 후의 결과라고 할 수 있는 것이다. 비일상(聖)적인 세계(우주) 속에서의 혼란, 무질서, 신성한 난장판을 경험한 후에 존재 양태의 변이를 통해 풍요와 벽사(辟邪)가 생겨나는 것이다. 이처럼 제의구조는 속(俗)→성(聖)→속(俗)으로의 존재 양태의 변이를 거치는 구조다. 그리고 그 과정에서는 비이성적이고 혼란스러운 난장판이 벌어진다.

　<둥둥 낙랑둥>을 제의구조로 볼 수 없는 것은, 작품에 등장하는 인물들이 이러한 제의과정을, 통과의례를 거쳐 변화되는 것이라고 볼 수 없기 때문이다. 호동이 계몽된 인간이 되어 죽음을 맞이하는 과정은 비이성적인 난장행위이기보다, 필연적으로 겪을 수밖에 없는 인과관계에 의한 극행동의 변화이다. 호동의 내적인 갈등이나 탈 금기적인 행위는 성(聖)을 탈피하기 위한, 존재 변이를 위한 몸부림이라기보다는, 계몽의 길로 들어서서 진실을 찾아가는 여정 속에서의 권력, 사회 제도를 거스르는 행위였던 것이다.

　다시 굿 공간에 대한 분석으로 돌아가 보자. <둥둥 낙랑둥>은

---

108) Eliade, 앞의 책, 248쪽.

제의구조를 지닌 것은 아니지만, 굿 장면 등에서는 제의적인 요소가 발견된다. 굿이 시작되기 전 왕비가 '주몽'을 외치고 쓰러지면서 트랜스 상태에 빠져 주몽이 되는 것은, '왕비는 신내림을 받았다'는 약속된 기호로 작용하면서 신화적인 성(聖)스러운 공간을 만들어낸다. 그리고 11막에서 굿이 끝난 뒤 하늘사자 백골이 나타나고 난쟁이가 벌이는 극행동은 제의의식 중 난장판을 연출적인 기법으로 사용한 것이라 할 수 있다. 그러면 작품에서 제의적인 요소가 드러나는 장면을 자세히 살펴보자.

> ……왕비를 따라 궁녀들 따라 나온다. 그들은 모두 무당차림이며 손에는 칼을 들었다. 음악이 일어나고 조상 앞에 바치는 무당춤이 추어진다. 그 동안 다른 인물들은 허리를 굽히고 가끔 일제히 절을 한다
> ………
>
> 왕비　주몽! 주몽! 주몽!
>
> 왕비 쓰러진다
> 둥둥둥 같은 짬을 두고 북소리가 거듭된다. 사람들 절을 한다. 한층 큰 북소리와 함께 왕비 벌떡 일어난다. 제단에 모셨던 탈을 들어 쓴다.
>
> 왕비　(남자처럼 껄껄걸 웃고나서 남자목소리투로)
> 　　　내 새끼들아, 장하다
> 　　　장하다
>
> 　　　　　　　　　　　　　　　　　　　(『세계의 문학』, 306~307쪽.)

2막에서 주몽이 자신의 신화를 이야기하면서 그 뜻을 이은 고구려의 호동을 칭찬하는 내용이다. 주몽이 고구려에 풍요를 기원하

는 굿판인 것이다. 그리고 왕비가 탈을 쓰고 '주몽'의 이름을 외치는 것은 제의의식에서의 영신과정을 모방한 것이라 할 수 있다. 본래 왕비의 모습이 죽고 주몽의 모습으로 살아난다는 약속된 기호를 영신과정 모방으로 연출한 것이다.

　　나팔 소리 울린다, 제1막과 같은 가락, 점점 커진다. 난장이 황급히 일어나 퇴장한다. 악대 음악을 연주하면서 들어온다, 굿자리를 한 바퀴 돈다. 음악이 끝나고 그들은 굿자리앞에 늘어선다, 사람들 무대 양쪽에 들어와 늘어선다. 악대 물러간다. 왕비가 앞장서서 무당들 들어선다. 무당 춤이 끝난다. 왕비 단을 올라 간다. 왕비 탈을 쓴다. 왕비 외친다. 왕비 일어난다

　　왕비　주몽! 주몽! 주몽!

　　………

　　왕비　북을 들여라

군사들이 큰 북 두 개를 들여다 양쪽으로 벌여 걸어놓는다
흰 북과 검은 북이다,

　　………

　　왕비　호동아, 듣거라. 네가 낙랑의 귀신을 섬겨 나를 몰라 본다하
　　　　　니 그것이 참말이냐?

　　호동　삼가 아뢰옵니다, 저는 낙랑의 귀신을 섬기지도 않고, 주몽
　　　　　할아버지를 몰라보지도 않았습니다

　　왕비　그럴 테지, 그렇다면 네 앞에 지금 고구려의 북과 낙랑에서
　　　　　가져온 북이 있다. 고구려의 흰 북을 내 앞에서 크게 치거라

　　………

　　호동　아아, 낙랑의 북, 내가 너에게 빚을 갚을 때가 왔다. 내가 사

랑한 손을 위해 네가 소리를 내지 않았으니, 네가 갸륵하다, 그러나 고구려의 왕자가 어찌 너에게 빚을 지고 살랴- 주몽 할아버지여 이 손자는 낙랑의 귀신을 섬기지도 않았고, 주몽 할아버지를 몰라 보지도 않았읍니다. 이것이 제 마음입니다. 할아버지시여 아버님 마음을 타일러 빨리 군사를 낙랑으로 보내소서. 이 손자가 거둔 것을 고구려가 지키게 하소서 (나가서 북채를 집어들며)

호동 그러나 북은 이렇게 치겠읍니다, 고구려의 왕자가 진 빚을 갚게 하소서, 자 울려라 낙랑의 북아

검은 북 앞으로 가서 친다
둥둥 둥둥둥, 둥둥 둥둥둥
둥둥 둥둥둥
………

왕비 호동의 목을 쳐라

사람들 물러 간다
난장이 칼을 휘두르며 춤추면서 나온다
호동 비치는 휘장 뒤로 간다
난장이 따라 들어간다
난장이 왕자의 목을 자른다
난장이 칼을 놓고 울면서 기어 나간다
왕비 탈을 벗고 제단을 천천히 내려 온다
휘장 앞에 선다

(『세계의 문학』, 359~361쪽.)

11막의 굿 장면에서도 왕비는 영신과정을 모방하는 극행동을 한

다. 그러나 이 굿에서는 풍요가 아닌 벽사(辟邪)의식이 거행된다. 이 굿은 호동이 자신의 방에 낙랑의 귀신(금부처)을 모셔놓고 고구려가 망하길 빌었다는 누명을 쓴 뒤 벌어진 것이다. 대신들과 장군들(반대세력들)은 호동을 모함해 놓고는 그 처벌을 주몽의 손에 맡긴 것이다. 따라서 이 굿은 축복받는 신탁이 아닌 심판이라는 신탁이 내려지는 굿이라 할 수 있다. 그리고 찢어진 북을 생각하며 낙랑의 검은 북을 울린 호동에게 '목을 쳐라'라는 명령이 내려진다. 호동이 난쟁이의 칼에 참수 당하고 왕비가 주몽의 탈을 벗음으로써 이 굿은 끝이 난다.

그런데 <둥둥 낙랑둥>에서의 벽사 행위는 관행화 된 제의의식의 모습[109]이라고 할 수 있다. 호동은 계몽된 영웅으로, 누명을 쓴 채 제단에 올려져 죽임을 당하기 때문이다. 여기서의 주몽 굿은 기존 질서와 조직과 제도를 정당화하는 상징 조작에 불과하다. 이 제의를 집전하는 제도, 주몽 종교는 사회 안에서 신비한 힘을 드러내는 매개이기보다 스스로 힘 자체가 되어 버린 것이다. 그것은 어떠한 물음에 대해서도 이미 마련된 해답을 배급하는 주체이다. 장면 4와 장면 30에서 '장하다', '호동의 목을 베라'라는 주몽의 해답은 고구려를 지배하는 지배세력으로서의 주몽이 이미 마련한 해답이라고 할 수 있다. 이처럼 힘이 되어 버린 종교, 주몽 이념은 고구려 조직이나 제도가 마련하는 힘을 극대화하거나 절대화하는 데 이른다. 고구려 왕이나 작은 아버지 세력, 대신들은 관행화 된 주몽 이념을 이용해 고구려 조직이나 제도의 힘을 극대화하고 있다고 볼

---

109) 정진홍, 앞의 책, 321~322쪽 참조.

수 있다. <둥둥 낙랑둥>에서의 주몽 굿 공간은 존재 양태의 변화를 초래하지 못한 제의의식의 모방이라고 할 수 있는 것이다.

그리고 굿에 이어지는 장면은 제의 의식의 연장이 아닌, 기계신의 구원과 제의적인 요소가 드러나는 장면이다. 주몽의 탈을 벗고 본래의 모습으로 돌아온 왕비는 죽은 호동을 보고는 오열하며 휘장 안으로 들어가 칼로 가슴을 찔러 자살한다. 그리고 호동뿐만 아니라 왕비까지 죽게 되는 비극적인 파국을 완결하기 위해 하늘사자 백골이라는 기계신이 나타난다. 그는 호동과 왕비의 영혼을 구원하고 '백성에게 비를 내리는' 힘을 보여준다. 하늘사자가 사라지면서 번개가 치고 천둥이 울리더니 비가 오기 때문이다.

그리고 하늘사자가 사라진 뒤 난쟁이가 나타나 벌이는 극행동은 하늘사자의 극행동과 더불어 희극적 스펙터클이 연출되는 것이라 할 수 있다.

난장이 다시 나와 처형대로 간다. 왕자의 관을 머리에 쓴다. 다음에 왕비의 치마를 입는다. 치마를 걷어 얼굴을 감싸며 흐느낀다. 관을 바로 잡고 거드름을 피우며 제단앞을 왔다 갔다 한다. 그러다가는 치마에 얼굴을 묻고 흐느끼다가는 대굴대굴 구른다

하늘의 사자 사라지면서

번개가 치고 천둥이 울린다.

비가 후둑 후둑 내리기 시작한다, 벌판 멀리서 고구려 백성들의 소리, 『비다』

『비가 온다』, 북소리, 사이를 두고 두 서너 번 둥둥 둥둥둥, 둥둥 둥둥둥, 이윽고 멀리서 처음에는 약하게, 차츰 우렁차고 흥겹게 풍년가

들려온다, 풍년이 왔네, 풍년이 왔네, 우렁찬 노랫소리속에 난장이 도끼를 집어들고 제단을 올라간다.

단위에서 도끼를 놓고 주몽의 탈을 쓴다, 주몽의 탈을 쓰고 왕자의 관을 쓰고 왕비의 치마를 입은 난장이 도끼를 비껴들고 노랫소리 속에 일어서서 덩실덩실 춤을 춘다.

(『세계의 문학』, 362~363쪽.)

무대 안에서는 신성한 죽음과 괴기스러운 난쟁이의 극행동이 벌어지고 있고 무대 밖에서는 풍년가가 울리며 축제 분위기를 형성하고 있다. 이는 제의의식에서의 난장판, 새로운 질서를 위한 혼돈의 난장판이 벌어지고 있는 것이라 할 수 있다. '데굴데굴 구르며 울다가 주몽의 탈을 쓰고 왕자의 관을 쓰고 왕비의 치마를 입고 도끼를 들고 덩실덩실 춤을 추는' 난쟁이의 극행동은 제의의식의 난장판을 상징적으로 표현한, 제의적인 속성이 잘 드러나는 장면이라고 할 수 있다.

그리고 거지로 나타나는 하늘사자 백골과 더불어 난쟁이의 극행동은 제의의식에서 발생하는 신성함을 연출적인 기법으로 처리한 것이라 할 수 있다. 난쟁이는 장면 10과 17에서는 날카로운 담화를 내뱉는 광대였다. 그러나 장면 30에서는 주몽의 명령에 따라 호동의 목을 베는 사자역할을 했다. 제의의식에서는 괴기스러운 희극적 인물을 설정하고 그의 어리석은 바보 행위는 신성의 표리(表裏)로 관념화[110]되는데 <둥둥 낙랑둥>에서는 그것을 난쟁이로 표현하고 있는 것이다.

---

110) 이상일, 『굿과 놀이』, 서울:문음사, 1981, 248쪽.

신성은 일상적인 것과 달라서 돋보인다. 평범한 일반적 평균치를 넘어서는 것이 당연하다. 신성은 범접을 꺼리기 때문에 경외의 후광을 입는다. 실제로 신체적 불구가 강신의 모티브가 되어 곱추, 문둥이, 난쟁이, 언챙이, 절름발이 등이 두려움의 대상이 되기도 하는 것이다. 또한 공포의 대상에서 숭배로, 괴기와 이상의 반일상성 때문에 예배의 대상으로, 마침내 백치나 바보 광대의 그 희소성 때문에 반자연적 존재, 초월적 존재로 관념화 될 수 있다. 그 이상한 행위, 괴상한 의상, 그리고 표리가 부동한 그 본성으로 인해 그것들은 괴이하게 여겨진다. 그리고 괴이함은 두려움이 사라지면 우스꽝스런 인상을 준다.111) 그리고 여기서 서사극적인 소외효과가 발생한다. 난쟁이의 괴이하면서도 우스꽝스런 인상은 호동과 왕비의 죽음을 거룩하고 신성한 것으로 만든다. 그리고 이와 동시에 호동과 왕비의 죽음으로 인한 공포를 이완시키는 역할을 한다. 독자(관객)는 호동과 왕비의 죽음 때문에 깊은 슬픔과 공포에 빠졌다가 난쟁이의 난장적인 극행동을 보면서 괴이함을 느끼고 두려움이 사라지면서 '거리두기'가 발생한다. 그리고 무대 위 난쟁이의 난장적인 극행동과 더불어 무대 밖에서 들려오는 백성들의 풍년가는 혼란스럽고 모순되는 분위기를 형성하면서 '거리두기'를 더욱 심화시킨다.

또한 굿의 공간, 주몽의 공간은 흑백논리가 지배하는 공간이기도 하다. 주몽이 관행화 된 힘으로 작용하는 굿 공간은 흰북, 검은 북이라는 오브제로 형상화되는 이원적인 대립이 형상화 된 공간인

---

111) 위의 책, 249~250쪽.

것이다. 이러한 이원적인 이데올로기의 대립은 장면 29의 '낮과 밤'이란 담화로 표현되기도 한다.

> 왕비　……오 이 누리에는 어찌하여 밤과 낮 밖에는 없는가? 이 갈피 없는 마음을 담을 하늘은 없는가
>　………
> 왕비　이 누리에 밤과 낮 밖에 없다면, 밤과 낮 속에서 그냥 살아보는 것이 어떻겠소
> 호동　(머리를 조아린다)
> 왕비　낮은 밤때문에 어둡고, 밤은 낮때문에 벗겨지더라도, 그런 낮과 밤일망정 당신 있는 세상이면 견디리다
> 호동　어느 하늘이 우리를 이렇게 만들었는가
> 왕비　………왕자, 내일을 살피시오 오 무서운 내일, 내일이 무서운 날이 되지 말지어다, 어느 것이 내 마음이었던가, 아니 이제 그것은 아무 쓸데 없는 일, 왕자, 그런 낮 그런 밤이라도 살아갈 수 없을지
> 호동　(부드럽게 왕비를 쳐다본다)
>
> 왕비, 왕자 오래 마주보고 서 있다
> 왕비 나간다
>
> 호동　누리여, 너는 왜, 밤과 낮 밖에는 가지지 못했느냐?
>> (『세계의 문학』, 358~359쪽.)

이러한 왕비와 호동의 대화로 보아 '밤과 낮밖에는 가지지 못한 누리'는 굿의 공간을 포함한 고구려의 전체 공간을 의미한다고 할 수 있다. 무대 안의 공간은 낮 또는 밤밖에 살지 못하는, 둘 중에

하나를 선택해야 하는 흑백논리가 지배하는 공간인 것이다. 이처럼 둘 중 하나를 선택해야만 하는 공간, 흑백논리가 지배하는 공간은 이원대립적인 이데올로기, 또는 이원적인 선택만이 존재하는 시대, 사회 제도의 환유라고 할 수 있다

5. 신화적인 시간 구조

극텍스트의 시간은 독자(관객)가 참여하는 상연의 시간과 재현된 세계의 시간, 즉 텍스트에 의해 묘사된 시간이 중첩되는 이중적 시간이라고 말할 수 있다. 이때 관객이 참여하는 상연의 시간은 현재 흐르는 시간이고 물리적으로 감지되는 시간이다. 이 시간은 무대적 표현, 혹은 무대 장치의 변화, 극행동의 변화, 조명(음악)의 바뀜 등에 의해서 그 전개가 형상화된다. 무대에서는 여러 기호 체계들이 시간의 현존과 흐름을 구체화하며 집결되어 있으므로 상연에서 시간은 일종의 '두께'를 소유한다.

반면에 허구의 시간은 파롤에 의해 묘사된 시간으로 인간에 의해 지적으로 구성되고 형태와 필연성이 부여된 시간이다. 이 서술의 시간은 과거의 부활, 순간의 포착, 미래에의 투영을 가능하게 한다. 이러한 허구의 시간은 지시작용의 체계로 상징화되며, 실재 시간의 구조들을 개작하고 있다는 점에서 사실이 아닌 '사실 있음 직한' 것이며 동시에 실재 시간의 구조들로부터 (환상적으로) 벗어날 수 있다는 점에서 '우화적'이기도 하다. 그런데 이러한 가능세계는 두 개의 지시체계를 포함한다. 그 중 하나는 극행동의 지시물이

되는 시간(허구의 때)이고 다른 하나는 글쓰기와 관련된 지시세계(글쓰기의 때)이다.112) <옛날 옛적에 훠어이 훠이>의 경우 극행동 시간의 지시물은 '이조 중반 이전'이며, 글쓰기 시간의 지시물은 1970년대를 내포한다.

이러한 두 개의 지시체계는 작가의 극작의도를 알 수 있게 한다. 극작가들은 통제된 사회나 가치 체계들이 혼란에 빠진 때에 신화의 형식을 취했던 것이다. 최인훈 역시 설화를 빌려서 지배세력과 피지배자와의 사회적 질서의 모델을 제시함으로써 극이야기는 신화적 시간 구조를 갖게 된다.

신화적 시간이란 일상의 리듬에 따르지 않고 우주의 리듬과 관련되어 있는 것이 특징이다. 우주의 리듬이란 인물의 출생-활동-사망-재생으로 세분되는 것으로 극텍스트에서 소금장수와 아기의 일생이 이러하다고 할 수 있다.113)

<옛날 옛적에 훠어이 훠이>는 위베르스펠드가 정의한 신화적 시간의 특성을 보여준다. 겨울에서 봄으로의 계절의 변화는 반복될 수 있는 움직임, 순환적 시간을 상징한다. 이러한 시간은 '카니발적 시간', 또는 '제식적 시간'이라고 할 수 있는데 극텍스트에서 아기가 죽고 가족이 쫓겨나는 것을 희생제물로 바라본다면 제식적 시간이라고 할 수 있겠다.

이러한 신화적 시간은 하나의 종결된 체계이다. 따라서 관객의 참조 세계에 합당하게 옮겨질 수 있고 재생할 수 있는 것이 되며,

---

112) 신현숙, 앞의 책, 157~158쪽.
113) 위의 책, 162쪽.

예견의 가능성을 보유하게 된다. 아기가 하늘로 올라갈 때에 하늘에서 자장가를 부르는 것은 흉년이 들고 도적이 끊고 민중이 억압받게 되면 다시 태어날 거라는 예언을 한 것이라고 볼 수 있는 것이다. 극은 종결되었지만 지배자와 피지배자와의 원형적인 갈등은 계속될 거라는 암시하고 할 수 있다.

극텍스트의 전체 마당에서 드러나는 인물들의 행위는 일상적인 시간을 상징한다고 할 수 있다. 바느질을 하는 행위, 화로에 얹은 찌개 그릇을 만져보는 행위, 눈을 터는 행위, 먹는 행위, 파롤을 통해 드러난 밭가는 행위, 나물널기, 새끼꼬기 등은 일상의 시간을 상징한다. 그리고 첫째 마당에서 추운 겨울이라는 시간적인 배경을 나타내는 눈은 바람과 함께 인물들이 외적인 요인으로 고통받고 있다는 것을 상징한다고 할 수 있다. 이외에도 진달래꽃 묶음은 봄이라는 계절적인 배경을 나타내면서 화해의 이미지를 동반한다고 할 수 있다.

이러한 일상의 시간에서 소금장수 이야기는 과거의 사건을 이야기하는 것으로 또다른 이야기 구조를 형성한다. 그리고 소금장수의 참수당한 목은 일상의 시간이 '이미 일어났던 사건의 재현'임을 드러낸다.

일상의 시간에서 신화의 시간으로의 이동은 '이때 노랫소리'라는 지문으로 시작된다. 소금장수의 어머니인 할머니가 아내가 불렀던 자장가를 부르며 나타나는 것이다. 갑작스런 할머니의 출현은 새로운 시간, 신화적 시간을 알리는 것이라고 할 수 있다. 할머니는 자식의 장례를 치르기 위해 머리를 가지러 관가로 가고 있는 중이다. 이러한 제식에서 할머니의 걸레짝 같은 옷은 제의복에 해당한다고 볼 수 있다.

작가가 다른 인물들에 비해 이 할머니에 대해 세세한 묘사를 하는 것은 하늘사람의 특이성에 대한 묘사라고 할 수 있다.

> 할머니 나온다
> 하얗게 센 머리 굽은 허리
> 걸레짝 같은 옷에
> 지팡이를 짚고
> 허리에는 우리나라의
> 옛날 사람들이 하듯
> 보따리를 찼다
> 납작한 보따리
> 거의 아무것도 안 든
>
> (『옛날 옛적에 훠어이 훠이』, 97쪽.)

걸레짝 같은 옷은 제의복이며 이 옷을 입고 힘을 들여가며 자신이 원하는 대상, 아들의 목을 찾으러 갔다오는 것이다. 개똥어미와 대화를 나누면서 신화적인 시간은 일상의 시간과 섞이게 되고 할머니가 자장가를 부르며 사라지는 것으로 신화의 시간은 잠정적으로 마무리된다.

넷째 마당에서 다시 이 신화적 시간이 이어진다. 할머니는 이번에도 자장가를 부르며 나타나는데 이때는 자식의 머리를 자루에 담아가지고 제사를 지내러 돌아가는 중이다. 역시 똑같이 누더기옷을 입었으며 자식을 보따리에 담았다는 것은 모성애로 인한 구원이라고 할 수 있다.

할머니 아들의 일생은 신화적 시간의 우주적 리듬과 일치한다. 평민으로 태어나 해소기침쟁이 소금장수로 살다가 도적이 되어 나라의 곳간을 터는 활동을 하고 참수당했다가 할머니에 의해 구원받는 삶인 것이다. 이러한 삶은 아기장수의 삶을 예언한 것이라고 할 수 있는데 아기장수가 어머니에 의해서가 아니라 하늘에 의해 구원받는 것으로 보아 할머니는 하늘사람과 동급이라고 유추할 수도 있겠다. 할머니가 자장가를 부르며 사라질 때에 신화적 시간은 끝난 듯하다. 그러나 일상의 시간이 신화적 시간으로 바뀌게 된다. 죽었던 아기장수가 용마를 타고 돌아와 아내와 남편을 데리고 승천하는 것이다. 여기서 일상의 시간은 허구의, 신화적 시간으로 전환된다. 일상의 시간이 신화의 시간으로 바뀌는 것은 현실의 삶 속에 존재하는 사회의 질서, 지배자와 피지배자 사이의 갈등이 현실적인 사건이라는 것을 의미한다고 할 수 있다.

그렇기에 신화의 시간은 '영원한 현재' 혹은 역사적 시간 너머에서 이루어지는 '제식'으로의 귀의이며, 그런 의미에서 비시간적이다. 그러나 관객의 일상성이나 등장인물의 허구적인 일상생활과는 무관하게 제시되는 '또 하나의 다른 시간'이 될 수도 있다.

이러한 「옛날 옛적에 훠어이 훠이」의 신화적 시간의 특징은 부-플롯에서 드러나는 신화적인 시간이 현실로 이어지면서 미래에서도 일어날 원형적인 갈등의 형태로 드러난다는 것이다. 그리고 이러한 원형적인 갈등의 모티브는 자식에 대한 어미의 모성애이며 모성애가 좌절됨으로써 비극적 정서가 형성되고 있다. 그리고 이러한 비극적 정서는 피지배자가 억압받는 현실로 이어지고 있다.

부-플롯에서 할머니가 자식의 목을 묻어주는 것을 구원이라고 할 수 있다면, 주-플롯의 마을 사람들의 신명나는 축제는 아기의 혼을 달래기 위한 것이 아닌 현실의 안정을 되찾은 것에 대한 기쁨이라는 할 수 있다. 이러한 요소는 극텍스트의 시간이 희생 제의적인 요소를 지니지만 민중들의 현실안정 추구로 인해 구원자를 쫓아내는 비극적인 결말로 이어지고 있는 것이다.

V. 〈옛날 옛적에 훠어이 훠이〉와
〈둥둥 樂浪둥〉의 의미체계

이처럼 본서에서는 최인훈 희곡 〈옛날 옛적에 훠어이 훠이〉와 〈둥둥 낙랑둥〉의 창작 원리를 구조 분석을 통해 살펴보았다. 〈옛날 옛적에⋯⋯〉는 '아기장수' 설화를, 〈둥둥 낙랑둥〉은 '호동설화'를 희곡이라는 형식으로 '낯설게' 표현한 것이기에, 본서에서는 최인훈이 '어떠한 극작 원리로 낯설어진 텍스트를 구조화하고 있는가'를 연구했다.

최인훈은 작가의 '희곡쓰기 원칙'에 따라 어떠한 소재든 비극의 형태로 재구성하고 사고를 선택적 행동으로 옮길 수 있는 인물이 극의 진행을 끌고 가는 극작 원리를 구사하고 있음을 알 수 있었다. 그리고 연구 방법론으로 삼은 연극기호학은 극작가만을 창조의 주체로 보는 것이 아니라 연출가·배우·비평가 역시 주체로 보고, 그들이 해석하는 텍스트에 비중을 두는 방법론이다. 따라서 연극기호학으로 두 작품의 극작 원리를 살필 때에 필자는 희곡 기호들의 형태적 구성, 무대 종사자들, 관객에 의한 의미작용 과정 등을 중심으로 했다. 〈옛날 옛적에⋯⋯〉와 〈둥둥 낙랑둥〉의 창작 원리는 크게 등장인물과 텍스트의 비극적 구조, 시·공간 구조, 세 개의 장으로 나누어 살폈으며, 이들 작품이 한국적인 비극의 구조를 지니고 있음을 알 수 있었다. 그리고 결론적으로 <옛날 옛적에······>와 <둥둥 낙랑둥>에는 다음과 같은 의미체계가 있음을 알 수 있었다.

첫째, <옛날 옛적에······>의 아기는 일종의 구원을 향한 민중의 욕망이며, 실제로 극을 이끌어가는 것은 남편과 아내, 다수의 등장인물들임을 알 수 있었다. 극행동의 주체인 남편은 말더듬이라는 외적인 결함을 지니고 있는데 이는 지배계급에 극도로 억눌린 민중의 모습을 형상화한 것이라고 볼 수 있다. 남편은 지배자의 억압을 벗어나지 못하고 결국 아기를 죽임으로써 현실의 공포를 벗어나려 했지만, 결국 이러한 행위가 여전히 민중들을 고통 속에 허덕이게 만드는 결과가 되었다. 이에 비해 아내는 모성애를 지닌 인물로 아기와 자신에게 닥칠 불행을 극복하기 위해 '자장가'를 반복해서 부르는 행위를 하고 있다. 그러나 결국 남편의 선택에 지고마는, 그래서 모성애가 좌절된 것에 절망하고 스스로 목숨을 끊는다. 아내는 아기를 원하는 의식화된 민중의 환유이며, 남편은 비극적 결함을 지닌 현실 안주를 추구하는 민중의 환유라고 볼 수 있겠다. 이들 부부는 모순된 민중의 모습을 상징한다. <둥둥 낙랑둥>의 갈등구조 역시 서로 사랑하는 사이인 호동과 왕비를 중심으로 전개되고 있다. 호동이 '사랑'의 발신으로 '낙랑공주'를 추구하면 추구할수록 반대자는 개인에서 집단으로, 사회 이념으로 확대되고 있다. 따라서 호동을 주체로 했을 때의 심층구조는 '호동'과 '주몽 이데올로기·작은아버지(대신들)세력·사회제도·고구려의 흑백논리' 간의 이분법적인 대립관계이다. 한편 왕비는 일관적인 갈등관계를 유지하고 있지 않다. 즉 호동과는 협조자→반대자→협조자로 변화되는 유동적인 관계이며, 주몽과는 대립하는 세력이면서도 주몽 자신이 되기도 하는 역설적인 관계를 형성하고 있다. 그러나 '호동을 반대하는 대신(작은아버지)세력'과는 주몽일 때나, 왕비일 때나 협조자적인 관계를 형성하고 있다. 그리고 이분법적인 갈등관계를 형성하고 있는 호동이나, 유동적이고 역설적인 관계를 형성하고 있는 왕비는 모두 공통적으로 사회제도와 대립하는 구조를 형성한다. <둥둥 낙랑둥>에는 이분법적인 대립관계와 유동적이고 역설적인 관계가 다층적으로 복잡하게 형성되어 있는 것이다. 그리고 여기서 <둥둥 낙랑둥>의 주된 갈등구조를 형성하는 호동과 왕비는 각각 이성적인 인물, 비이성적인 인물의 환유라고 볼 수 있다.

둘째, <둥둥 낙랑둥>의 호동의 독백 행위는 고대 비극 <오이디푸스 왕>에서 오이디푸스 왕이 진실을 찾아가다가 괴로움을 겪고 파멸하는 것과 유사한 행위이다. 호동이 진실을 깨닫고 그것을 실천하는 것, 낙랑의 북을 울리는 것은 비극에서의 계몽, 진실을 찾아가는 길이라고 할 수 있다. 그리고 이 계몽은 매우 고통스러운 과거로의 되돌아감이며, 관습과 전통과 이념을 버리는 행위이다. 계몽된 영웅으로서의 호동은 낙랑의 북을 선택함으로써 비극적인 죽음을 맞게 된다. 한편 왕비는 어미무당이라는 성스러운 역할과 낙랑공주와 고구려 왕비라는 속(俗)적인 역할을 함께 수행하는 역설적이고 제의적인 행위자이다. 다음성적 주체로서의 왕비는 고구려를 지배하는 억압적인 신인 주몽 역할을 하고, 낙랑공주 역할을 통해 탈 금기 행위를 하지만, 결말부에서는 사랑을 위해 자기의 목숨을 버리는 숭고한 행위를 한다. 호동과 왕비는 텍스트에서 각각 계몽적인(이성적인) 행위, 제의적인(비이성적인) 행위를 하지만 둘 다 사회제도와 대립해 죽음을 맞이한다. 호동와 왕비가 각각 이성적인 인간, 비이성적인 인간의 환유로 분석되는 것은 <둥둥 낙랑둥> 등장인물의 특징이며, 이들이 모두 숭고한 죽음을 맞이하는 것은 <둥둥 낙랑둥> 텍스트를 비극적인 구조로 만드는 중요한 특징이다. 이에 비해 <옛날 옛적에……>의 남편은 현실의 공포를 벗어나기 위해 선택적으로 아기장수를 죽이는 행위를 했다고 볼 수 있으며 아내는 자식에 대한 모성애로 자살을 하고마는 보다 원초적인 사랑의 형태를 보이고 있다. 특히 이 작품에서의 모성애는 사회적으로 부과된 어버이로서의 행위라기보다는 거부당하는 구원자, 신적이면서도 위험한 존재를 자식이기에 끌어안으려 하는 본능의 형상화라 할 수 있다. 이러한 극적 행위를 징후적으로 해석할 때 남편은 현실 안주, 아내는 의식화된 민중의 모습의 환유라 논할 수 있었던 것이다.

셋째, <옛날 옛적에……>와 <둥둥 낙랑둥>에는 고대 그리스 비극 구조에서 볼 수 있는 '비극적 아이러니'와 '비극적 계기'가 있다. <옛작 옛적에……>에서 '씨앗조'는 이들 가난한 부부의 삶의 희망이었지만, 이 씨앗조로 아기가 죽게 되는 비극이 발생하는 것이다. 그리고 아내가 아기는 '복'이 있을 거라고 말한다. 실제로 아기장수는 민중들에게 구원이라는 복을 줄 수 있는 존재이지만, 오히려 이러한 능력이 있기에 민중들에 의해 거부당해 죽게 된다. 그것도 아비에 의해 씨앗조에 눌려 죽음을 맞이한다. <둥둥 낙랑둥>의 주몽은 '장하다'라는 말로 호동을 칭찬하지만, 결말부에서 호동이 계몽된 영웅으로 '진짜 장해졌을 때'는 참수를 명한다. 주몽의 발화는 호동이 주몽 이데올로기를 따르지 않으면 파국을 맞을 거라는 '비극적 아이러니'로 작용하는 것이다. 또 <둥둥 낙랑둥>의 '비극적인 계기', 즉 호동과 왕비가 파멸에 이르게 되는 계기는 부장, 달래, 사자 등이 은폐된 진실을 보고하거나 무대 밖에서 진행되는 사건을 보고했기 때문이다. 그런데 이 '보고 행위'는 그리스 비극에서는 중요하게 여겨지지 않던 행위이다. <둥둥 낙랑둥>에는 그리스 비극에서는 부수적인 행위 장면으로 처리되던 '보고 행위'가 '비극적인 계기'로 적절하게 활용되고 있는 것이다. '비극적 아이러니'와, '보고 행위'로 일어나는 '비극적인 계기'는 <둥둥 낙랑둥>이 지닌 비극적 구조의 또 다른 특징이라 할 수 있다. <옛날 옛적에……>에도 개똥어미의 보고행위가 있지만 <둥둥 낙랑둥>에서와 같은 비극적인 계기가 된다기보다는 당시 민중들이 아기장수의 존재를 왜 공포스러워 하는지를 알려주는 역할을 하고 있다.

넷째, <옛날 옛적에……>와 <둥둥 낙랑둥>의 비극적 구조를 이루는 요소 중 차이는 전자의 작품은 부-플롯을 활용하고 있다는 것이고 후자는 역설적인 장면을 삽입하고 있다는 점이다. <옛날 옛적에……>에서 노파가 도적질을 했다는 이유로 참수당한 아들, 소금장수의 머리를 거두어 가는 플롯은 하나의 완결된 형식을 갖추고 있으며 노파의 이러한 행위는 아들의 영혼을 구원하는 것을 의미한다. 이 부-플롯은 아내가 끝내 아기장수의 목숨을 지키지 못한 것, 모성애를 자극하여 자살에 이르게 하는 비극적 상황을 발생시킨다. 이와 달리 <둥둥 낙랑둥>의 경우는 비극적인 상황에 희극적인 장면을 삽입하는 특징을 보인다. 꼽추 난쟁이가 등장하여 요설을 내뱉으며 광대짓을 하고 노쇠한 고구려왕이 활을 쏘려하지만 망신만 당하는 극행동은 비극적인 상황 속에서 웃음을 유발하는 장면인 것이다. 이처럼 비극적인 상황에 희극적인 장면이 삽입되는 것을 역설적 구성이라 할 수 있다. 이러한 역설적 구성은 <둥둥 낙랑둥>에 소외효과를 일으킨다. 꼽추 난쟁이와 왕의 우스꽝스러운 짓은 비극적인 상황에서 관객들의 긴장을 이완시키면서, 호동의 결점과 고구려왕의 결점을 드러낸다. 이들의 극행동은 관객의 비판적인 시각을 유도하는 행위 장면인 것이다.

다섯째, <옛날 옛적에……>와 <둥둥 낙랑둥>에서는 거리두기가 발생한다. 전자의 아내와 남편의 죽음은 관객에게 카타르시스를 느끼게 한다. 그러나 용마 탄 아기가 아내와 남편을 구원하는 것이 민중들에 의해 쫓겨나는 결말로 처리될 때에 관객들은 작가와 가까워진다. 독자는 작품과 거리를 두면서 우리 자신도 이들처럼 사회개혁에 대해 거부감을 갖고 있지는 않은지 생각하게 되는 것이다. 그리고 이러한 거리두기는 비극적 상황이 현재 우리의 상황일 수도 있다는 생각을 하게 한다. 이처럼 비극 구조에도 서사적인 거리두기가 발생할 수 있는 것이다. <둥둥 낙랑둥> 결말부의 하늘사자 백골과 꼽추 난쟁이 역시 관객에게 거리두기를 일으키는 소외효과 장치로 작용한다. 하늘사자 백골은 매우 비속하게 설정되어 있고 난쟁이 역시 불구의 광대로 설정되어 있다. 그러나 하늘 사자 백골은 매우 신성한 행위를 하고 난쟁이 역시 성(聖)적인 괴이하고 그로테스크한 난장행위를 보여준다. 그런데 이들의 행위는 우스꽝스런 인상을 줌으로써 소외효과를 일으킨다. 관객(독자)은 호동과 왕비의 죽음 때문에 깊은 슬픔과 공포에 빠졌다가 하늘사자 백골과 난쟁이의 난장적인 극행동을 보면서 괴이함을 느끼고 두려움이 사라지면서 '거리두기'가 발생하는 것이다. 그리고 무대 위 난쟁이의 난장적인 극행동과 더불어 무대 밖에서 들려오는 백성들의 풍년가는 '거리두기'를 더욱 심화시킨다.

여섯째, 이 두 작품에 극을 완결짓는 기계신 기법이 사용되고 있다. '극을 완결짓는 기법'으로서의 기계신의 등장은 극의 문제해결을 위한 것이며 극을 결말짓는 구조로 작용한다. 그리고 이 형식 자체에 작가의 사상이 표현되어 있다. <옛날 옛적에……>에서 아기장수는 용마를 타고 기계신으로 등장해 남편과 아내를 데리고 하늘로 승천한다. 아기는 민중들의 해방의 욕망이었으면서도 거부 당해 죽음을 맞이하지만 하늘에 의해 구원받아 영적인 존재, 하늘 사람이 되어 나타난 것이다. 이렇게 용마를 타고 나타난 아기장수는 자신의 부모를 데리고 승천하는 것으로 극을 완결짓는다. 앞선 분석에서 알 수 있듯이 남편과 아내는 서로 다른 견해를 지닌 모순된 민중의 환유라고 했다. 따라서 아기장수가 이 두 인물을 데리고 승천하는 것은 작가가 기계신 기법을 통해 '아무리 모순된 모습을 보이는 민중이라도 구원받아야 한다'는 사상을 드러낸 것이라 할 수 있겠다. <옛날 옛적에……>의 하늘사자 백골은 호동과 왕비가 파국을 맞은 뒤 등장하여 종말론적인 힘을 발휘한다. 백골은 숭고하게 죽은 호동과 왕비의 영혼을 구원하고 비를 내리는 힘을 발휘하는 것이다. 하늘사자 백골은 작은 아버지와 호동 간의 권력 갈등 속에서 가뭄으로 고통받는 또 다른 희생자 백성을 떠올리고 그들에게 '풍요'를 베푸는 힘을 발휘하는 것이다. 고구려 내부 갈등은 백골로 인해 '고구려 백성들의 풍요'라는 새로운 질서로 지양(止揚)된 것이다. 이 작품을 통해서는 우리는 작가가 기계신 기법으로 '구원, 백성에 대한 사랑'이라는 최인훈의 사상을 다시 확인할 수 있다.

일곱째, <옛날 옛적에……>와 <둥둥 낙랑둥>의 공간은 오브제, 시각·청각적 요소를 적극적으로 활용하고 있다. 전자의 것은 시각적·청각적·활동적이라는 삼차원의 무대 공간을 형성하면서 자연 환경을 잘 묘사한다. 이러한 자연의 묘사는 표층적으로는 우리나라 고대 문화의 복원을 통한 배경 설정이고 표의적으로는 일원론적인 동양사상의 토대가 된다고 할 수 있다. 자연과 인간이 분리되어 있지 않고 인간도 자연의 일부라는 생각이 드는 동양의 자연관이 드러나는 공간을 설정하고 있는 것이다. <둥둥 낙랑둥>에는 결말부에 '흰북', '검은북'이라는 오브제가 놓여 있어 둘 중 하나만을 선택할 수 있는, 흑백논리가 지배하는 공간을 보여준다. 흑백논리가 지배하는 공간은 호동과 왕비에 의해 '낮과 밤밖에 없는 누리'로 발화되기도 한다. 이러한 공간은 흑백논리, 이원적인 이데올로기가 대립하는 시대, 사회 제도의 환유라고 할 수 있다. <둥둥 낙랑둥>이 70년대 이념의 문제, 동시대의 사회적인 문제를 담고 있다는 것은 바로 이러한 공간의 특징을 통해 드러난다.

여덟째, <옛날 옛적에……>의 경우 무대 안과 무대 밖 공간이 갈등관계에 있다는 점이다. 무대 안은 억눌린 민중들의 공간이며 무대 밖은 아기를 잡으러 시시각각 다가오는 포졸, 지배자들의 공간이다. 그리고 무대 안은 다시 방 안과 방 밖의 공간으로 구분되면서 신화적인 공간과 일상적인 공간을 형성한다. 무대공간 방 안의 오브제인 아기는 인간들이 고통에서 해방되고 싶어하는 마음의 환유라고 할 수 있다. 그렇기에 이러한 오브제가 있는 공간은 민중의 억눌린 마음의 공간, 해방을 갈망하는 공간이 된다. 그러나 이 공간은 아기가 씨앗조에 눌려 죽음으로써 욕망이 사그라지는 죽음의 공간이 된다. 무대 공간의 방 밖은, 닫혀져 있으면서도 초현실적인 신화 공간이었던 방 안과 달리 청각, 시각적인 기호로 다성음적인 의미체계를 지닌 공간이다.

아홉째, <둥둥 낙랑둥>의 경우는 극중 극 공간을 설정하고 있다. 호동과 왕비가 과거 낙랑성에서의 시간을 재연하는 역할놀이 장면과 주몽신화가 발화되는 굿 장면에서 우리는 고대 그리스 비극 공간과의 상이점을 발견할 수 있다. 고대 그리스 비극에서도 '과거의 공간, 꿈·신화의 공간'을 구현했다고 한다. 그러나 그리스 비극은 삼일치 법칙에 따라 극행동과 시간과 장소에 제약이 있었기 때문에, 무대 안에서 재현하지 못하고 회상하는 형식의 대사로, 무대 밖 공간의 사건을 '먼 공간'으로 설정해 재연했던 것이다. 현대희곡은 삼일치 법칙에서 자유로워졌기에, <둥둥 낙랑둥>은 고대 그리스 비극 공간에서 드러나는 '과거의 공간, 꿈·신화의 공간'

을 '먼 공간'이 아닌 무대 안에서, 극중 극 공간으로 표현했다고 볼 수 있다. 역할놀이 공간에서는 과거의 사건을 재연하면서, 호동과 왕비가 탈 금기 행위를 하는 사건이 발생하기도 한다. 그리고 굿 공간은 관행화 된 제의의식의 모방이라고 할 수 있다. 주몽 굿은 기존 질서와 조직과 제도를 정당화하는 상징 조작에 불과한 것으로, 고구려 조직이나 제도가 만들어낸 힘을 극대화하거나 절대화하는 역할을 하는 것이다. 고구려 왕이나 작은 아버지 세력, 대신들은 관행화 된 주몽 이념을 이용해 고구려 조직이나 제도의 힘을 극대화하고 있다고 볼 수 있다. 역할놀이 공간은 고대 그리스 비극 구조 속에서의 공간을 극복한 것이고, 굿·주몽신화 공간은 전통 문화 양식을 연극적으로 활용한 것이라 할 수 있다. <둥둥 낙랑둥>의 극중 극은 비극적인 공간, 제의적인 공간을 연출하는 특징을 지닌다.

열번째, <둥둥 낙랑둥>의 결말부는 제의의식의 난장판을 연극적인 기법으로 무대화하고 있다. 속(俗)→성(聖)→속(俗)으로의 존재 양태의 변이를 거치는 제의구조는 그 과정에서 비이성적이고 혼란스러운 난장판이 벌어진다. <둥둥 낙랑둥>에서는 호동과 왕비의 신성한 죽음 뒤 그로테스크한 난쟁이의 극행동이 벌어지고 무대 밖에서는 풍년가가 울리며 축제 분위기를 형성하는 등의 난장판이 벌어지는 것이다. 이 난장판은 백골이 백성들에게 비를 내리는 힘을 발휘한 뒤, 새로운 질서를 위한 혼돈의 난장판이라 할 수 있다. <둥둥 낙랑둥>은 제의구조를 지니고 있지는 않지만, 전통문화 양식인 굿을 무대 위에 연출하고 굿에서 나타나는 난장판을 상징적으로 표현하고 있는 것이다.

열한 번째, <옛날 옛적에……>에서는 부−플롯으로 인해 신화적인 시간이 형성된다. 신화의 시간은 일상의 시간과 달리 흐르는 '또 하나의 다른 시간'으로 현실로 이러지면서 미래에도 일어날 원형적인 갈등을 나타내고 있다. 따라서 참수당한 아들(소금장수)의 목을 찾아 돌아가는 노파의 이야기는 민중들이 구원을 받지 않는 이상 여전히 계속될 비극적인 사건이라는 것을 나타내고 있는 것이다.

이처럼 본서에서는 <옛날 옛적에……>와 <둥둥 낙랑둥>의 창작 원리를 살펴보았다.

서론에서 제기한 한국에서의 비극이 가능한가, 불가능한가에 대한 질문을 다시 한 번 떠올려본다. <옛날 옛적에……>의 비극적인 정서는 아내의 모성애와 죽음, 그리고 거부당하는 구원자의 죽음에 있다. <둥둥 낙랑둥>의 경우 호동이 계몽적인 영웅이 되고 권력 다툼 때문에 죽게 되고 왕비는 사랑하는 호동을 따라 자살하는 데서 비극적인 정감이 생겨난다. 동양인은 본질적으로 화해를 추구한다는 견해와는 다른 결말임을 알 수 있다. 마을사람들은 축제판을 벌이고 기뻐하는 듯하지만, 본질적으로 이들이 억압에서 해방되는 것은 아니다. 또다른 형태의 억압이 지속될 뿐이다.

이 두 작품에서 드러나는 비극적인 구조는 고대 비극과 유사하면서도, 최인훈 고유의 창작으로 인해 최인훈만의 한국적인 비극으로 탄생했다고 볼 수 있겠다.

<옛날 옛적에……>에서 마을 사람들이 아기를 쫓는 극행동은 서양 비극의 처절한 운명과의 대결은 아니지만 동양 정서 속에서

의 또 다른 저항이며 패배라고 할 수 있다. 그리고 <둥둥 낙랑둥>에서의 나라 간의 갈등 구조, 지배 질서가 국민을 억압하는 구조, 권력 간의 갈등 구조는 어느 시대, 어느 사회에서나 존재할 수 있는 보편적인 갈등 구조이다. <둥둥 낙랑둥>의 의의는 비극적인 구조를 통해 위와 같은 보편적인 갈등 구조를 그려내고 비극적 계몽의식, 현실 비판의식, 역사의식을 지니는 것에 있다.

이 희곡들은 1970년대에 창작되었는데, 작가 최인훈이 작품에 한국적인 전통 문화를 가미한 비극을 창작하면서 1970년 당시 유신정권과 반공 이데올로기에 억압당하던 민중들의 비극적인 정서를 담아낸 것이라 평가할 수 있겠다.

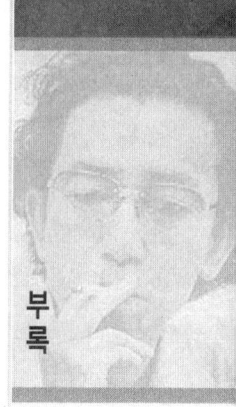

최인훈의 작가 의식

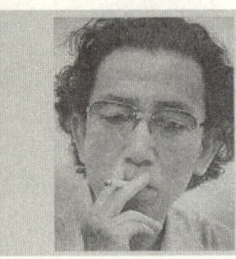

부록 최인훈의 작가의식

- 최인훈 희곡에서 드러나는 작가의식 [논문]
- 최인훈 작가의식에 대한 대담 [자료]

최인훈 희곡에서 드러나는 작가 의식
- 〈봄이 오면 山에 들에〉를 중심으로

1. 시작하는 말

최인훈은 남북이데올로기를 다룬 작품 〈광장〉으로 문단의 주목을 받은 소설가이면서 1970년 〈어디서 무엇이 되어 만나랴〉[1]라는 희곡을 무대에 올려 극작가로도 알려지기 시작한 작가이다. 이후 최인훈은 〈옛날 옛적에 훠어이 훠이〉(1976), 〈봄이 오면 山에 들에〉(1977), 〈달아 달아 밝은 달아〉(1978) 등을 발표했으며, 이 작품들이 공연되면서 고전문학과 전통문화를 새롭게 희곡화 한 탈사실주의 계열의 작가로 평가받고[2] 있다.

최인훈 희곡에 대한 연구는 '소설에서 희곡으로 장르를 바꾼 것에 대한 연구', '설화가 희곡으로 어떻게 변용되었는지에 대한 연

---

1) 이 작품은 『현대문학』 1969년 7월호에 실린 〈온달〉이 원제이다. 1970년 11월 김정옥 연출로 예술극장에서 공연되면서 제목이 바뀐 것이다. - 이태주, 「70년대 연극의 문화형성력」, 『한국연극』 9월호, 한국연극협회, 1984, 40쪽.

2) 유민영, 「70년대 연극의 〈사적 전개〉」, 『한국연극』 9월호, 한국연극협회, 1984, 54쪽 참조.

구', '작품에서 드러나는 제의적인 측면에서의 연구', '최인훈 작품에서 드러나는 비극성에 대한 연구', '희곡의 패로디에 대한 연구' 등 매우 다양한 측면에서 연구되고 있다. 본 연구자 역시 최인훈 희곡의 비극성에 관심을 갖고 두 편의 논문3)을 통해 작품에서 드러나는 비극적인 구조에 대해 밝힌 바 있다.

작품을 이렇게 바라보게 된 근거 중 하나는 작가 최인훈이 희곡 쓰기에 대해 몇 가지 원칙을 내세우고 있기 때문이다. 그는 "설화에서 소재를 가져온다, 설화나 전설의 스토리를 현대적으로 변형하여 개체의 자율적 자아발견이라는 새로운 의미와 가치를 추구한다. 그러한 과정에서 행복한 결말을 가진 설화일지라도 본격적인 비극의 형태로 재구성한다, 회의적이고 사색적인 인물이 주인공이던 소설과는 다르게 자신의 사고를 선택적 행동으로 옮길 수 있는 인물이 극의 진행을 끌고 간다"라는 원칙4)을 밝히고 있는 것이다.

그런데 최인훈의 희곡 중에는 <둥둥 樂浪둥>처럼, 아리스토텔레스가 말한 잘 쓰여진 비극(희곡) 즉 '필연적 또는 개연적 인과 관계를 지닌 플롯의 통일성을 중시한다'5)는 견해에 충실한 작품이 있는가 하면, '단순한 플롯과 행동 중에서 최악의 것은 삽화적인 것이다. 나는 여러 가지 삽화들이 상호 간에 개연적 또는 필연적

---

3) 졸고, 「최인훈의 <옛날 옛적에 훠어이 훠이> 연구 – 극텍스트의 비극적 구조 분석」, 연세대 교육대학원 석사학위논문, 1998.
   졸고, 「최인훈 희곡 <둥둥 樂浪둥> 구조 연구」, 연세대 대학원 석사학위논문, 2001.
4) 김종회, 「관념의 문학, 그 곤고한 지적 편력」, 『작가세계』 4, 1990년 봄호, 세계사, 1990, 36쪽.
5) 아리스토텔레스, 『시학』, 천병희 옮김, 문예출판사, 1996, 57쪽.

인과 관계도 없이 잇달아 일어날 때 이를 삽화적 플롯이라고 부른다'[6], '시인은 서사시적 구성-서사시적 구성이라 함은 다수의 스토리를 가지고 있는 구성을 말한다-을 토대로 하여 비극을 써서는 안 된다'[7]는 견해와 달리 서사적인 구성을 지닌 작품이 있다. <옛날 옛적에 훠어이 훠이>, <봄이 오면 山에 들에>, <달아 달아 밝은 달아>에서 우리는 서사적인 구성을 발견할 수 있다. 최인훈의 '비극의 형태로 재구성한다'는 원칙에는 아리스토텔레스의 견해를 극복하여 개연적 인과 관계를 지닌 플롯, 서사시적 구성을 지닌 플롯이 모두 포함되어 있다고 볼 수 있는 것이다.

그리고 서사적인 구조는 오늘날 아리스토텔레스가 부정적으로 여겼다는 것을 극복하고 베커만에 의해 '확산희곡'이란 이름으로 그 이론이 발전했다. 베커만은 아리스토텔레스가 말한 잘 쓰여진 극 구성을 집약희곡으로 서사적인 구성을 확산희곡으로 이론화한 것이다.[8] 또한 베커만에 의해 이론화된 집약희곡, 확산희곡 구조는 희곡 연구자들의 유용한 도구가 되고 있다.

본 글에서는 최인훈 희곡들의 정치한 분석을 모색하던 중 <둥둥 樂浪둥>에서 드러나는 구성과 다른 구성을 지닌 <옛날 옛적에 훠어이 훠이>, <봄이 오면 산에 들에>, <달아 달아 밝은 달아>가 확산희곡으로 분석했을 경우 좀더 정치하게 작품을 볼 수 있다는

---

6) 위의 책, 63쪽.

7) 위의 책, 104쪽.

8) Bernard Beckerman. *Dynamics of Drama : Theory and Method of Analysis.* (김용수, 「몽타주와 연극적 전통」, 『영화에서의 몽타주 이론』, 열화당, 1999, 243쪽 참조.)

선의식을 갖게 되었다. 그리고 최인훈 희곡을 이해하는 데 있어 위의 작품들 중 <봄이 오면 산에 들에>를 중심으로 최인훈 희곡에서 드러나는 확산희곡 구조를 살펴보려 한다.

그러면 여기서 본 글의 연구 방법론이 되는 확산희곡에 대해 간략하게 살펴보자.

확산희곡은 인간의 행동을 광범위한 시공간과 다수의 사건을 이용해 묘사하는 희곡을 일컫는 것으로, 충돌 몽타주와 그 맥을 같이 한다고 할 수 있다. ①논리적 빈틈이 있고 ②비연속적 구성을 지니며 ③다양함 속에 통일성이 있고 ④귀납적 구성을 지닌다. 좀더 자세히 살펴보면 다음과 같다.

첫째, 집약희곡이 장면들의 전후 인과관계에 의한 액션의 직선적 혹은 시간적 진전에 초점을 맞춘다면, 확산희곡은 다양한 장면이나 액션들 사이의 유사성과 대조를 강조하는 '수직적 비교관계'를 중시한다. 다양한 액션들과 장면들이 유사함과 대조에 의해 이미지 연상을 일으켜 의도하고자 하는 주제를 전달하는 것이다. '수직적 비교관계'는 엘리자베스 시대의 연극과 브레히트의 극에서도 그대로 답습되고 있다.

둘째, 확산희곡은 비연속적인 극 진행을 구사한다. 그래서 집약희곡의 기본 구성단위가 막이라면, 확산희곡의 구성 단위는 장면이며 장면과 장면 사이의 전환은 보통 시공간적 비연속성을 보인다. 확산희곡의 액션은 단편적인 여러 개의 장면들로 분할되어 시공간적인 비연속성을 형성하는 것이다. 이러한 비연속적인 구성은 몽타주 구성과 유사한 것으로 장면과 장면 사이에서 극적인 효과를 준다.

셋째, 집약희곡은 대개 '후반 개시' 방법을 쓰지만, 확산희곡은 '초반 개시' 방법을 취한다. '후반 개시'란 이야기를 중간 부분부터 시작함으로써 극의 플롯을 절정에 이른 이야기 부분에 집중시키는 방법을 말하며 '초반 개시'는 플롯이 이야기의 첫 부분 혹은 첫 번째 행동유발 동기부터 시작해 그 이야기의 결론까지 순차적으로 진행하는 서술방법을 말한다. 확산희곡은 초반 개시 방법을 구사해 다양한 사건을 다루는 것이다. 그래서 집약희곡과 달리 확산희곡에서는 사건이 흩어져 있다고 볼 수 있다. 그런데 다채로운 사건을 다루는 확산희곡은 대체로 '다양함 속의 통일성'을 지향한다. 확산희곡의 대표적인 구조는 시작, 다양한 에피소드(중간), 그리고 끝 부분으로 이루어져 있다. 여기서 시작 부분은 앞으로 다룰 문제를 밝히고, 끝 부분은 그 문제를 결론짓는다. '다양함 속의 통일성'을 바로 이 3분할적 구조에 있다. 확산희곡은 다양한 사건이나 인물들이 유사성과 대조에 의해 서로 수직적 비교가 되는 '유사성에 의한 통일'을 이룬다. 여기서의 통일성은 유기적 통일이 아니라, 에이젠슈테인이 말한 '유기성', '총체적인 이미지', '조화로운 대위법' 등의 개념이라 할 수 있다.

넷째, 확산희곡은 '밑에서 위로 구성해 가는' 귀납적 구성을 토대로 한다. 집약희곡이 전체적인 설계로부터 세부 부분으로, 혹은 하나의 주제에서 시작해 개별적인 세부사항으로 구성해 간다면, 확산희곡은 개별적이고도 구체적인 부분들로부터 시작해 전체적인 극으로 구성해 간다.9)

그리고 이 확산희곡은 장면이 연결될 때의 차이에 따라 확산희곡 중에서도 '행동양식의 확산 희곡'과 '이벤트양식의 확산희곡'으로 나누어진다. '행동양식의 확산희곡'은 현재의 상황, 그것을 바꾸려는 시도, 그리고 새로운 상황으로 구성되어 있고, 그 전체적인 구도는 시작, 중간, 종말의 순서를 지니고 있다. 이에 비해 이벤트 양식의 확산희곡은 플롯이 일련의 사건을 나열하며 그 전체적인 구도가 시작, 중간, 종말의 틀이 없이 한 장면적 이미지에서 다른 장면적 이미지로 떠돌아다니는 경향이 있다. 그래서 이벤트양식의 확산희곡은 전통적 의미의 스토리를 사용하지 않고, 장면들 사이의 이미지 연상을 극도로 추구한다.

이처럼 확산희곡에 대한 이론을 살펴보았을 때, <옛날 옛적에 훠어이 훠이>와 <봄이 오면 산에 들에>는 행동양식의 확산희곡이라고 할 수 있고 <달아 달아 밝은 달아>는 이벤트양식의 확산구조라 할 수 있다.

그러면 본격적으로 작품을 살펴보도록 하겠다.

2. <봄이 오면 산에 들에>의 인유(Allusion 引喩) 방식

<봄이 오면 산에 들에>는 최인훈의 다른 작품과 같이 전래되어 온 민담, 문둥이이야기를 토대로 하고 있다. 그러나 정확한 민담의 제목을 알 수는 없고, 다만 이야기를 풀어가는 방식은 <한>이라

---

9) 김용수, 「몽타주와 연극적 전통」, 『영화에서의 몽타주 이론』, 열화당, 1999, 244~250쪽.

는 영화에 영향을 받았다[10]고 할 수 있다. 최인훈은 세 편의 에피소드로 이루어진 영화 <한>을 보고 그중 제2화에 대해 아쉬움을 표했다. 제2화는 화상을 입고 몹시 흉한 모습이 된 간부(姦婦)였던 어머니가 가족을 떠나야 했지만, 아주 떠나지는 못하고 주변에서 숨어 지내다가 가족을 찾아 드는데, 그 징그러운 모습을 본 아들이 "귀신이야"하면서 달아나다가 낭떠러지에 떨어져 죽는다는 이야기다. 최인훈은 이 야화에 대해 "사랑하는 아들에게 죽음을 주는 얼굴이라면 그 앞에는 다시 나타나지 않는 <배려>-그것이 아마 옳은 사랑일 것이다"라고 하면서, 이러한 이기주의는 '예술로서의 멋과 숭고함을 잃은 것'[11]이라고 비판하고 있는 것이다. <봄이 오면 산에 들에>에서 문둥이 어미가 가족의 곁을 배회하면서도 나중에 떠나려 하는 것은 영화 <한>의 비판적인 변용이라고 할 수 있는 것이다.

여기서 문둥이 이야기를 토대로 한 것, 영화 <한>의 비판적 수용은 인유라 할 수 있다. 인유는 인물이나 장소나 사건 또는 다른 문학작품이나 그 구절의, 명백한 또는 간접적인 언급 내지 인용을 뜻한다.[12] 그런데 이 작품에서는 민담의 인유가 인물의 액션(action, 행동)으로 이미지로 처리되고 있다.

우선 <봄이 오면 산에 들에>를 에피소드별로 나누고 논의를 전개해 보자.

---

10) 홍진석, 「최인훈 희곡 연구」, 태학사, 1996, 71~72쪽.
11) 최인훈, 「영화 "恨"의 안팎」, 『문학과 이데올로기』, 문학과지성사, 1994, 124쪽.
12) 에이브람즈, 『문학용어사전』, 대방출판사, 1987, 12쪽.

【E 1】 깊은 산속 돌밭. 푹푹찌는 한여름. 김을 매고 있는 달래 옆에 바우가 다가옴. 바우는 자신이 성쌓기에 뽑혀갈지 모른다 며 그 전에, 가을에 결혼하자고 말함. 달래는 갈등함.

【E 2】 산속 굴. 달래가 바가지를 얼굴에 대고 문둥이 흉내를 내 며, 어릴 때 엄마가 자신에게 해준 '소금장수가 문둥이를 만난 이야기'를 재연함. 자신이 그 얘기를 듣고 울자 엄마가 자신을 달래주던 것을 회상함.

【E 3】 겨울밤. 방안. 달내와 아버지. 아버지는 새끼를 꼬고 있고 달내는 바느질을 하고 있음. 달내는 꿈에 엄마가 문열어달라는 말을 하며 나타났다는 얘기를 함. 아버지는 어미를 탓하며 우 는 딸을 진정시킴. 그때 '소리'로 어미(문둥이)가 나타나 문을 열어달라고 함. 아비는 마을사람들이 알면 안 된다며 내쫓음.

【E 4】 한낮. 집. 아비와 딸이 집안일을 하고 있음. 포교 등장. 사또가 달내를 소실로 맞고 싶어하니 딸을 보내라고 강요함. 아비는 달내가 아직 어리다고 거절. 화가 난 포교는 사흘 후에 가마를 보내겠다고 으름짱을 놓고는 퇴장. 바우 등장. 아비는 바우에게 다음날 밤 달내와 함께 달아나라고 함.

【E 5】 아비와 달내가 짐을 꾸리고 있음. 달내가 아비에게 함께 도망가자고 함. 그러나 아비는 가끔씩 찾아오는 어미를 두고 갈 수 없다고 말함. 달내, 집에 불이나 엄마가 자신을 구해준 과거의 일을 꿈으로 꿈. 깨어나 엄마에 대한 기억을 떠올리며 엄마를 두고 갈 수 없다며 우는 달내. 이때 엄마가 '소리'로 등 장. 멀리 떠날 거라는 엄마의 말을 듣고 달내가 뛰어나가 문둥 이 엄마를 데리고 들어옴.

【E 6】 더 깊은 산속. 봄. 어미를 따라 문둥이가 된 아비, 달내,
바우가 김매면서 등장. 산짐승등과 어울려 노래를 부름. 퇴장.

위의 에피소드에서 인유를 드러내는 것은 E 2이다. 이 장면에서
달내는 소금장수가 문둥이를 만나 놀라서 도망가는 이야기를 바가
지를 들로 직접 재연한다.

> 달내 ……
> 옛날에 소금장사가 있었는데
> 길을 가다가 (여기서부터 이야기에 따라 몸짓으로 시늉)
> 해가 저물어
> ………
> 빨래하던 아낙네를 만나서
> 어디 자고 갈데가 없느냐고
> 물어도
> 얼굴을 숙이고 (제 얼굴을 숙이면서)
> 쳐다보지도 않기에
> ………
> 그럴 수 있느냐고
> 핀잔을 줬더니
> 마지못해 얼굴을 드는데 (제 얼굴을 든다)
> 눈도 없고
> 눈썹도 없고
> 코도 입도
> 귀도
> 아무것도 없는

맨숭 얼굴 (손바닥으로 제 얼굴을 쓱 문댄다)
소금 짐을 내던지고
걸음아 날 살려라
………

오막살이 하나 (굴을 둘러보며 가리킨다)
………

걸음아 날 살려라 (뛰는 시늉)
………

겨우 숨을 돌리는데 (숨을 돌리며)
………

가리키는 구석에 물먹은 소금 짐이 하나 (굴 구석을 가리킨다)
아이구 소리보다 먼저
돌아보는
아낙네 얼굴이
그 달걀 귀신 (달내 제 얼굴을 내민다)[13]

　"꿈결처럼 걸어 들어 온" 달내는 위의 괄호 속 지문을 직접 몸으로 연기한다. 이는 예전에 어미가 해주었던 이야기를 몸으로 이야기하고 있는 것이다. 그러면서 달내는 '사발을 쓰다듬는 행위'를 반복한다. 이 행위는 엄마가 자신이 울자 '미안하다며, 미안해서 개울가로 업고 나가서 가재를 잡아주던' 것을 기억하는 것과 동시에 이루어진다. 엄마가 자신을 쓰다듬었듯이 자신도 사발을 쓰다듬는 것이다. 이러한 달내의 행위는 이야기를 몸으로 재연하면서, 엄마

---

13) 최인훈, 「봄이 오면 山에 들에」, 『세계의 문학』 1977 가을, 제2권 제3호, 민음사, 1977, 331~332쪽.

가 자신에게 했던 행동을 역할놀이로 재연하는 것이라고도 할 수 있겠다. 그리고 달내의 행동에서 우리는 '맨숭얼굴', '달걀 귀신'에 대한 추한 이미지와 어미의 자식에 대한 사랑이 병치되어 있음을 알 수 있다. 추하고 무서운 이야기를 하는 엄마를 달내가 흉내냄으로써 추와 모성애라는 이질적인 이미지가 형성된 것이다.

이처럼 <봉이 오면 산에 들에>에서 민담의 인유 방식은 달내의 역할놀이로 추와 모성애라는 이미지를 만들어낸다.

3. '소리' - 공포의 이미지

<봄이 오면 산에 들에>에서는 최인훈의 다른 희곡에서도 볼 수 있듯이 시·청각적인 요소가 잘 활용되고 있다. 이러한 요소는 공간의 음향효과를 내기도 하면서 대사로 표현할 수 없는 이미지를 만들어내기도 한다.

E 3에서는 "휘파람처럼/ 날카로운/ 먼/ 바람소리"가 들리는 가운데 아비와 달래가 각각 새끼를 꼬고 바느질을 하고 있다. 그리고 다음과 같은 바람 소리가 들린다.

바람 소리/ 먼데서/ 겨울 밤의/ 한참 듣고 있노라면/ 이쪽 넋이 옮아가는지/ 마음에 바람이 옮가앉았는지/ 가릴 수 없이 돼가면서/ 흐느끼듯/ 울부짖듯/ 어느 바위 모서리에 부딪쳐/ 피흘리며 한숨쉬듯/ 울부짖는/ 그/ 겨울 밤의/ 바람소리

(『세계의 문학』, 334~335쪽.)

바람 소리/ 멀리서/ 여러 사람이/ 피묻은 칼을 뽑아들고/ 벼랑을 달려내려오는/ 그런/ 바람 소리

(『세계의 문학』, 336쪽.)

그런데 위의 바람 소리는 E 5에서도 똑같이 반복되고 있다. 아비와 달내의 느린 행위와 달리 지문에서 드러나는 청각적인 요소인 바람 소리는 처절하다. "늑대우는 소리, 새같은 것이 나는 소리, 눈이 부서져 내리는 소리" 같은 자연의 소리가 들리기도 하지만, 바람 소리는 무대 밖의 보이지 않는 현실을 뜻하는 거라 할 수 있다. '흐느끼고 울부짖는' 듯 고통스러워하는 것 같으면서도 '여러 사람이 칼을 뽑아들고 내려오는 듯한 그런 바람 소리'는 어미, 달래와 유사한 민중의 이미지라 여겨진다. 이런 바람의 흐름에 따라 아비와 달내의 움직임 역시 느리게 움직인다. 이러한 민중의 현실은 매우 바람 소리처럼 매우 엄정하며 달내와 아비를 억압하는 또 다른 집단의 힘이 된다고도 할 수 있다. 문을 열어 달라는 어미에게 아비는 '마을 사람들이 알면 안된다고' 두려워하고 있는 것이다.

'소리'라는 역할이 부여된 어미는 소리로만 나타나다가 E 5에서는 그 모습을 드러낸다. 달내에게 사랑을 주던 어미는 현재 문둥병자가 되어 스스로 집을 떠나 있지만, 가족이 그리워서 가끔씩 나타난다. 그리곤 자신에게 닫혀진 문 앞에서 "흩어진, 목쉰 여자의 목소리 들릴락 말락한"소리로 "달래야"라고 부른다. 하지만 가족을 위해 멀리 떠나려 하자 달내가 엄마를 붙들고 방안으로 데리고 들어가는 것이다. 이제 어미는 '소리'로만 등장하는 것이 아니라 문둥이 탈을 쓰고 무대 위에 전면화 된다.

'소리'와 바람 소리 음향이 공포의 이미지를 만들어 내는 데는 E 4의 포교 장면으로 인함이다. 지배계급의 환유라고 할 수 있는 포교는 달내를 데려가겠다고 윽박지르는 수탈적이고 억압적인 이미지를 조성한다. 그리고 달내가 도망갔을 경우 그에 대해 죄를 부과할 수 있을 정도의 만만치 않은 반대 세력으로 존재한다.

4. 등장인물들의 행위 - 느림의 정서

<봄이 오면 산에 들에>의 등장인물들은 <옛날 옛적에 훠어이 훠이>, <달아 달아 밝은 달아>의 등장인물들처럼 모든 행동이 매우 느리게 진행된다.

이 같은 움직임들은/ 모두/ 굼뜨고/ 힘들게,/ 밤은 길지만/ 그 밤을 채울/ 아기자기한/ 그래서 그 밤이/ 그지없이 짧아질 건덕지가/ 하나도 없는 두 사람이/ 힘들게/ 굼뜨게/ 긴 겨울 밤과 싸우듯/ 그렇게 마디가 뚜렷하고/ 마디 사이가 벌어지는 투의 움직임으로/ 너무 과장된 것을 알리는 것은 좋지 않으나/ 실제로는 거의 무언극에서의 움직임처럼/ 그들이 하고 있는 일은/ 다 아는 일이기 때문에/ 흉내만 내면 된다는 그런/ 연기가 아니고/ 말은 할 수 없고/ 그 움직임만으로 무엇인가를/ 옮겨야 한다는 느낌으로/ 아니, 그들이 하는 일이/ 쉽게 알수는 없는 어떤 신비한 일이기 때문에 되풀이해서 관객에게 옮기려 해도/ 안 되기 때문에 자꾸 되풀이하고 있다는 그런 느낌이 나게/ 마치/ 우주선 속에서의/ 우주비행사의 그 단순한/ 어린애보다 못한 움직임을/ 우리가 볼 때의/ 그 신기하고 깊게 울려오는/ 그런 느낌이 들도

록/ 움직여야 한다/ 그러니까/ 그 움직임의 보통 뜻에 상관없이/ 움직
임 그것이 재미있게 보이게 그렇게 움직인다/ 이 극의 모든 움직임은
그렇게 이루어질 것/ 말더듬이처럼, 움직임 더듬이로

(『세계의 문학』, 337~338쪽.)

E 3의 위와 같은 지시문은 아비가 대사에서 말을 더듬는 것과
호흡을 같이 하는 극행동으로 극도로 양식화된 느림을 지향한다.
노골적으로 느리게 행동하되 그것이 신비하게, 신기함이 울려나오
게, 그러면서도 재미있게 보여야 하는 것이다.

이러한 주문은 <봄이 오면 산에 들에>의 인물들이 마치 느린
인형처럼 자의식 없이 행동할 것을 지시하는 듯하다. 바람 소리는
매우 날카롭게 이들을 억압하지만, 정작 이들은 그 억압을 느끼지
못하는 듯, 그것과 상관없다는 듯 인형처럼 행동하는 것이다. 바람
소리와 함께하는 등장인물들의 양식화된 느림은 서로 상반되는 이
미지를 형성하면서 서양과 다른 느림의 미학을 보여주고 있는 듯
하다. 그리고 이러한 느림은 관객에게 매우 답답한 이미지를 만들
어내기도 한다. 아비가 말을 더듬는 것부터 매우 답답한 듯한데 행
위까지 느리게 유도하는 것은 최인훈 희곡 중 확산희곡 작품에서
드러나는 특징 중 하나이다.

작가 최인훈에게 민중의 이미지는 바로 이렇게 자의식 없이 느
리고, 답답하고, 의지가 없어 보인다는 걸 뜻한다고 할 수 있으며
작가가 자신의 작품을 통해 느림의 양식을 만들어내고 있다고 할
수 있다. 등장인물이 민중들인 작품, 같은 민중들에게나 지배계급
에게 착취당하는 민중들이 등장하는 작품들만의, 최인훈 확산구조

만의 특징은 바로 느림의 양식이라 할 수 있겠다.

5. 문둥이의 자연 은둔 결말 – 역설의 미

E 2의 달내의 역할놀이에서 바가지로 상징되었던 문둥이는 E 6 결말에서는 문둥이 탈로 보다 직접적으로 드러난다. 마을 사람들의 문둥이를 멀리하는 집단 의식과 사또의 횡포를 모면하기 위해 아비와 달래와 바우는 어미와 함께 산속 깊이 은닉하게 되고 그러면서 가족 모두가 문둥이가 되는데 그것이 문둥이 탈로 형상화된 것이다.

> 머리 셋이 지평선 위로
> 차츰 올라오고, 따라 몸뚱이가 드러난다
> 머리수건 친 사내 하나
> 머리수건 쓴 여자 둘
> ....
> 짐승들
> 조심조심 다가가서
> 얼굴을 들여다 보자
> 「도깨비야!」
> 짐승들 우르르 흩어져서 한쪽에 몰려 선다
> 달내   (문둥이 탈쓴 얼굴을 들고 판소리 가락으로)
>
> (『세계의 문학』, 352쪽.)

문둥병은 고칠 수 없는 천형, 하늘이 내린 병이라 하여 격리되는 병이기도 하다. 그러나 이 네 등장인물은 E 6에서 보면 모두 유쾌한 듯하다. 자연과 어울리는 그들은 자신들의 선택에 만족해 하는 듯하기 때문이다.

　　토끼야 노루야/　겁내지 말아/ 하늘님이 내린 탈을/ 울엄마가 받아쓰고/ 울엄마가 받아쓴 탈/ 이 달래가 받아쓰고/ 이 달내가 받아쓴 탈 / 울아배가 받아쓰고/ 하늘님이 내린 탈을 식구고루 나눠 썼네/ 하늘동티 입은 우리/ 사람동네 살수없어/ 이 산속에 찾아와서/ 너희들의 이웃됐네/ (보통 말투가 되면서)/ 겁내지 말어

　　짐승들 눈물을 닦으며 달내의 넋두리를 듣고나서
　　서로 마주 보며 고개를 끄덕거린다

(『세계의 문학』, 352～353쪽.)

달내는 판소리 노랫가락으로 노래하고 있고 짐승들과 함께 웃고 있지만, 그 사설이 넋두리로 들리면서 짐승들은 눈물을 흘린다. 웃음과 눈물이 공존하는 수직적인 관계는 결코 선행연구서들에서 볼 수 있는 조화, 화해가 있는 결말[14]이라고 평가할 수 없다. 달내와 그 가족들은 사람들이 있는 세계로부터 쫓겨난 것이며 지배권력으로부터 도망쳐 나온 것이다. 그들은 해방을 얻은 것이 아니라, 문둥병 걸린 불행을 겪고 있는 것이다. 그런데 웃음과 눈물이라는 반대항의 공존, 수직적인 관계는 동양미학에서 드러나는 역설적인 미를 만들어낸다. 문둥이라는 추함과 고귀한 생명력을 뜻하는 자

---

14) 홍진석, 앞의 책, 81쪽.

연, 전혀 어울릴 것 같지 않은 두 속성의 충돌로 새로운 미가 생겨나는 것이다. 그리고 여기에 무대 배경에서, 그리고 결말에서 등장하는 십장생원(十長生圓)은 이들의 충돌을 신성함으로 승격시킨다. 문둥병자들과 십장생원을 동일 선상에 놓으면서 고귀하고 신성한 이미지를 만들어내는 것이다.

여기서 우리는 작품을 본 사람 마음 속에 작용하는 심리학적 과정인 환영에 대해 생각하게 된다. 특히 이 작품의 결말은 멘델소손이 정의한 환영에 대한 정의를 인용해 설명할 수 있겠다. 멘델소손에 따르면 환영은 보다 하등하고 비합리적인 심리 상태에 속하는 힘, 그리고 본능적이거나 직관적인 인식능력이다. 그리고 이러한 환영으로 '혼합감정'을 겪게 되는데 이 '혼합감정이론'은 실러의 비극이론에 영향을 끼쳐, "고통은 항상 가장 지고한 도덕적 즐거움을 동반한다"[15]는 논의를 펴게 한다. 실러의 비극이론을 보아도 알 수 있듯이 <봄이 오면 산에 들에> 결말의 평화로운 이미지는 가족 모두가 어미를 따라 문둥이가 된 고통스러운 상황의 지고한 도덕적 즐거움, 역설적인 미에서 발생하는 경험이라고 할 수 있겠다.

5. 맺는말 - 〈봄이 오면 산에 들에〉의 확산 구조에서 드러나는 이데올로기

<봄이 오면 산에 들에>는 모두 여섯 개의 에피소드를 지닌 확

---

15) 쉴러, 「비극적 대상에서 느껴지는 재미의 이유에 대하여」, 『드라마 분석론』, 아스무트 지음, 송전 옮김, 한남대출판부, 1995.

산구조임을 알 수 있었다. 그리고 이 에피소드들 중 E 2에서는 설화가 인유되는 방식에서 '맨숭얼굴', '달걀 귀신'에 대한 추한 이미지와 어미의 자식에 대한 사랑이 병치되어 있음을 알 수 있었다. 추와 모성애라는 이질적인 이미지가 충돌하게 된 것이다. E 3과 E 5의 바람 소리라는 청각적인 요소는 반복을 통해 문둥이를 거부하는 민중 집단에 대한 이미지를 드러내고 있었다. 그리고 이 집단의 이미지는 E 5 의 지배자 세력과 합쳐지면서 달내와 아비에게 공포 이미지를 만들어낸다. 또한 작품 전체에서 볼 수 있는 아비의 어눌한 말더듬과 E 3에서 강조되는 등장인물들에 대한 느린 행위 지시는 작가 최인훈이 의도하는 느림의 양식화라 할 수 있겠다.

그리고 결말에서는 문둥병이라는 추함이 생명력 있는 자연과 충돌하면서 역설적인 미를 만들어내고 작품 안에서는 이러한 충돌을 십장생원이라는 신성함으로 승격시킨다.

<봄이 오면 산에 들에>에서는 문둥병이란 추(醜)를 모성애, 자연의 생명력이라는 미(美)와 충돌시키면서 역설적인 미를 만들어내고, 달내와 아비, 바우라는 등장인물의 행위를 통해서는 느림을 양식화했으며 민중이 또다른 집단 세력과 지배 세력에 억압받는 지배 이데올로기를 보여주었다. 미추(美醜)의 결합으로 인한 역설적인 미와 느림의 양식화는 동양적인 미라 볼 수 있으며 지배세력과 피지배세력 간이 발생하는 억압의 관계는 역사의식이 드러나는 것이라 할 수 있다.

이처럼 <봄이 오면 산에 들에>의 확산구조 연구를 통해 동양적인 미와 지배 이데올로기에서 드러나는 역사의식을 유추할 수 있

었다. 이러한 동양적인 미와 역사의식은 <봄이 오면 산에 들에>만의 특징은 아니며 <옛날 옛적에 훠어이 훠이>, <달아 달아 밝은 달아>에서도 보여지는 것이다. 두 작품의 연구를 포함해 유추되는 최인훈 희곡작품의 구조에 대한 연구결과는 희곡 작가로서의 '최인훈의 작가의식'이라 이름붙일 수 있다.

≪저자와의 대화≫ 全集 完刊한 『廣場』의 崔仁勳 씨

변동하는 時代의 藝術家의 探求*

〈對談〉 김 현(서울大 人文大 副教授·文學評論)

『어째서 나는 내가 쓰는 글의 방식에 대해서 늘 이렇게 미안해하고 죄의식을 가지는 것일까 하는 것이 두고두고 생각되고, 어떻게 보면 그것이 또 앞으로의 나의 예술의 형식도 되고 소재도 되지 않을까, 그렇게 생각합니다』

幼年시절의 豆滿江體驗

金 ▌ 崔선생님 안녕하십니까. 지난번에 文學과 知性社에서 선생님의 문학전집이 일단 完刊된 것을 계기로 해서 선생님의 문학 전반에 대한 것을 들어봤으면 좋겠다는 의도에서 이 자리를 마련한 것 같은데, 우선 얘기를 쉽게 풀어나가기 위해서 작품내용이라든지 崔선생님의 문학적인 태도라든지 하는 것은 뒤에 가서 얘기하기로 하고 먼저 독자들이

---

* 김 현·최인훈, 「변동하는 時代의 藝術家의 探求」, 『新東亞』통권 205호, 9월호, 동아일보, 1981, 210~228쪽. 원문 그대로 표기하되 현대 맞춤법에 맞게 옮겨 놓았다.

궁금해 할 것 같은 崔선생님의 생애에 대해서 몇 가지 여쭤보도록 하겠습니다.

崔선생님의 年譜를 보면 1936년에 會寧에서 출생해서 47년에 元山으로 이사하신 것으로 되어 있는데, 회령이라면 두만강 맨 끝에 있는 도시 아닙니까? 거기서 태어나서 원산으로 오실 때가 국민학교에 들어간 뒤입니까?

崔 ▮ 중학교 1학년 때이지요. 국민학교는 회령에서 다녔고……

金 ▮ 그러면 국민학교 때는 순전히 일본말로 교육을 받으신 셈입니까?

崔 ▮ 5학년까지 일본말로 배웠지요. 국민학교 5학년 때 해방이 됐으니까……

金 ▮ 집안 환경은 어떤 편이었습니까?

崔 ▮ 저희 집은 會寧邑에 있었는데, 아버지가 상인이었어요. 회령이라는 데가 나무를 취급하는 고장이거든요. 백두산에서 베어낸 나무들이 뗏목으로 거기까지 흘러와서 그것을 제재도 하고 火木으로도 팔고 숯도 구워 팔고 또 종이도 만들고 했는데, 우리 아버지는 그런 것을 다 취급했어요.

金 ▮ 『豆滿江』이라는 崔선생님 소설을 보면 그때 어린 시절의 경험이 상당히 많이 투영되고 있는 것 같아요. 그래서 거기서 얘기되고 있는 두만강 부근의 묘사라든지 선교사들 얘기, 그리고 일본인 아이들의 얘기 같은 것이 상당히 서정적으로 느껴졌는데, 여기 풍경하고 그쪽 풍경하고는 다른 면이 있습니까?

崔 ▮ 있는 것 같아요. 『豆滿江』은 내가 대학교 1학년 때 쓴 작품이에요. 그때가 釜山 피난시절이었지요. 물론 작품에는 조금씩 변형되어 그려져 있습니다만 이제 얘기한 것 같은 자기 고장에 대한 기억은 아마 그

대로 남아 있는 것 같아요.

그런데 이쪽 풍경과 「다르다」고 하는 것을 한 마디로 어떻게 얘기했으면 좋을지 잘 모르겠지만, 우선 내가 남한에 나와서 살고 보니까 더욱 뚜렷이 느껴지는 것으로서 咸鏡道라는 곳은 유사 이래 한 국사의 줄기에서 일단 옆으로 조금 비껴 앉아 있었던 것이 사실이고, 그러한 것이 무엇인가 생활에 상당한 영향을 미쳤다고 봐요. 그곳이 韓國史에 植民지방이라 할까, 변방지방이라 할까, 그런 곳이어서 어떤 정통적인 의미에 있어서의 한국인의 영역 속에 가지고 있는 순수한 것들이 여러 가지 잡다한 것들하고 섞여 있는 것 같아요. 이를테면 우리가 그 곳에 살고 있을 때만 해도 女眞人들이 부락을 형성해서 살고 있었고, 또 러시아 領인 沿海州와의 교섭이 일상화되다시피 번다하고, 어휘 같은 것만 하더라도 가령 우리는 성냥을 비지께라고 불렀는데 그것은 비즈이까라고 하는 러시아말이거든요. 그런 식으로 중국말 러시아말이 많이 섞여 있어요.

「邊境人」에게 주어진 문화충격

金 ▌ 지금 입장에서 보자면 崔선생님의 그 만주 체험이라든지 중국 체험, 그리고 백두산 압록강 두만강 등의 체험이 소설가로서 굉장히 중요한 자산이 될 것 같은데, 崔선생님의 경우 회령에서 원산으로 오시면서 제 생각으로는 두 가지 변화가 일어났을 것 같아요. 하나는 소년기에 일본말로 교육을 받다가 한국어로 교육을 받게 되는 변화가 일어났을 것 같고, 다른 하나는 변경지방에 있다가 어떻든 중앙 쪽으로 가까이 내려왔다는 의미의 변화가 있었을 것 같은데, 거기에 대해서는 무슨 의

식화된 체험이라든지 생각 같은 것이 없으시지요?

崔 ▌ 네, 있어요. 사실 그 동안 많은 독자나 평론가들이 가령 崔아무개의 피난민 의식이라든가 하는 말을 많이 해왔는데, 그것을 조금 정신사적인 말로 옮겨본다면 일종의 문화충격이라고 할 수 있겠고, 또 변경인이라는 사회학에서 이미 세워진 그런 카테고리에 드는 체험이었다고 얘기할 수 있다고 봐요. 특히 내 경우에는 가령 중앙의 문화가 그리워서 변경인이 중앙으로 점점 가까이 온 경우가 아니고 정치적으로 타율에 의해서 우리 집안 자체의 필연적인 삶의 길을 찾아 이동해온 것이거든요. 그것이 한편으로는 공교롭게도 문화적으로 굉장한 갈등을 안겨주었는데, 그런 이동이 그 동안에 저 자신 작가로서 가장 집착하는 문제가 되었고, 앞으로도 아마 필연적으로 정해진 저의 길이 아닌가, 그렇게 생각합니다.

金 ▌ 고향상실이라고 하는 것이 결국 정치적인 여건에 의해서 일종의 강제성을 띠고 주어진 것이었다, 그리고 그런 것이 무슨 의미를 갖고 있었느냐 하는 것을 탐구하는 것이 崔선생님의 소설적인 사고의 한 원형이 되었고 앞으로도 그것이 崔선생님을 지배하지 않겠느냐 하는 말씀으로 알겠습니다.

그 뒤에 연보를 보면 원산에서 3년쯤 있다가 50년에 LST편으로 월남해서 목포에서 학교를 다닌 것으로 되어 있는데요.

崔 ▌ 네, 목포고등학교를 1년 다녔어요. 그때 남한에서는 고등학교制가 처음 실시되는 때였지요. 제가 남한에서의 고등학교 제1회 졸업생입니다.

金 ▌ 원산에 계실 때는 제1외국어로 무엇을 배우셨습니까?

崔 ▌ 러시아어를 배웠지요.

金 ▌ 그러면 여기 내려와서는 제1외국어로 영어를 배워야 되는 아주 힘

든 과정을 겪으셨을 텐데, 제가 듣기에는 1년 후에는 그 학급에서 어느 누구보다도 영어를 잘했다는 얘기를 들은 적이 있어요.

崔 ▌ 어느 누구보다 잘했다고 하는 것은 잘못된 얘기이고, 그냥 따라갈 수는 있었던 것 같아요. 좋아하고 열심히 하니까 되더군요.

LST, 그 죽음의 空間

金 ▌ 崔선생님은 연보에도 일부러 LST편으로 월남했다는 얘기를 쓰시고 했는데, 그 LST가 새로운 정신적인 삶을 위한 죽음의 공간이었다고 설명하려는 평자도 있는 것으로 알고 있어요. 실지로 LST를 타셨을 대의 느낌은 어땠습니까?

崔 ▌ 그때만 해도 제가 고등학교 2학년생이었는데, 이제까지의 생애에서 그만한 인원이 한군데 모인 것을 본 적이 없었어요. 그것도 무슨 운동회를 하기 위해서 모인 것이 아니고, 숫자를 조금 과장한다면 조그마한 邑 전체를 배 하나에 다 실었다고 할 정도의 인원이었으니까 그것도 굉장한 정신적 부담을 안겨준 것이 사실이었다고 생각해요. 어떤 사람이나 그런 충격은 감각적으로는 마찬가지이겠지만, 결국 직업이 그런 것을 자꾸 반추하게 되는 직업이다 보니까 그게 내가 아직도 정식화하지 못할 만큼 굉장한 응어리를 만들어준 것 같아요.

金 ▌ 집단적인 인구이동, 그것도 문화적으로 상당한 편차를 가지고 있는 곳으로의 이동이었다는 점에서 새로운 문화적인 삶을 살게끔 운명지어졌다 하는 식으로 얘기가 되겠군요.

崔 ▌ 그렇지요. 그리고 그것이 그냥 편안한 이동이 아니라 일종의 탈출 같은, 생명의 안전이 보장되어 있다고 할 수 없는 조건에서 앞길 모르

는 망망대해와 같은 이동이었지요.

金 ▌ 그 죽음의 위협까지 동반하고 있는 문화충돌이었다는 점과 관계가 있겠습니다만, 결국 선생님의 언어생활이 국민학교 때의 일본어교육, 고등학교 이후의 영어교육, 그리고 뒤에 다시 여쭈어 보겠습니다만 미국에서의 생활, 이런 것과 우리말이 합쳐져서 결국 3개의 언어권을 이루고 있다고 생각하는데, 선생님 경우에는 어느 쪽으로 읽고 사고하는 것이 제일 편합니까?

崔 ▌ 역시 우리말이지요. 다음이 일본말이고, 다음이 영어고…….

金 ▌ 유년기의 추억 같은 것을 얘기해 본다고 할 때 우리말 동요와 일본말 동요에서 느끼는 감정적인 질은 어떻습니까?

崔 ▌ 저로서는 다행이었던 것이 국민학교 5~6학년을 우리말로 교육받을 수가 있어서 시간적으로는 일본어로 교육받은 기간이 많지만 실제적으로는 어떤 균형을 얻은 것 같아요. 그리고 국민학교 때 아주 훌륭한 국어선생님이 한분 계셨는데 그분이 아동문학 관계 잡지를 많이 가지고 계셔서 우리나라 아동문학가들의 세계를 집중적으로 공급받았던 것 같아요.

美國에서 받은 충격

金 ▌ 연보를 보면 대체적으로 지금까지 얘기한 것이 중요한 사건이었던 것 같고, 그 뒤에 별다른 사건이 없다가 1973년에 IWP 초청으로 미국 아이오와로 가신 것으로 되어 있는데, 그때의 미국과의 접촉은 가령 월남하여 새로운 풍경, 새로운 땅과 접촉했을 때와 비교될 만큼 충격이 컸던 것인지, 아니면 사실에 있어서는 그렇게 큰 충격이 아니었는지…….

崔 ▌ 충격이 컸다고 생각합니다. 그리고 거기에는 한편 이런 사정이 있었던 것 같아요.

가령 내가 20세 전후해서 대학을 다니기 위해 유학을 했다면 그 문화적인 충격을 보다 순진하고 더 감각적으로까지 吸收하면서 전형적인 코스를 밟을 수 있었을 것인데, 내 경우에는 40이 넘어가지고 갔으니까 그 고장에 대해서 가지고 있는 나 자신의 관념적인 지식의 필터라고 할까, 그런 것이 충격의 완충지 같은 역할을 했기 때문에 어떤 의미에서는 몸으로 그 충격을 순진하게 받아들여서 새김질을 한다고 하는 노력을 방해하지 않았나 생각합니다. 그리고 또 한 가지는 보통의 경우라면 3년에 가까운 세월이라면 그렇게 짧다고 할 수 없는 세월인데, 제 경우는 지금 말씀하신 IWP의 초청을 받아서 갔기 때문에 처음에는 그 6개월 정도의 과정만 밟고 올 작정이었어요. 그런데 다른 이유 때문에 차일피일 귀국이 지연됐다는 형식으로 3년을 있다 보니까 결과적으로 처음부터 그만한 시간을 예정하고 갔더라면 혹 무언가 할 수도 있었을 것을 예정에 없이 유예된 상태로 머물다보니까 그 기간을 뜻있게 처리하지 못했던 면이 있는 것 같아요. 하여튼 큰 충격입디다.

金 ▌ 저는 선생님의 작가적인 세계의 입장에서 보자면 미국에 가셨던 것이 상당히 중요한 계기가 된 것으로 알고 있습니다. 거기 갔다 오신 뒤에 개인전집을 간행하기 시작하면서 한자어를 土俗語로 바꾸는 작업을 시도하셨는데, 그것이 미국에서 다른 나라 언어로 계속 생활해야 된다는 데 대한 반발로서 그렇게 된 것인지…….

崔 ▌ 그렇다고 생각합니다. 그것은 나도 처음부터 그렇게 분명히는 의식을 못했는데, 돌이켜 생각해볼 때 일본말은 우리말과 語法이 그렇게 다른 말이 아니고 또 내 자신 속에서 이미 위치가 지어져 있기 때문에

어떤 의미에서는 처리 가능하도록 되어 있으니까 그렇게 큰 문제가 되지 않는데, 영어의 경우는 나 자신 그렇게 능숙한 언어가 아닌 데도 모든 사람이 그것을 말하고 있는 곳에서 살아야 한다는 데 대한 반발이 컸던 것 같아요. 그래서 자기가 순수하게 자기임을 주장할 수 있는 최후 방어선까지 후퇴한 경우가 그 경우가 아니겠는가, 이렇게 생각해요. 그러다보니까 그 방어선 속에서는 한자까지도 잘라 내버리는 것이 아니냐, 이를테면 방어면적을 가장 좁게 해가지고 자기파괴를 면할 수 있는 지점가지 후퇴한 것이 이제 말한 그런 것으로 나왔다고 해도 틀림없지 않을까…….

「쓰는」 행위, 「가르치는」 행위

金 ▮ 선생님에게 토속어를 찾아 헤맨 것이 결국은 한국문화의 원래의 모습을 찾아 헤맨 것과 같은 것이 아닌가 하는 생각이 드는군요.

　그 다음에 독자로서 궁금한 것은 선생님이 77년부터 교수생활을 하고 계시는데 실지 서재에서 혼자 글을 쓰시는 것과 밖에 나가서 무엇인가를 가르치는 입장에 어떤 느낌의 차이가 있습니까?

崔 ▮ 글을 쓴다는 것과 가르친다는 것 두 가지 사이에서 오는 갈등은 그렇게 심하지는 않아요. 가르치는 것도 그런대로 문학 공부니까 그런 선에서 이길 수 있는데, 이것은 뭐 하나마나 한 얘기가 되겠지만, 비록 멍청하게 놀고 있더라도 시간을 다 비워놓고 있는 것이 제일 바람직한 것만은 틀림없을 것 같은데, 그렇다고 해서 본질적인 무엇 때문에 가르치는 입장에 서는 것이 굉장히 부담이 된다든지 하는 것은 그리 없는 것 같아요.

金 ▌ 그러나 실제로 작품을 쓰시는 경우에는 자기 상상 속에 완전히 몰입할 수 있는데, 남을 가르치는 경우에는 최소한 남들이 지식이라고 인정해 주는 것을 전달해줘야 될 의무를 느낄 때가 있을 텐데요.

崔 ▌ 그런 갈등은 조금 있어요. 우리 학급에 상당히 총명한 학생이 있어서 「정말 문학을 가르칠 수 있다고 생각해서 가르치느냐」고 물은 적이 있어서 상당히 궁색했었는데, 그 당장에는 그렇게 썩 명쾌한 대답을 못해준 것 같아요. 그런데 지금 이 자리에서 그동안 그 문제를 두고 생각해본 바를 얘기한다면, 그 학생의 질문도 옳고 또 가르치겠다고 생각하는 사람도 옳다고 생각해요.

예술교육이라는 것은 어차피 가르칠 수 있는 데까지 가르치는 것이지 일정 기간의 교육을 마친 다음 도장을 찍어서 예술가를 타율적으로 보증한다는 것은 아니지 않는가, 그래서 예술교육을 그렇게 이해한다면 못 가르칠 것도 없지 않겠는가, 그런 생각입니다.

金 ▌ 문학교육문제는 지금 세계적으로도 굉장히 중요한 문제가 되어 있는 것 같아요. 문학교육에 과연 지식을 가르쳐야 되느냐 아니면 사고하는 방식만 가르쳐 주는 것으로 만족해야 되느냐 하는 문제인데, 崔선생님 의견도 그러신 것 같고 제 자신도 그렇습니다만 문학교육의 경우는 지식보다는 세상 보는 방법을 가르쳐주는 것이지 어떤 축적된 지식을 가르쳐줄 수는 없는 것이 아니냐, 그렇게 생각되는군요.

崔 ▌ 좋은 교사가 되기 위해서는 많은 노력을 해야 될 것 같아요.

金 ▌ 그런데 실제 수업의 현장에 있을 때 선생님께서 개인적으로 경험하셨던 것들이 학생들에게 납득할 수 없는 경험인 것처럼 느껴지는 경우는 없습니까? 이를테면 작품을 쓰는 과정이라든지 사고를 하는 과정에서 선생님께서 느끼셨던 것들이 학생들에게 전달될 때 전혀 이질적

인 것처럼 느껴지는 그런 경우 말인데요.

崔 ▌ 그것은 내가 자신이 없는 지점이에요. 이제 그 말을 조금 다른 말로 바꾸자면 피교육자와 교육자 사이에 어떤 세대적인 감각의 차이 같은 것은 없겠느냐, 하는 말이 될 것 같은데, 그것은 제가 제일 자신이 없고, 다만 교육한다고 하는 면에서 학생들의 작품을 강평하도록 되어 있기 때문에 그런 것을 검증해볼 수 있는 통로는 있는 셈이지요.

「라울」의 挫折과 그 意味

金 ▌ 그러면 이제 선생님의 문학적 태도라 할까, 문학적 생애라 할까 이런 것에 대해서 좀 여쭤보기로 하겠습니다.

1959년에 「그레이구락부 전말기」와 「라울전」으로 문단에 데뷔하신 것으로 되어 있는데, 그 데뷔할 때 추천하신 분이 安壽吉 선생님이시지요?

崔 ▌ 네.

金 ▌ 안수길 선생님하고는 처음 어떻게 만나셨습니까?

崔 ▌ 1959년에 두 작품을 다 추천받았는데, 「그레이구락부 전말기」를 써가지고 가서 처음 만나뵈었고, 그 다음 것은 하나 더 서오라고 해서 서가지고 간 것이지요.

金 ▌ 「그레이구락부 전말기」도 그렇고 「라울전」도 그렇고 당시 비평계에서 상당히 주목을 받았던 것으로 알고 있는데, 특히 「라울전」에서 사울하고 대립되는 인물로 나오는 라울을 들여다보면 개인의 의지와는 관계없는 역사의 움직임이라고 할까, 그런 것에 절망하는 지식인의 모습이 그려져 있어요. 절망하는 지식인의 모습이 그려져 있어요. 그 지식인을 선생님 자신이라고 보아도 되는 것입니까?

崔 ▮ 네, 그렇게 보아도 된다고 생각합니다.

金 ▮ 그런 생각을 하시게 된 경위 같은 것을 말씀해주실 수 있겠습니까?

崔 ▮ 누구나 한때 성경은 읽기 마련인데 우리가 청년기에 도달해서 자기를 형성한다고 할 때 정신적인 의미에 있어서는 이미 눈앞에 존재하는 큰 체계에 도전하거나 그 체계를 탐구하는 길밖에는 달리 무슨 방도가 없지 않겠습니까? 20살짜리 청년이 큰 체계를 하나 만들 수는 없는 것이고, 대개 사람들 앞에 놓여 있는 어떤 체계, 가령 불경이나 성경, 혹은 어떤 큰 정치사상 같은 것에 관심을 갖게 되기 마련인데, 제 경우에도 그런 데 대한 관심이 그렇게 나타났다고 말할 수 있겠지요.

거기에다가 기독교 교리의 경우 사람의 생각으로서는 합리적으로 납득이 안되는, 말하자면 신의 뜻을 사람이 이해할 수 없는 무엇이 있는 것 같고, 이것은 지금 생각해 보면 방금 얘기한 것과 같은 근원적인 의미의 인간의 존재론적인 문제를 제기하는 면이 있는 것 같아요. 특히 그것을 나의 떠돌이식인 생애의 이동과 관련시켜 본다면 역시 라울이라고 하는 사람의 갈등에서 보는 바와 같이 자기의 존재를 중심으로 생각하는 것과 하나님이라고 하는 존재를 중심으로 생각하는 체계가 부딪치고 있는 것이거든요. 이것은 물론 신학적으로는 라울 쪽이 하나님 쪽으로 들어가려고 하는 것이라고 보는 것이 정통적인 해석이겠지요. 그러나 그것을 신학의 차원에서 벗어나서 각기 상대적인 독립성을 가지는 동등의 사고양식의 충돌이라고 볼 적에는 또 다른 면의 조명도 가능하지 않겠나 봅니다.

책 속에서 찾은 希望

金 ▮ 「그레이구락부 전말기」나 「라울전」에서도 느낄 수 있는 것이지 만, 그 뒤의 선생님의 작품들을 보면 대체로 주인공들이 자기가 하고 있는 행위라든지 혹은 자기가 서 있는 상태가 무엇을 뜻하느냐 하는 것을 묻는 일종의 반성적인 인물, 혹은 지적인 인물이 많이 등장하고 있습니다. 그런 인물은 『灰色人』이나 『廣場』 같은 작품에도 나옵니다 만, 재미 있는 것은 이런 주인공들이 책에 대해서 굉장히 경건하고, 또 책에서 이 세상의 어떤 비밀을 찾을 수 있지 않을까 하는 신념을 가지 고 있는 점입니다. 이런 것과 관련시켜서 실제 선생님의 체험에서 책읽 기가 시작된 것은 언제부터였고 독서의 범위는 대체적으로 어떠했는지 그것을 말씀해 주시지요.

崔 ▮ 책을 읽기 시작한 것은 국민학교 초학년 문자를 해득하게 된 이후 부터지요.

金 ▮ 소년시절에 읽으신 것으로 「프란다스의 개」라든지 하는 작품들에 상당히 감명을 받으셨던 것으로 소설 속에는 나오고 있는데요.

崔 ▮ 네, 그런 것도 읽었고, 국민학교 때만 하더라도 잡다한 것을 많이 읽었던 것 같아요. 만화에서부터 잘 알려진 동서양 명작소설 명작동화, 그 다음에 좀 더 수준 높은 것들을 아이들 용으로 다이제스트 해놓은 것, 또 국민학교 5~6학년 돼가지고는 그대로 어른들 용으로 된 것을 내 용은 고사하고 하여튼 읽고…….

金 ▮ 그러니까 처음에는 소설류를 먼저?

崔 ▮ 그렇지요. 소설이나 동화였지요.

金 ▮ 詩나 이론서적을 읽기 시작한 것은 어느 때쯤이었습니까?

崔 ▮ 중학교 때부터인 것 같아요. 제가 그런 것을 읽기 시작한 것은 원

산에 있을 때 주로 원산 시립도서관에서 읽었는데, 그때만 해도 그쪽 정치체계가 지금 얘기 듣는 것에 비하면 아무 것도 아닌 때여서 원산 시립도서관에 일본 시대의 장서가 정리되지 않은 채 그대로 있더구만 요. 그런 것 중에서 아마 소설 이외의 것들도 우발적으로 선택됨 없이 읽지 않았나 생각합니다.

金 ▌ 책 속으로 빠져 들어가서 무슨 저항 같은 것을 느껴보신 적은 없으 십니까?

崔 ▌ 저항이라는 것은 모르겠고, 오히려 그 동안 내가 아까 말한 것처럼 정치적인 부대낌도 상당히 겪으면서 고향을 전전하며 돌아다녔을 뿐만 아니라, 사람이 자꾸 옮겨 다니다보면 집의 재정적인 형편이라는 것이 자꾸 나빠지게 되는 것인데 그러한 것까지도 겪고, 또 그 동안에 자꾸 나이를 먹어가면서 소년기의 문제, 청년기의 문제, 이런 것까지도 겹치 고 하면서 그런 것들이 가져오는 갈등이라든지 해결이 없는 불안의 요 소 같은 것들이 많았습니다만, 이런 속에서 책이란 것은 언제나 유일하 게 그 속에 들어가면 위안도 받을 수 있고, 어떤 힘도 느낄 수 있고, 희망도 느낄 수 있고, 장래의 생활을 의식적으로 보장도 해주고, 이런 모든 것이었지 않는가, 그런 생각이 드는군요.

詩로 文壇에 登壇

金 ▌ 결국 선생님은 책 속에서 현실의 어려움을 이겨나갈 힘을 찾았다, 그렇게 얘기해도 되겠군요.

　그런데 흥미 있는 것은 어렸을 때 읽으신 책들도 주로 소설이고 지금 도 희곡도 쓰고 계십니다만 주로 소설을 쓰고 계시는데, 이것은 많은 독자들이 모르고 있으리라고 생각되는 것으로서 崔선생님이 처음 문학에 뜻을 두고 데뷔를 했을 때에는 시로 추천을 받은 것으로 저는 알고 있어요. 이렇게 시로 추천을 받겠다고 생각하시다가 소설로 바꿔서 추천을 받으신 것은 어떤 연유에서 그렇게 된 것입니까? 애당초에는 시인이 되시겠다고 생각을 하신 것인가요?

崔 ▌ 그것이 조금 묘한 것은 내가 시로 추천 받기 이전에 『두만강』이라는 소설을 썼어요. 시는 그 이후에 썼어요. 『두만강』을 쓰고 나서 뭔가 내가 생각했던 것처럼 그렇게 대단한 소설이 되지 못한 것 같아서 거기서 그만둬버린 것이지요. 그 다음에 어떻게 돼서 시를 썼는데, 불행하게도 그 시를 격려해주는 사람이 아무도 없었고, 나로서도 특별히 자신이 생기지도 않아서 그것도 그만두고 아무것도 않고 있다가 우연한 기회에 안수길 선생님을 찾아가서 소설을 보여드렸더니 추천을 해주셨던 것이지요.

金 ▌ 시를 추천해주신 분은……?

崔 ▌ 잡지 자체의 책임추천제였어요.

金 ▌ 한 회 추천 받으셨던가요?

崔 ▌ 네. 그때 「새벽」이라고 하는 잡지에……. 한 회로 끝나는 규정이었지요.

金 ▌ 그 시의 경향이 『九雲夢』이라든지 『廣場』 같은데 나온 시들하고 비슷한 경향입니까?

崔 ▌ 그 시는 물론 못 보셨겠지요?

金 ▌ 네.

崔 ▌ 「수정」이라고 하는 것이었는데, 아마 크게 다르지는 않은 것이었지 않나…….

金 ▮ 선생님의 작품에 나오는 시들을 보면 모더니즘의 영향을 많이 받은 듯한 느낌을 받게 되는데…….

崔 ▮ 네, 그대 제가 우연히 읽은 詩論들 중에 그런 시들을 좋다고 한 것들이 많이 있었던 모양이에요. 그래서 그런 식으로 쓰는 것이 시를 쓰는 것인 줄로 생각을 한 모양이지요.

金 ▮ 그 당시에 혹시 읽으셨던 우리나라 시인들이 있으면 어떤 시인들이……?

崔 ▮ 참 묘한 얘기지만 우리나라 시인은 전혀 없었어요. 그것은 순전히 자작시였지요. 그렇기 때문에 시의 이미지에 대한 각성도 별로 없었고, 이를 테면 시 속에서 자기 단에는 상당히 심각하다고 생각하는 어떤 철학적 인상 같은 것을 좀 압축해서 얘기한다는 그런 정도였겠지요.

精神分析學에 갖는 관심

金 ▮ 시 얘기는 그 정도로 하기도 하고 책읽기와 관련시켜서 『假面考』라든지 『九雲夢』이라든지 『西遊記』라든지 혹은 희곡 작품으로 『둥둥 낙랑둥』이라든지 하는 작품들을 보면 이론서적 중에서도 특히 정신분석에 관계된 서적을 많이 읽으신 것이 아닌가 이런 생각이 드는데, 정신분석에 대해서는 실제로 우리나라 작가들 중에서 崔선생님 정도로 관심을 가지고 깊이 있게 탐구해 들어간 작가들이 거의 없는 것으로 알고 있어요. 실제로 어떤 계기를 통해서 그런 것들을 읽게 되셨는지……?

崔 ▮ 처음에 어떤 계기에서부터 시작됐는지 정확하게는 얘기하기 어렵지만, 상당히 일찍부터 손쉽게 구할 수 있는 정신분석에 관한 책들을

관심을 가지고 읽은 것 같아요. 아시겠지만 「클라게스」의 인격 형성에 관한 책도 공부했고, 또 최근에는 「장 피아제」의 것도 정신분석적인 접근의 연장선상에 있는 것으로 보여져서 그런 것도 읽고 했습니다.

金 ▐ 정신분석이라고 하면 대체적으로 유년시절의 체험에 중점을 두고 인간행위를 설명하려는 것 아닙니까? 바로 그런 것이 유년시절에 고향을 떠나올 수밖에 없었고 고향으로 다시 돌아갈 수 없다는 생각과 결부돼서 선생님의 경우 굉장히 문화사적인 의미를 띄고 있는 것 같은데, 실지 『회색인』같은 것을 보면 유년시절의 아주 중요한 체험으로서 주인공이 길거리에서 갑자기 공습을 만나 반공호 속으로 뛰어들어가서 어떤 젊은 여자의 품에 안기는 장면이 그려져 있고, 그것이 『회색인』은 물론 『서유기』에서도 여러번 되풀이되어 나타나고 있거든요. 그 사건은 실제로 겪은 사건이십니까, 아니면 유년시절의 어떤 중요성을 강조하기 위해서 픽션화하신 것입니까?

崔 ▐ 반반인 것 같아요. 실제의 경험도 있고, 몇 개의 단편적인 경험들을 나중에 하나로 묶었다든가 하는 변형도 있습니다만, 실제로 『회색인』에서 그린 그 장소 그 무렵의 폭격 하에서 그런 경험이 있었던 것만은 사실입니다. 『회색인』에 나오는 에피소드는 「偶像의 집」이라는 단편에 처음 나와 있는데, 이 경험이 나중에 좀더 얘기해야 될 좋은 모티브인 것 같아서 또 생각해본 것이지요.

金 ▐ 그런 경험의 원체험같은 것을 자꾸 되살펴보려는 생각, 이런 것을 崔선생님은 고고학적 탐구라든지 하는 표현을 쓰시면서 원체험의 상태가 어떤 것이었느냐를 자꾸 확인하려 하고 있는 것으로 저는 알고 있는데요…….

崔 ▐ 아까 정신분석 얘기인데, 아시는 것처럼 「프로이드」도 물론 후기

에는 정신분석에 있어서의 문화적인 요소를 고려했지만 우리가 언뜻 생각하기에는 「프로이드」의 가장 「프로이드」다운 것은 어느 편인가 하면 純正 정신분석이라 할까, 생물적인 측면에 강점이 있고, 그 이후에 「프롬」 같은 사람은 좀 더 문화유형학적인 것을 종합 보강했는데, 제가 가지고 있는 정신분석적인 관심이라는 것도 역시 그 두 가지를 다 중요한 것으로 보는 쪽입니다. 하나는 비교적 순수하게 생물적 조건이라든지 또는 사회적 조건이라 할지라도 비교적 원형적인 사회모델만 가지고 고찰할 수 있는 것이고, 「프롬」 같은 경우에는 거기에 이질문화의 갈등이라든지 극복이라든지 하는 역사적 차원이 보태질 수 있는 것인데, 제 경우에도 인간의 정신을 파들어 간다고 할 적에 가령 유년시절의 가족 내부에서의 생물학적 혹은 기초적인 의미에 있어서의 사회적 부분뿐만 아니라 나중에 추가되어 있는 정치적 신념이라든지 하는 것 자체가 인간에게 어떤 구속으로 작용한다는 생각을 가지고 있는 편이지요.

『灰色人』과 『西遊記』의 省察

金 ▌ 제가 보기에는 선생님의 정신분석에 관한 관심이 지금 말씀하셨지만 정통적인 정신분석학, 예를 들어서 가족관계에서 어떤 정신적인 外傷의 흔적을 찾는 그런 정신분석학보다는, 뭐랄까 불교적인 어떤 정신의 움직임, 그런 것과 상당히 밀접한 관계가 있는 것 같아요. 그러니까 유년시절의 체험에 있어서도 가족관계의 콤플렉스보다는 그런 경험을 통해서 세상의 어떤 신비를 갑작스럽게 깨달은 듯한 느낌이 어디서 왔느냐 하는 것을 탐구해 보는 그런 문화사적인 혹은 더 정확한 표현을

쓰자면 불교적인 사유와 굉장히 脈이 닿아 있는 정신분석인 것 같아서 이것이 굉장히 특이한 것처럼 생각돼요.

崔 ▌ 글쎄요. 그래서 어떤 의미에서는 내가 관념적인 성향을 보여준다는 평도 있는데, 그것도 그런 것과 연결시키면 전혀 의미가 없지는 않은 인상이겠지요.

金 ▌ 저로서는 선생님에 대해서 관념적이라고 할 때 그 관념이라는 것을 순수하게 현실과 관계가 없는 가공적인 허구의 논리라는 뜻으로 사용할 때는 맞지 않는 것 같고, 차라리 성찰이라든지 혹은 반성이란 말로 바뀌어져야 되리라고 생각을 하고 있습니다. 어쨌든 선생님께서 그런 유럽적인 정신분석학을 이쪽의 문화사적 측면, 우리나라의 정신의 원형을 찾아보려는 움직임과 결부시킨 것은 굉장히 중요한 공헌이라고 생각되고, 바로 그러한 작업을 『회색인』과 『서유기』에서 하신 것으로 알고 있는데, 애당초에는 이 두 작품이 3부작으로 발표될 것으로 예고됐던 작품들 아닙니까? 그런데 『회색인』에서는 주인공이 기식하고 있는 집에 새로운 파트너로 여자가 등장하면서 끝이 나고, 『서유기』에서는 주인공이 그 여자의 방으로 가는 도중에서 겪는 정신적인 방황을 보여주고 있는데, 처음의 계획은 3부에서 어떤 식으로 그 여자와의 관계를 해결하려고 하셨는지요?

崔 ▌ 대강 생각하기로는 獨孤俊이 4·19의 와중에서 무엇인가 각성을 얻게 되고 그 여자는 외국으로 다시 가버리고… 그렇게 하려고 했었지요. 그런데 그 후에 그게 초점이 잘 안 잡혀서 지금의 상태로 돼버렸지요.

金 ▌ 결국 『회색인』과 『서유기』에서 하시려고 했던 작업은 선생님의 대표작이라고 알려져 있는 『광장』과 결부시킬 수 있겠는데, 『광장』에서는 주인공이 결국 죽는 것으로 끝나지 않습니까? 이 『광장』에서 죽은

李明俊을 『회색인』과 『서유기』에서 다시 살리려는 그런 작업이었다고 생각해도 되겠습니까?

崔 ▌ 그렇지요. 죽음이라는 결말이 아닌 산문적인 시간 속에서 가령 그런 사람이 우리 옆에서 같이 산다면 어떻게 행동하고 어떻게 살 것이냐 하는 것을 다시 한 번 물어본 것이겠지요. 그런 것을 보면 나는 썩 세련된 작가는 아닌 것 같아요. 이를테면 한 작품을 완벽하고 세련된 고전적인 작품으로 만들어낸다고 하기보다는 자기한테도 확실치 못했던 주제를 한 번 시도했다가 그것이 미흡하기 때문에 미련을 버리지 못하고 다시 늘어붙는 그런 思考가 자꾸만 반복되는 것이 아닌가, 그렇게 생각합니다.

記述에 대한 懷疑의 地平

金 ▌ 현대 소설의 가장 중요한 특징 중의 하나가 그런 것 아니겠습니까? 현실에 대해서 어떤 확실한 대답을 내릴 수 있다는 자신이 없기 때문에 자기가 내린 대답이 진짜 대답이었는가를 다시 성찰해 보고 그 성찰의 의의가 무엇이었는가를 또 성찰해보고……. 그런 과정에서 우리가 문학이라고 부르고 있는 것의 어떤 근원으로 올라갈 수 있는 것이 아닌가, 그런 생각이 드는데요.

崔 ▌ 글쎄요, 그렇게 말씀해 주시니까 더 선명해지고, 나도 그 동안 그런 말들을 안한 것은 아니지요. 말할 것도 없지만 나의 능력이라는 것이 내가 가진 것밖에는 없는 것이고, 또 문학이라는 것이 입학시험 모양 객관식으로 맞지 않으면 틀린 것이라고는 생각하지 못하겠기 때문에 이제 말한 그러한 소설인식론적인 방황 자체를 문학 속에다 끄집어

내는 것이 어떤 사람에게 있어서 필연적인 생리적 실감 같은 것을 가진
다면 그러한 사례가 용서될 수도 있지 않은가, 한국문학이라는 것은 하
여튼 폭을 가진 집단적인 무엇이니까 거기에 여러 가지 것이 합쳐져서
한국 문학이라는 대교향악을 만든다, 나는 그런 비전을 가지고 있고,
그렇기 때문에 내 자리는 그런 자리가 아닌가, 그런 생각입니다.

金 ▌ 제가 보기에는 그것이 굉장히 중요한 자리라고 생각됩니다. 가령,
李光洙의 경우는 자기의 표현이나 주장이 올바르다는 데 대해서 한 점
의 회의도 없는 태도였는데, 記述 자체에 대한 회의가 金東仁에 의해서
시작되고, 식민지 치하에서 진짜 올바르게 행동하는 것이 무엇이냐 하
는 것에 대한 반성이 廉想涉이나 蔡萬植에 의해서 행해지지 않았습니
까? 그래서 기술의 방법이라든지, 그것으로부터 떼어내서 얘기할 수는
없겠지만 세상을 보는 태도 자체의 어떤 성실성, 혹은 자기의 지금 가
지고 있는 태도가 현실에 걸맞는 것이냐 안 맞는 것이냐를 따져보는
자체 같은 것이 崔선생님에 와서 하나의 전통을 이루고 그 뒤에 가령
李淸俊, 趙世熙 같은 작가들에 의해서 서로 다른 개성을 가지고 계속
탐구돼가고 있는 것으로 알고 있는데, 그런 지평을 여는 데 굉장히 중
요한 역할을 맡았던 것이 『광장』이라고 저는 알고 있습니다. 그런데 연
보에 의하면 『광장』이 60년 10월경에 발표가 된 것으로 되어 있어요.
이제 이 작품을 대체로 어떤 생각에서 쓰려고 하셨는지, 그것을 좀 얘
기해 주시지요.

崔 ▌ 내가 해방 후에 이북에서 넘어왔기 때문에 이북의 정치체제를 그
나마 경험했고, 또 1960년까지 남한에서 상당히 극적인 생활경험을 가
졌기 때문에 그런 것들을 압축해서 작품을 하나 써보았으면 좋겠다는
생각을 늘 가지고 있다가 내놓은 것이 그 작품이지요. 작품 자체는 상

당히 단기간에 썼어요.

金 ▌ 4·19 이후에 쓰신 것이지요?

崔 ▌ 네, 4·19 이후에⋯⋯.

『廣場』이 提起하는 問題

金 ▌ 저는 대학 다닐 때 동숭동 문리대 벤치에 드러누워서 이 작품을 읽고 굉장히 감동을 한 기억이 있는데, 이 작품은 그 뒤에 두 가지 측면에서 문제가 됐다고 생각합니다. 하나는 남북의 대립문제가 지금 한국문학에서 지니고 있는 의미가 무엇이냐 하는 것을 반성하게 해주었다는 점이 있는 것 같고, 또 하나는 이 작품이 뒤에 4~5차례 改作됨으로써 한 작품에 대해서 작가가 어느 시기마다 가지는 관념이라는 것은 어떤 것이냐, 그리고 한 작품을 완결된 상태로 내던지지 못했다고 생각하는 작가들의 그 작품에 대한 태도는 어떤 것이냐 하는 것을 보여준 측면이 있었다고 생각합니다. 개작에 대해서는 아까 미국에서의 체험을 얘기하시면서 조금 얘기된 것 같고, 남북대치문제는 지금까지도 계속해서 토론이 되고 있는 것으로 알고 있는데, 『광장』을 전집에 싣기 위해서 마지막으로 고치시면서 이제 어느 정도 완결됐다는 느낌을 갖게 되셨습니까?

崔 ▌ 자꾸만 더 고치겠다고 하면 농담이지만 어떤 사람들은 짜증을 낼 사람도 있을 테고⋯⋯. 자꾸만 책을 사야 될 테니까⋯⋯(웃음). 다만 선의의 희망을 말한다면 글쎄요, 지금 보면 마음대로 고칠 수 있다면 한두 군데 더 고쳤으면 하는 생각은 있어요. 그러나 독자들의 일종의 독서의 습관이라든지 또 일반적인 관례에 너무 동떨어져서도 안 되겠고

해서 그렇게 다급하게 생각지는 않습니다. 다만 이런 기회에 『광장』에 대해서 몇 가지 말씀을 드리고 싶어요.

우선 『광장』이 보여주고 있는 남북의 정치적 상황에 대한 기본적인 판단, 그것은 적어도 나 개인한테는 아직도 유효하고, 공적으로도 내가 별로 부끄럼 없이 아직도 검토를 정중하게 바랄 수 있는 것이 아니냐, 이렇게 생각합니다.

다음에 『광장』의 記述의 문체에 관련되는 얘기인데, 그것을 메시지라는 의미에서 보는 것과 문학작품으로서의 내적인 밀도라는 의미로 보는 것과는 다른 문제니까 지금에 와서 내가 다시 볼 때 그것을 쓸 당시의 문학적인 자각의 덜함이라든지 하는 것 때문에 말로서 가지고 있는 흡인력 같은 것이 좀 위태롭게 느껴졌다면 나 자신이 개선이라고 생각되는 쪽으로 고치는 것이 좋겠다는 생각입니다. 그것도 일종의 의사표시니까 그것이 改惡이었는지 改善이었는지는 다른 사람들이 나중에 평가해 주면되겠지요. 내가 舊版 『광장』을 전부 회수 해다가 인멸한 것이 아니라 그것은 그것대로 세상에 보존돼 있으니까요.

다만 다른 텍스트를 제공한다고 할 때 그것이 기성의 정치적인 용어라든지 그때그때의 신문의 용어와 지나치게 생명을 같이 할 염려가 있는 것은 좀 신경을 써야 되지 않을까, 이런 생각입니다. 이것이 아까 「프로이드」의 얘기에서 나온 것과 같이 생물학적인 집단에서의 가족 간의, 성적인 체험에 속하는 것이라면 그렇게 낡아질 염려가 비교적 좀 덜하겠지만, 어떤 의미에서는 그런 감각적 지각적 확실성으로부터 상당히 동떨어져 있는 소재이기 때문에 그 자체가 위험을 많이 안고 있는 것이지요. 그래서 이 작품이 가지고 있는 정치적 내용이 아직도 버리기에 아까운 것이라면 더욱 배려를 많이 하고 싶어서 그렇게 자꾸 되돌아보는 것 같습니다.

　또 하나 이 자리에서 다시 한 번 말씀드리고 싶은 것은, 『廣場』에서
는 주인공이 마지막에 죽는 것으로 되어 있습니다. 그런데 그 마지막
죽음에 이르는 부분을 잘 추적해 보면 그 사람이 자기 죽음을 정상인의
자각된 의식으로 선택한 것은 결코 아니다 라는 간단한 사실을 발견하
지 않을까 생각합니다. 말하자면 주인공 이명준은 이 세상이라는 것이
살 만한 것이 못되니까 나는 죽겠다고 해서 유서를 쓰고 죽었다고 하는
것은 하나도 없어요. 죽겠다는 말은 하나도 없고, 죽기는커녕 완전히
살겠다는 것으로 될 수밖에 없도록 되어 있어요. 그가 정상인으로서의
지각의 세계가 어디에선가부터 잘못 돼가지고 조용히 미쳐버린 것으로
처리되어 있지 마지막 순간에 삶에 대한 허무주의적인 선언을 하고 물
에 풍덩 들어가는 것으로는 되어 있지 않는데……

金 ▌ 텍스트 자체를 보면 죽었는지 신선이 돼서 어디로 갔는지 알 수
없게 되어 있지요.

崔 ▌ 그러니까 만일 선장이 항해일지를 쓰는 입장에서 본다면 그것은
틀림없이 사실로서의 죽음이라고 기재되겠지만, 가령 문학의 텍스트를
그러한 사실의 검증과 함께 그 의미의 층이라 할까, 상징의 층으로서
추적하는 경우에는 그것은 엄연히 생을 완성하는 것으로 되어 있어요.
그 생이 물론 실제적인 의미에 있어서의 생이 아니라 환상 속에서의
생의 완성일망정 생의 부정으로는 되어 있지 않다 이거지요. 그것이 내
가 지금 생각하고 있는 것만큼 그 작품의 평가에 무슨 중요한 알리바이
가 될는지는 모르겠습니다만, 그러나 내가 보기에는 여러 비평가들이
이 죽음을 상당히 중요한 사실로 보고 접근을 많이 하면서도 정치적인
의미나 철학적인 사변에 너무 많이 중점을 두다보니까 그 사람의 의식

의 흐름이나 심리적인 가장 기초적인 문제가 등한시되지 않았나 해요.

金 ▌ 결국 생물학적인 죽음이라기보다도 자기가 본 환상과의 어떤 화해 로운 일치로 봐주어야 되겠다. 그런 얘기가 되겠지요? 그러니까 「죽 음」은 있지만 「주검」은 없는 그런 상태의 죽음이라고 표현할 수 있겠 군요.

崔 ▌ 그렇게 말할 수 있겠지요.

彷徨의 時代性

金 ▌ 그런데 『광장』의 이면준의 방황도 그렇고 『회색인』과 『서유기』의 독고준의 방황도 그렇고, 이들 주인공의 방황이 崔선생님 자신의 어떤 소설적인 방황과 구조적으로 相同관계를 이루고 있는 것 같아요. 선생 님의 소설들을 보면 가령 고대소설의 제목을 계속해서 차용한다든지 혹은 『크리스마스 캐럴』, 『總督의 소리』, 『小說家 丘甫氏의 一日』과 같 은 연작형태를 취함으로써 이명준 식으로 얘기하자면 우리가 일상적으 로 죽어가고 있으면서도 죽어 있는 시체, 주검 자체는 남기지 않는다는 그런 상태를 계속해서 확인해 보는 형식을 보이는데, 이것이 선생님의 소설적인 방황과 어떤 대응관계를 이루고 있는 것이 아니냐, 그리고 그 것이 바로 소설이론에서 얘기하는 어떤 여행, 그게 내적인 여행이든 외 적인 여행이든 그런 여행의 한 변형이 아닌가, 그렇게 생각합니다. 그 런 의미에서 저는 선생님 소설의 길이라든지 여행이라든지 방황이라든 지 하는 것들이 문화사적인 탐구와 결부되어서 굉장히 중요한 연구의 대상이 돼야 할 것 같아요.

崔 ▌ 그것은 이런 생각입니다. 개항 이래 우리나라 20세기의 역사가 결

국은 민족적인 의미에 있어서 하나의 이동의 역사였던 것 같아요. 실제 지리적으로도 산지사방으로 사람들이 흩어지지 않았어요? 중공에도 가고 소련에도 가고 미국에도 가고……. 아무튼 그런 예는 일찍이 우리 역사상에 없었습니다. 또 그런 지리적인 의미에서 뿐만 아니라 한 땅에 붙박혀 있었다 할지라도 무엇인가 계속해서 움직이는, 가만히 있지 않는 상태였어요. 쉬운 얘기로 사회변동이라든지 이런 말이 되겠지요. 아무튼 20세기 한국사라는 것은 막 움직이는 시대였고, 이런 시대에 작가들은 그것의 의미를 긍정하든 부정하든 그것은 둘째치고라도 작가들 나름대로 자기가 가장 능하다고 생각되는 촉수를 가지고 이 움직임을 붙잡아서 거기다 무슨 예술적인 모습을 주었습니다. 내 경우에도 좀 방식은 다를지 모르지만 그런 것과 크게 동떨어진 것은 아니지 않은가, 만일 그것이 2중 3중의 환산과정만 거친다면 다 현실에 있는 것의 뿌리로부터 여러 迂路를 거쳐서 그러한 형태로 나타난 것임을 알 수 있을 것이기 때문에 역시 시대의 노래를 별 수 없이 부르는 것이 아닌가…….

金 ▎그런데 선생님의 방황이라든지 하는 것은 가령 黃順元 선생이 우리나라 사람들의 마음가짐을 가리켜 流浪民 근성이라고 한 적이 있는 그런 측면보다는 차라리 뿌리를 찾아야 되겠다는 마음자리 때문에 방황한다는, 예를 들면 그야말로 악몽 속에서 한없이 표류하는 폴란드인들이 아니라 돌아갈 땅이 있다는 것을 믿고 헤매는 유태인들의 방랑이라고 할까, 그런 차이가 있는 것 같아요. 그러니까 그것은 차라리 방금 말씀하신 대로 문학사회학적인 용어를 빌리자면 길이 끊어진 곳에서 여행을 시작할 수밖에 없었던 현대인들의 근원적인 모습을 보여주는 것이 아닌가, 이렇게 생각됩니다.

그런데 실지로 선생님의 소설을 보면 그런 방황을 하지 않는 유일한 인물이 아주 긍정적으로 그려져 있는 경우가 있어요. 그게 바로 諸葛孔明으로 생각되는데, 제갈공명에 대해서 선생님이 느끼는 찬탄이라 할까, 이런 것은 대단한 것 같아요. 제갈공명에 대해서 그런 감정을 갖게 된 동기 같은 것이 있으시다면 어떤 것이고, 지금도 제갈공명을 하나의 이상적인 인간으로 생각하고 계시는지……?

崔 ▮ 그거 재미있는 얘기인데, 내가 작품에서 다뤄온 우리나라 최근 1백 년 동안의 역사나 나 자신의 살아온 과정이 어떤 고전적인 균형, 또는 대지에 뿌리박힌 무슨 근거 같은 것을 일단 잃어버리고 거기서 다시 무언가를 하려고 하는 그런 혼란이라고 보는 것이 나의 근본적인 비전이었기 때문에, 아마 공명같은 사람을 그와 같은 요소의 반대쪽 극에 서 있는 행복한 사람으로 내 나름대로 상상한 것이겠지요. 물론 이것은 원작 『三國志』에 반드시 충실한 것인지는 모르겠지만, 내가 보기에는 그 사람은 상당히 생산적인 사람이 아닌가, 이를테면 『레오나르도 다빈치』가 플로렌스의 국방군 총사령관이 됐다면 그런 식의 사람이 아니었겠는가…. 그래서 역사상의 실존 인물이기도 하겠지만 또 소설의 과장도 있고 해서 그 사람에게 나 자신의 욕망까지 투영해서 사람이라고 하는 것의 어떤 이상을 한 번 꿈처럼 그려보는 그런 것이 아니었겠는가…. 이 사람은 과학적인 무한한 호기심과 능력도 가지고 있고, 인문적인 세련됨도 가지고 있고, 또 자기 생명에 대해서는 굉장한 교활함도 발휘해서 적을 무찌르는 의지력도 가지고 있고……. 그래서 그 이상 더 무엇을 바랄 것이 없을 정도의 그런 인간으로 완전히 보류 없는 거의 노래에 가까운 송가를 쓰고 싶은 생각이 난 것이지요.

金 ▮ 崔선생님 소설로는 아주 특이한 소설이고, 현대 소설사에서도 거

의 보기 힘들 정도로 긍정적으로 그려진 인물인 것 같아요.

崔 ▌ 그럴 것 같아요.

小說家의 恐怖로부터의 脫出

金 ▌ 이제 소설에 대해서는 대강 얘기가 된 것 같으니까 희곡에 관해서 얘기를 해보지요. 崔서생님께서는 미국에서 돌아오신 뒤에 전집을 내면서 토속어를 많이 발굴해내는 작업을 하시면서 희곡에 대해서 관심을 가지고 몇 편의 희곡을 내놓아 한국 희곡계에 굉장한 충격을 준 것으로 알고 있습니다. 이 희곡을 쓰시게 된 동기가 어떻게 되겠습니까? 소설에서 얘기할 수 없는 것이 희곡에서는 얘기될 수 있다고 생각하셔서 그런 것인지, 아니면 다른 이유가 있으셨던 것인지…….

崔 ▌ 그 점에 대해서는 이렇게 얘기할 수가 있겠군요. 가령 그리스에서 연극이 가능했던 것은 배우들이 무대 위에서 자기들의 세계관을 일일이 해설하지 않아도 될 만큼 문화나 정치의식이나 생활이 모두 약속된 것으로 되어 있었기 때문이라고 하지 않아요? 산문적인 설명은 이미 다 되어 있고, 무대 위에서는 그런 공통의 약속 위에서 관객과 배우 사이에 호출부호만 서로 주고받으면 그것이 그대로 메시지가 되어서 이쪽에서 풀어서 알아들을 수 있게 되어 있었다는 것이지요. 또 가령 서양 연극사를 보더라도 교회에서의 수난극이라든지 모든 나라에서 민속적인 연희가 가능했던 것은 생활의 전통이 공통의 약속으로 그 사회에 존재하여 그런 말이라는 것이 어떤 절정에 도달될 수 있었기 때문이지요.
　　현재 우리나라 내 당대의 동료 작가 중에서도 소설이라는 형식을 가지고 그런 언어의 절정 같은 데에 근접하고 있는 사람이 많이 있다고 하는 것을 나는 시인합니다. 그런데 그런 업적을 결코 내가 모른다고 하는 얘기가 아니라, 그것은 다른 작가들의 경우고, 내 경우에는 내 태도가 성실했든 성실하지 않았든 작품 하나를 슬 적마다 그 작품을 완성했다는 것을 늘 확인할 수가 있었어요. 그것은 내 작품이 아무 쓸모도 없었다고 자학하는 것은 아닙니다. 내가 생각하고 있는 예술이라는 것의 어떤 기준으로 볼 때 늘 찜찜하고 어떤 절정에 도달하지 못한 것의 연속이었다는 얘기이고, 내가 희곡을 쓰기까지 지금 전집으로 묶여 있는 분량의 소설을 쓰면서 소설로서는 무엇인가 할 수 있는 것을 다한 정도였는데 그래도 역시 마음에 차지 않았다는 얘기일 것입니다.

나는 늘 내가 소설에 접근하는 것이 어떤 의미에서 자기 모국어의 대지에서부터 출발을 하지 않고 마치 外界人이 로케트를 타고 점점점점 대지를 향해서 내려가면서 충돌을 전전긍긍하여 기어를 확 꺾는 식의 거꾸로 된 飛翔이 확실하다고 생각하고 있어요. 그러나 그것이 일반 사람들이 혹 그렇게 생각할지도 모르는 것처럼 비현실적인 것이라고는 아직 생각하지 않아요. 달 로케트가 결코 비현실일 수 없는 것처럼 말이지요. 그런데 다만 그것은 땅으로부터 위로 올라오는 것이 아니라 허공중에서 땅으로 내려가면서 계산을 까딱 잘못하면 그 순간에 그야말로 현실로부터 이별이 될 수밖에 없는 완전히 인공적인 현실이었고, 이런 현실에 의해서 작업을 오래 하다보니까 어떤 공포감 같은 것이 느껴졌어요. 과연 이것이 내가 생각하는 그런 것인가, 혹은 소설가로서의 무능력을 그때마다 간신히 돌파하는 데 지나지 않는 것인가, 다른 사람들은 넓은 땅 위에서 춤을 추면 그것이 그대로 산문의 노래가 되는데 나는 공중에 거꾸로 서서 무언가를 해보자고 하는 것이 아닌가, 그런 예술가로서의 본능적인 공포가 있더구만요.

金 ▌ 굉장히 중요한 체험을 하셨네요.

崔 ▌ 네, 그래서 정말 내가 느끼고 있는 어떤 존재와의 접촉지점을 내가 확보하고 있는 것인지, 그래서 내가 아무리 거기서 멀리 가 있다 할지라도 일단 돌아가려고만 하면 당장 돌아갈 수 있는 것인지, 그런 것을 알아보고 싶었던 갈등이 있었고, 여기에 미국에 있었을 때의 고독 좌절 갈등 같은 것이 전부 가세돼가지고 나 자신에게 테스트의 공간을 한 번 주어보자 해서 시작했던 것이 아닌가 해요. 그런데 그런 의미에서 희곡을 해보니까 나도 예술가가 아니었던 것은 아닌 것 같고, 경험의 견고함이라든지 땅의 향기라든지 섹스의 헐떡임이라든지 하는 것에 대해서 완전히 감각을 상실한 사람은 아직은 아니다는 것을 알 수 있게 되었지 않나, 그렇게 생각을 해요.

金 ▌ 결국 소설 속에서의 방황으로부터 어떤 구체적인 감각적인 공간으로 돌아가서 그 공간을 어떻게 만들어볼 수 없을까 하는 욕망에서 희곡 쪽으로 달려갔다, 그런 말씀이신가요?

崔 ▌ 그런 것이지요.

戱曲에서의 새 試圖

金 ▌ 그런데 실지로 선생님의 작품이 무대 위에 올려졌을 때 그 상연되는 과정에서 자기 자신의 감각적인 욕망이 실현됐다는 느낌이 들었습니까?

崔 ▌ 네, 지금까지의 공연 자체도 잘 했지만, 공연이란 앞으로도 얼마든지 다른 사람들에 의해 더 잘 세련될 수 있는 것이고, 또 희곡의 경우는 소설하고 조금 다른 것이, 이제 말씀하신 것처럼 그런 감각적인 실

체가 확실하지 않으면 무대에서는 허깨비가 되는 것인데, 그런 테스트도 괜찮지 않았나 생각합니다.

金 ▌ 실제 희곡을 쓰시는 과정에서는 소설보다는 대화에 굉장히 신경을 써야 될 텐데, 그 대화의 구사가 소설보다 쉽습니까 어렵습니까? 혹은 그렇게 얘기할 수 없는 다른 성격을 가지고 있습니까?

崔 ▌ 쉽다, 어렵다, 그렇게 얘기할 수는 없고, 이런 것이 있는 것 같아요. 소설 속에서는, 특히 나같은 성향의 작가인 경우에는, 주인공들의 대화를 지문의 引力 속에 끌어들여버릴 위험이 있지요. 그렇게 되면 소설이라는 장르는 얼마든지 개인주의적인 도구가 될 수 있는 것으로 내 자신 늘 위험하게 생각해 왔는데, 희곡의 경우에는 그 형식 자체가 지문으로 대화의 집중성을 보완시킬 수 있는 길이 애당초 막혀 있으니까 거기에 신경이 상당히 날카롭게 되고, 그런 것이 괴물처럼 한정 없이 팽창하려고 하는 정신에 대해서 담담한 강제를 가하는 힘이 있더구만요. 그래서 제 경우에는 그것이 어려움으로 느껴지기보다도 게으른 선수가 좋은 코치의 지도를 받아서 강훈련에 참가하는 것 같은 그런 느낌을 받았어요.

金 ▌ 선생님의 희곡은 대체적으로 『옛날 옛적에 훠어이 훠이』도 그렇고 『봄이 오면 산에 들에』도 그렇고 『둥둥 낙랑둥』도 그렇고 옛날 얘기들을 현대적인 감각으로 바꾸어놓은 것인데, 앞으로도 주로 옛날 얘기를 그렇게 바꾸어 놓으실 것인지, 아니면 현대의 일상적인 생활을 작품화할 생각은 없으신 것인지……?

崔 ▌ 이번 가을에 신작을 하나 발표할 것입니다.

金 ▌ 아, 그것 축하할 만한 일입니다(웃음).

崔 ▌ 고맙습니다. 탈고는 됐는데 발표할 잡지가 나올 기간이 있으니

까⋯⋯. 이번 애기는 옛날 애기가 아니고 지금까지의 계열하고는 전혀 다릅니다. 그리고 현재 나와 있는 문학전집에 수록된 작품 이후의 제1작인 셈이니까 그런 의미에서도 한 번 보시고 많이 지도 편달해 주시기 바랍니다.

金 ▌ 현대의 일상적인 생활을 그린 것이라면 소설 속에서 시도했던 것들과 어떤 점에서 다르고, 또 그 인물들의 드러남이 어떤 점에서 같고 다른가를 어느 정도 분명하게 볼 수 있겠군요.

崔 ▌ 기왕의 내 소설들하고 지금까지 쓴 희곡하고는 적어도 소재상에서는 단절이 있었지요. 내 소설에서는 아까 애기로 돌아가서 「프로이드」전기적인 것하고 후기적인 것, 또 어떤 의미에서는 프로이드적인 것하고 프롬적인 것 두 개를 다 시에질하려고 했는데, 그러면서도 독자들에게는 좀 죄송한 말씀인지 모르겠으나 그렇게 방황하는 것 자체에 의미를 부여하려고 한 면이 있었던 것 같아요. 그러나 희곡의 경우에는 후자의 것을 잘라 버리고 그 대가로 완벽성을 획득했다고 저는 생각해요. 그런데 이번 가을에 발표하겠다는 것은 소설에서와 마찬가지로 희곡 속에서 그 두 문제를 다 끌어안으면서 해결을 해볼까 그렇게 해봤는데⋯⋯.

金 ▌ 굉장히 중요한 시도겠군요. 그러니까 소설에서 제시했던 많은 문제들을 그대로 포괄해 가지고 지금까지의 희곡이 가지고 있었던 고전주의적인 완벽성을 극복하겠다는 애기가 됩니까?

崔 ▌ 어떤 의미에서는 소설의 문제를 바이페스한 형식이 아니라 직선으로 뚫고 극복한다고 할까 지양한다고 할까 종합한다고 할까⋯⋯.

批評, 아이덴티티의 흔적

金 ▌ 그것도 굉장히 중요한 시도가 되겠군요.

여하튼 우리나라처럼 장르상의 구별이 아주 엄격한 나라에서 崔선생님은 소설과 희곡 두 분야에서 굉장한 업적을 내고 계시는데, 이번에는 비평에 대해서 조금 얘기를 해봤으면 합니다. 선생님은 지금 비평집을 두 권 내시고 계시지요? 이 비평에 대해서는 우선 두 가지를 얘기할 수 있을 것 같아요. 하나는 선생님 자신이 비평의 대상이 됐을 때의 경우이고, 또 하나는 선생님이 실지 비평의 주체자가 됐을 때의 경우가 되겠는데, 전자의 경우, 즉 자기가 칭찬이든 비판이든 논란의 대상이 됐을 대 작가로서 불편하십니까, 아니면 오히려 거기에 어떤 자극이 된다든지 그런 것이 있으십니까?

崔 ▌ 생리적으로는 불편하지요. 역시 좋게 얘기 안 했을 적에는 물론 불편하고 좋게 얘기했을 적에는 별로 불편하지 않고……(웃음). 「생리적」이라고 특히 말씀드린 것은 생리적인 불편이라고 하는 것은 별 의미가 없는 것이다는 얘기를 하는 것은 별 의미가 없는 것이다는 얘기를 하고 싶은 것이고, 그것보다는 그것이 가치론적인 의미에 있어서 심각하냐 아니냐 하는 것이 문제겠지요.

나는 나한테 대한 비평이 다 일리가 있다고 생각합니다. 그리고 나로서는 문단에 등장해서 지금까지 사교적인 의미에 있어서나 예술적인 의미에 있어서나 조금도 말이 두절될 필요가 없는 공동의 문맥 속에서 같이 상대해서 씨름하고 있다는 전제를 가질 수 있다고 생각하면서도 그러 전제가 양해되지 못하는 것이 현재까지도 계속되고 있다고 느끼는데, 그런 것이 처음에는 참 안타깝게 불편하기도 했습니다만 지금은 그렇게 세월이 오래되도록 견해가 좁혀지지 않는 것은 어떻게 할 수 없다는 생각이고, 그래서 그런 점에서 아마 자기 작품을 객관적으로 바라본다면 어떻게 볼 수 있을까 해서 자기 경험을 좀더 논리적인 형태, 상상적인 형태가 아니고 보통의 과학적인 추론의 형태로서 생각해 보게 된 것이겠지요.

나는 나 자신의 어떤 비평적인 언어를 가지고 내 말이 맞는가 안 맞는가를 가끔 확인하는 것이 소설 못지않게 정신적인 위안이 되고 있다고 생각해요. 이를테면 그렇게 썩 세련되게 쓰지는 못하지만 그래도 눌변인대로 나의 비평적인 글 중에서 내가 자꾸 중언부언하고 있는 모티브 중의 하나는 이런 것인 것 같아요. 사람이라고 하는 것은 생물하고 다른 것이, 생물은 태어나서 죽을 때까지 동일성을 유지할 수 있는 영혼의 평화가 선험적으로 보장된 존재형태인데, 사람인 경우에는 생물로 태어나서 대과학자나 성인군자도 될 수 있는가 하면, 성인군자가 됐다가도 악마도 될 수 있고, 최고의 과학자가 됐다가도 능력이 쇠잔해진다든지 육체적인 훼손 때문에 백치로서 일생을 마칠 수도 있습니다. 그래서 이를테면 인간을 의식적인 존재라고 할 때 그 의식적인 존재로서의 인간에게는 이른바 아이덴티티가 없다고 얘기하거나 혹은 아이덴티티가 있다고 하더라도 시시각각으로 자꾸만 불어나든지 줄어들든지 해서 늘 불안정한 반면 그것은 달리 말하면 원칙적으로 인류가 존속하는 데까지 가는 무한한 가능성을 가지고 있다고 얘기할 수 있을 것 같아요. 인간의 의식의 작용이 그런 것이기 때문에, 가령 한사람의 작가면 작가, 학자면 학자의 경우 정신의 긴장이 강할 수밖에 없는 것이, 저 사람은 착한 사람, 저 사람은 교활한 사람, 저 사람은 활동적인 사람 하는 식의 疑似 동물적인 레텔과는 달리 그 사람의 지적인 성취가 지금 그래프상의 어디에 도달해 있는가 하는 것이 그 사람의 아이덴티티일 수밖에 없기 때문이 아니겠느냐, 이런 생각을 갖는 것이지요.

그런데 그런 것을 내 경우에서 보자면, 최근까지 모색해서 탐구하고 어디 노트에 다 적어두었던 지적인 결론들을 잊어버리는 경우가 많이 있더군요. 어떤 것은 몇 년씩 혹은 잠도 자지 않고 만들어 봤던 정신적인 비전이 다른 일을 한다든지 여행을 한다든지 않고 난다든지 할 때에 잊어버리는 부분이 많아져서 정신적 온도가 내려가는 경우가 있습니다. 그래서 뭔가 제일 간단한 방식으로 내 사상이니까 나만 알아볼 수 있는 메모만 해두면 과거 몇 년 동안의 수준이 순간적으로 다시 부상할 수 있겠다는 생각을 갖게 되었고, 그래서 형태가 없는 작업에 종사하는 정신노동자의 자기 불안에서 오는 가장 직접적인 메모에 해당하는 것이 내가 비평에 있어서 주체가 돼본 흔적인 아닌가…….

많이 생각하고 빨리 쓰고

金 ┃ 그러니까 비평의 객체로서는 어떤 형태의 비평가에 의해서도 분석의 대상으로 수용됐으면 좋겠다는 얘기가 되겠고, 비평의 주체로서는 문학에 대해서 가지고 있는 생각을 확인하는 하나의 방편으로 이론적인 글을 계속 쓰고 있다, 이렇게 요약할 수 있겠네요. 그렇게 되면 객체건 주체건 결국 제가 앞에서 얘기한 대로 崔선생님의 기본적인 성향이었던 어떤 근원적인 것에 대한 탐구가 문학비평의 경우에서도 소서이나 희곡의 경우에서와 마찬가지 양태로 계속되고 있다, 이렇게 얘기할 수가 있겠군요. 그런데 실제 작업하시는 과정에서 소설 쓰시는 것과 비평쓰시는 것과 어느 것이 더 쉽게 쓰여집니까?

崔 ┃ 비평가를 앞에 두고 이렇게 얘기해서는 안 되겠는데 (웃음), 비평

가의 작업과는 다른 것이라는 양해 하에서 말씀드리면, 역시 비평이 쉽지 않은가 생각해요. 왜냐 하면 내가 비평을 쓸 적에는 아까 말씀드린 것처럼 나 자신이 성취한 지점을 망각하지 않으려는 공포에서 쓰는 것이기 때문에 많은 것을 생략하고 요약해서 암호 식으로 쓰니까 엄밀한 의미에서 그것이 연구라든지 학구적인 실증적 체계라든지 이런 것은 못되는 것입니다. 그렇기 때문에 오히려 나한테는 그런 것이 쉬워요.

金 ┃ 결국 소서보다 비평이 쓰기 쉽다는 것은, 비평이 논리적인 예술이고 소설의 경우에는 주인공들이 소설가가 모르는 어떤 삶을 살 수도 있다는 가능성이 있기 때문에…….

崔 ┃ 그렇지요. 그 가능성을 애초부터 용인하고 들어가니까 벌써 내가 단정하는 데에는 한계가 있다 그런 것이지요.

金 ┃ 제가 보기에는 선생님 비평의 가장 좋은 점은 가능한 한 비평 대상이 된 정보를 전부 망라해 보려는 점인 것 같아요. 그것은 결국 선생님께서 문학에 대해서 생각해 온 여러 가지 얘기들이 어울려서 일어나는 것이기 때문에 그렇게 되는 것이 아닌가 생각하게 됩니다.

그러면 이제 마지막으로 이것은 순전히 독자들을 위해서 여쭤보는 것인데, 혹시 글 쓰실 때 무슨 奇癖 같은 것은 없으십니까?

崔 ┃ 그런 것은 별로 없는 것 같군요. 원고지에 대한 감각이라든지 장소에 대한 감각 같은 것은 지극히 산문적인 것이 아닌가 생각해요. 나는 그야말로 하나마나 한 얘기지만 쓸 것이 있기만 하면 그냥 쓰는 것에 골몰해 가지고 별 무엇이 없는 것 같아요. 그리고 생각하는 기간이 많고 쓰는 것은 비교적 빨리 쓰는 것 같아요. 쓰면서 놔뒀다가 다시 고치고 하는 것은 별로 없었던 것 같아요.

金 ┃ 쓰시면서 글의 방향이 달라진다든지 하는 경험은 없으신 모양이지요?

崔 ┃ 『서유기』같은 것이 그렇게 쓰면서 지리멸렬하게 된 것 같은 느낌이 들어요. 결국 그렇게 지리멸렬하게 된 것 자체가 작품으로 된 형태였는데, 그러나 일반적으로 말하면 머리 속에서 작품을 여러 번 만들어 보고 쓰기 때문에 한 줄을 쓰고 심사숙고한다든지 그런 것은 현재까지는 별로 느껴보지 못한 것 같아요. 그리고 이것은 참 우스운 얘기가 될는지 모르겠습니다만, 가만히 생각해 보면 어째서 나는 글 쓰는데 내가 쓰는 글의 방식에 대해서 늘 이렇게 미안해하고 죄의식을 가지는 그런 식으로만 써왔을까, 그런 것이 참 두고두고 생각되고, 아까 얘기대로 한다면 그것 자체가 또 앞으로도 형식도 되고 소재도 되는 것이 아닐까, 그렇게 생각합니다.

金 ┃ 오랜 시간 좋은 말씀 감사합니다. 🐚

참고문헌

·제1차 자료

최인훈, 「놀부뎐」(1966), 『한국연극』 6월호, 서울:한국연극사, 1983.

_____, 「온달」, 『현대문학』 1969년 7월호, 서울:현대문학사, 1969.

_____, 「열반(涅槃)의 배」, 『현대문학』 1969년 11월호, 서울:현대문학사, 1969.

_____, 「어디서 무엇이 되어 다시 만나랴」(1970), 『옛날 옛적에 훠어이훠이』, 서울:문학과지성사, 1994.

_____, 「옛날 옛적에 훠어이 훠이」, 『세계의 문학』 창간호, 서울:민음사, 1976.

_____, 「봄이 오면 산(山)에 들에」, 『세계의 문학』 1977년 가을호, 제2권제3호, 서울:민음사.

_____, 「둥둥 樂浪둥」, 『세계의 문학』 1978년 봄호, 제3권 제1호, 서울:민음사.

_____, 「달아 달아 밝은 달아」, 『세계의 문학』 1978년 가을호, 제3권 제3호, 서울:민음사.

_____, 「한스와 그레텔」, 『세계의 문학』 1981년 가을호, 제6권 제3호, 서울:민음사.

_____, 「한스와 그레텔」, 『작가세계』 4, 1990년 봄호, 서울:세계사.

_____, 「첫째야 자장자장 둘째야 자장자장」, 『옛날 옛적에 훠어이 훠이』, 서울:문학과지성사, 1994.

_____, 『광장/구운몽』, 서울:문학과지성사, 1994.

_____, 『문학과 이데올로기』, 서울:문학과지성사, 1994.

Aeschylus · Sophocles 편, 『희랍비극 1』, 조우현 외 옮김, 서울:현암사, 1996.

Euripides 편, 『희랍비극 2』, 여석기 외 옮김, 서울:현암사, 1996.

극단 미추 <둥둥 낙랑둥> 공연녹화 테잎, 1996. 7. 22., 예술의 전당 토월극장.

·제2차 자료

<단행본>

강만길, 『고쳐쓴 한국현대사』, 서울:창작과비평사, 1998.

강태경, 『희곡의 연출적 독서』, 서울:도서출판 만남, 2000.

김만수, 『희곡 읽기의 방법론』, 서울:태학사, 1996.

김병익·김현, 『최인훈』, 서울:도서출판 은애, 1979.

김성희, 『한국 희곡과 기호학』, 1993, 서울:집문당.

김용수, 『한국연극 해석의 새로운 지평』, 서울:서강대학교 출판부, 1999.

김원중, 『한국 근대희곡 문학 연구』, 서울:정음사, 1986.

김윤식, 『작가와의 대화 - 최인훈에서 윤대녕까지: 김윤식 평론집』, 서울:문학동네, 1996.

민병욱, 『희곡문학론』, 서울:민지사, 1993.

서연호·이상우, 『우리 연극 100년』, 서울:현암사, 2000.

송 옥 외 옮김, 『비극과 희극, 그 의미와 형식』, 서울:고려대학교 출판부, 1995.

신현숙, 『희곡의 구조』, 서울:문학과지성사, 1990.

양승국, 『희곡의 이해』, 서울:도서출판 연극과인간, 2000.

이미원, 『한국근대극 연구』, 서울:현대미학사, 1994.

이상일, 『굿과 놀이』, 서울:문음사, 1981.

_____, 『전통과 실험의 연극문화』, 서울:눈빛, 2000.

임철규, 『우리시대의 리얼리즘』, 서울:한길사, 1983.

임철호, 『설화와 민중 : 구비설화의 민중의식과 민족의식』, 전주:전주대출판부, 1996.

장혜전, 『전통연극의 이해』, 서울:소명출판, 1999.

정진홍, 『하늘과 순수와 상상』, 서울:도서출판 강, 1997.

조동일, 『탈춤의 역사와 원리』, 서울:기린원, 1988.

佐佐木健, 『예술 작품의 철학』, 이기우 옮김, 부산:도서출판 신아, 1994.

최유찬, 『한국문학의 관계론적 이해』, 서울:실천문학사, 1998.

최종렬, 『타자들: 근대 서구 주체성 개념에 대한 정신분석학적 탐구』, 서울:도서출판 백의, 1999.

한국연극평론가협회 편, 『한국 현역 극작가론 1』, 서울:예니, 1994.

한림대학교 인문학연구소, 『서양문학에 비친 동양의 사상』, 서울:예문서원, 2000.

홍진석, 『최인훈 희곡연구』, 서울:태학사, 1996.

Abrams, 『문학용어사전』, 최상규 옮김, 서울:대방출판사, 1978.

Aristotle, 『시학』, 천병희 옮김, 서울:문예출판사, 1996.

Asmuth, 『드라마 분석론』, 송전 옮김, 강원도:한남대출판부, 1995.

Bachelard, 『물과 꿈』, 이가림 옮김, 문예출판사, 1980.

Beckerman, *Dynamics of Drama : Theory and Method of Analysis*, Alfred A. Knopf, Inc., New York, 1970.

Brooks·Wimsatt, 『문예비평사』, 한기찬 옮김, 서울:청하, 1984.

Childers·Hentzi, 『현대문학·문화비평 용어사전』, 황종연 옮김, 서울:문학동네,

1999.

Elam, 『연극과 희곡의 기호학』, 이기한 · 이재명 옮김, 서울:평민사, 1998.

Eliade, 『우주와 역사』, 정진홍 옮김, 서울:현대사상사, 1982.

Esslin, 『드라마의 해부』, 원재길 옮김, 서울:청하, 1993.

Fortier, 『현대 이론과 연극』, 백현미 · 정우숙 옮김, 서울:월인, 1999.

Freud, 『토템과 타부』, 서울:문예마당, 1995.

Freytag, 『드라마의 기법』, 임수택 · 김광요 옮김, 서울:청록출판사, 1992.

Geiger · Haarmann, 『드라마 작품을 통해 본 예술과 현실인식』, 임호일 옮김, 서울: 지성의 샘, 1996.

Girard, 『폭력과 성스러움』, 김진식 · 박무호 옮김, 서울:민음사, 1993.

Gouhier, 『연극의 본질』, 박미리 옮김, 서울:집문당, 1996.

Hutcheon, 『패로디 이론』, 김상구 · 윤여복 옮김, 서울:문예출판사, 1992.

Kayse, 『언어예술작품론』, 김윤섭 옮김, 서울:예림 기획, 1999.

Kirby, *a formalist theatre*, Philadelphia:University of Pennsylvania Press, 1987.

Kister, 『무속극과 부조리극』, 서울:서강대학교출판부, 1986.

Nietzsche, 『비극의 탄생』, 곽복록 옮김, 서울:범우사, 1996.

Pavis, 『연극학사전』, 신현숙 · 윤학로 옮김, 서울:현대미학사, 1993.

Rocco, *Tragedy and Enlightenment*, Berkely and Los Angeles, California:University of California Press, 1997.

Szondi, 『현대 드라마의 이론』, 송동준 옮김, 서울:탐구당, 1989.

Tennyson, 『연극원론』, 이태주 옮김, 서울:현대미학사, 1996.

Williams, 『현대비극론』, 임순희 옮김, 서울:까치글방, 1997.

<연구논문>

강경채, 「한국희곡의 비극성 연구-최인훈 희곡을 중심으로」, 부산대 대학원 석사학위 논문, 1983.

강애경, 「최인훈 희곡의 문학성과 연극성에 관한 연구-'둥둥 낙랑둥'을 중심으로」, 연 세대 교육대학원 석사학위논문, 1995.

곽병창, 「한국 현대연극의 전통연희 계승 양상 연구」, 전북대 대학원 박사학위논문, 2000.

권봉영, 「자아탐구의 양상과 문학의 구조-최인훈의 <가면고> <둥둥 낙랑둥>을 중 심으로」, 부산대 대학원 석사학위논문, 1987.

권오만, 「최인훈 희곡의 특질」, 『국제어문』제1집, 서울:국제대학, 1979.

김 현 · 최인훈, 「변동하는 시대의 예술가의 탐구」, 『신동아』205호, 서울:동아일보,

1981.

김권수, 「최인훈의 <둥둥 낙랑둥>과 셰익스피어의 <햄릿> 비교 연구」, 동아대 교육
대학원 석사학위논문, 1998.

김기란, 「최인훈 희곡의 극작법 연구-<둥둥 낙랑둥>을 중심으로」, 『한국극예술연구』
제12집, 서울:한국극예술학회, 2000.

김기우, 「최인훈 <화두>의 구조와 예술론의 관계에 대한 연구」, 동국대 문화예술대
학원 석사학위논문, 1998.

김만수, 「희곡 연구방법론 재검토」, 『한국극예술연구』제11집, 서울:한국극예술학회,
2000.

_____, 「설화의 새로운 수용에 관한 한 사례」, 『한국연극의 쟁점과 새로운 탐구』(현
대극), 서울:연극과인간, 2001.

김성수, 「최인훈 희곡의 연극성에 관한 연구」, 연세대 대학원 석사학위논문, 1991.

김성희, 「한국적 비극의 특성과 보편성 연구-최인훈의 비극을 중심으로」, 『한양여전
논문집』-인문·사회과학편 제17권, 서울:한양여전, 1994.

김승옥, 「한국희곡의 세계문학적 위상」, 『인문논집』제36집, 서울:고려대 문과대학,
1991.

김영학, 「한국 모더니즘 희곡 연구-1960년대를 중심으로」, 조선대 대학원 박사학위
논문, 2000.

김영희, 「최인훈 희곡의 극적 언어 연구」, 부산대 대학원 석사학위논문, 1990.

김옥란, 「최인훈 희곡작품에 관한 연구-극적 허구를 중심으로」, 한양대 대학원 석사
학위논문, 1992.

김용락, 「다양해진 기법, 확대된 관심 - 74년도 문학 총평(희곡)」, 『월간 문학』7권 12
호, 서울:월간문학사, 1974.

김용수, 『영화에서의 몽타주 이론』, 열화당, 1999.

김용수, 「탈 이성의 연극미학-숭고의 연극에서 광기의 연극까지」, 『한국연극학』제16
호, 서울:한국연극학회, 2001.

김유미, 「한국 현대희곡의 제의구조 연구」, 고려대 대학원 박사학위논문, 2000.

_____, 「1970년대 한국 희곡에 나타난 제의성 연구」, 『한국연극의 쟁점과 새로운 탐
구』(현대극), 서울:연극과인간, 2001.

김정혜, 「최인훈의 패러디 희곡 연구」, 숙명여대 대학원 석사학위논문, 1997.

김종회, 「관념의 문학, 그 곤고한 지적 편력」, 『작가세계』4, 1990년 봄호, 서울:세계사,
1990.

김현철, 「판소리 <심청가(沈淸歌)>의 패러디 연구」, 『한국극예술연구』제11집, 서울:
한국극예술학회, 2000.

남상식, 「연극과 미술의 만남(1)」, 『공연과 리뷰』 6권, 서울:현대미학사, 1996.

남진우, 「최인훈 희곡 연구-탐색과 구원」, 중앙대 대학원 석사학위논문, 1986.

문예진흥 편집실, 「1979년도 국내연극공연 실태」, 『문예진흥』 제7권 제5호, 서울:한 국문화예술진흥원, 1980.

박옥진, 「최인훈 희곡의 비극성 연구」, 숭실대 대학원 석사학위논문, 1995.

박정하, 「최인훈 희곡의 공간 연구」, 계명대 대학원 석사학위논문, 2000.

박혜령, 「한국 반사실주의 희곡 연구-오태석·이현화·이강백 작품을 중심으로」, 이 화여대 대학원 박사학위논문, 1995.

반재진, 「비극적 신화의 창조와 꿈-최인훈 희곡 '옛날 옛적에 훠어이 훠이' 분석」, 한 성대 대학원 석사학위논문, 1994.

사진실, 「<달아 달아 밝은 달아>의 구조와 의미」, 『한국연극사 연구』, 서울:태학사, 1997.

서연호, 「연극의 현실과 새로운 진로」, 『문예진흥』 제5권 제12호, 서울:한국문화예술 진흥원, 1978.

＿＿＿, 「최인훈 희곡론」, 『민족문화연구』 제28호, 서울:고려대 민족문화 연구소, 1995.

서은주, 「최인훈 소설 연구-인식 태도와 서술 방식의 상관성을 중심으로」, 연세대 대 학원 박사학위논문, 2000.

송 전, 「원초심성의 탐구-최인훈의 희곡세계」, 『외국문학』 제15호, 서울:열음사, 1988.

심상교, 「1950~60년대 희곡의 비극적 특성 연구」, 고려대 대학원 박사학위논문, 1997.

안경숙, 「최인훈 문학의 장르비평적 연구」, 중앙대 대학원 석사학위논문, 1988.

양승국, 「최인훈 희곡의 독창성」, 『작가세계』 제4호, 1990.

오학영, 「우리는 무엇을 썼는가 - 상반기 희곡의 경향」, 『월간 문학』 9권 11호, 서울: 월간문학사, 1976.

유민영, 「70년대 연극의 <사적전개>」, 『한국연극』 9월호, 서울:한국연극협회, 1984.

유인경, 「희생양 모티프를 통해 본 1970년대 희곡 연구」, 고려대 대학원 석사학위논 문, 1999.

유진월, 「최인훈 희곡 연구」, 경희대 대학원 석사학위논문, 1988.

윤갑중, 「설화의 희곡화 과정에 관한 연구」, 한양대 대학원 석사학위논문, 1983.

윤여웅, 「희랍비극의 특성 고찰」, 『희곡문학』 총서3, 서울:세종, 1984.

이근삼, 「소극장운동과 우리의 현실」, 『연극평론』 2 가을호, 서울:연극평론가협회, 1970.

이상란, 「최인훈 <옛날 옛적에 훠어이 훠이>의 극작술 연구」, 『한국연극학』 제13호, 서울:한국연극학회, 1999.

이상우, 「전통으로서의 비극과 경험으로서의 비극-최인훈 희곡의 비극성에 관한 고찰」, 『어문논집』 32, 서울:고려대 국어국문학연구회, 1993.

이옥자, 「공간의 의미구조 분석」, 수원대 대학원 석사학위논문, 1993.

이지훈, 「'꿈과 생시' 최인훈의 <둥둥 樂浪둥>」, 『연극학연구』, 부산:부산연극학회, 1992.

이태주, 「70년대 연극의 문화형성력」, 『한국연극』 9월호, 서울:한국연극협회, 1984.

장혜전, 「설화 소재 희곡의 특성연구-최인훈의 작품을 중심으로」, 이화여대 대학원 석사학위논문, 1981.

정미숙, 「최인훈 희곡에 나타난 패러디 연구-<달아 달아 밝은 달아>를 중심으로」, 경상대 대학원 석사학위논문, 1998.

정영곤, 「최인훈 문학의 장르변경의 본질」, 『어문교육논집』 제11권, 부산:부산대학교 사범대학 국어교육과, 1991.

정우숙, 「1960-70년대 한국희곡의 비사실주의적 전개 양상」, 이화여대 대학원 박사학위논문, 1996.

차범석 외, 「(좌담회)한국연극 성과와 전망」, 『한국연극』 9월호, 서울:한국연극협회, 1984.

채명식, 「원형의 삶과 진실」, 『희곡문학』 총서3, 서울:세종, 1984.

표란희, 「<심청전> 패러디 연구-채만식과 최인훈의 경우」, 청주대 대학원 석사학위논문, 1999.

하창길, 「한국 현대 희곡의 비극성 연구」, 부산대 대학원 박사학위논문, 2000.

한옥근, 「한국 현대 희곡의 주제 변천에 관한 연구-1960년대부터 1999년까지」, 『극의 미학세계』, 한국드라마학회 편, 서울:국학자료원, 2000.

현정실, 「민담의 비극성과 기도행위와의 관련성에 대한 연구」, 경남대 교육대학원 석사학위논문, 1987.

찾아보기

▌김 향

1969년 서울생
연세대학교 국어국문학과 졸업
동대학원 박사과정수료

현재 연세대학교 강사
공연과 이론을 위한 모임, 한국연극평론가협회 회원
악어컴퍼니 드라마터그

[주요논문]
「박영호 희곡 연구」, 「오태석의 <앞산아 당겨라 오금아 밀어라> 퍼포먼스 연구」,
「근대계몽기 단형 서사물의 희곡적 글쓰기 연구」, 「차범석 희곡 <갈매기떼>와
<장미의 성>의 극적 행위 연구」, 「차범석 희곡 <대리인>과 <셋이서 왈쓰를> 연
구 - 사실주의 극작술을 중심으로」 등

[저서]
근대계몽기 단형 서사문학 연구(소명출판, 2005, 공저)
한국현대문학사(집문당, 2004, 공저)
손님과 대화(보고사, 2005)

최인훈 희곡 창작의 원리

2005년 9월 30일 초판 발행

지은이 김 향
펴낸이 김흥국
펴낸곳 도서출판 보고사

등 록 1990년 12월(제6-0429)
주 소 서울시 성북구 보문동 7가 11번지
편집부 922-5120~1, 영업부 922-2246, 팩스 922-6990
메 일 kanapub3@chol.com
www.bogosabooks.co.kr

ⓒ 김향, 2005
ISBN 89-8433-351-4
정가 15,000원